As Horas de Odd

Dean Koontz

As Horas de Odd

Tradução de
Christian Schwartz
e
Liliana Negrello

EDITORA RECORD
RIO DE JANEIRO • SÃO PAULO
2013

CIP-BRASIL. CATALOGAÇÃO NA FONTE
SINDICATO NACIONAL DOS EDITORES DE LIVROS, RJ

Koontz, Dean R. (Dean Ray), 1945-

K86h   As horas de Odd / Dean Koontz; tradução de Christian Schwartz e Liliana Negrello. – Rio de Janeiro: Record, 2013.

Tradução de: Odd hours
ISBN 978-85-01-08590-0

1. Romance americano. I. Schwartz, Christian. II. Título.

12-1045
CDD: 813
CDU: 821.111(73)-3

TÍTULO ORIGINAL EM INGLÊS:
Odd hours

Copyright © 2008 by Dean Koontz
Publicado mediante acordo com Lennart Sane Agency AB.

Texto revisado segundo o novo Acordo Ortográfico da Língua Portuguesa.

Todos os direitos reservados. Proibida a reprodução, no todo ou em parte, através de quaisquer meios. Os direitos morais do autor foram assegurados.

Editoração eletrônica: Abreu's System

Direitos exclusivos de publicação em língua portuguesa somente para o Brasil adquiridos pela
EDITORA RECORD LTDA.
Rua Argentina, 171 – Rio de Janeiro, RJ – 20921-380 – Tel.: 2585-2000, que se reserva a propriedade literária desta tradução.

Impresso no Brasil

ISBN 978-85-01-08590-0

Seja um leitor preferencial Record.
Cadastre-se e receba informações sobre nossos lançamentos e nossas promoções.

Atendimento e venda direta ao leitor:
mdireto@record.com.br ou (21) 2585-2002.

EDITORA AFILIADA

A quarta aventura de Odd é dedicada a Bruce,
Carolyn e Michael Rouleau.
Para Michael porque é o orgulho de seus pais.
Para Carolyn porque ela faz Bruce feliz.
Para Bruce porque ele tem sido tão confiável ao longo de todos estes anos, e porque ele realmente sabe o que é amar um bom cão.

Eu sinto meu destino naquilo que não posso temer.
Eu aprendo indo para onde tenho de ir.

— *Theodore Roethke*, "The Waking"

UM

É A VIDA. TODOS NÓS PASSAMOS POR ELA. Nem todos completamos a jornada nas mesmas condições. Ao longo do caminho, alguns perdem pernas ou olhos em acidentes ou brigas, enquanto outros deslizam pelos anos com nada mais sério para se preocupar do que uma eventual rebeldia do cabelo pela manhã.

Eu ainda tinha as duas pernas e os dois olhos, e até mesmo meu cabelo parecia relativamente arrumado quando me levantei na manhã daquela quarta-feira, no final de janeiro. Se voltasse para a cama 16 horas depois tendo perdido todos os meus fios de cabelo, nada além disso, já teria ganhado o dia. Mesmo que estivesse com alguns dentes a menos, ainda assim seria uma vitória.

Quando levantei as persianas da janela do meu quarto, o céu parecia pesado, cinzento, e o ar estava parado, ainda que carregasse a promessa de uma mudança.

Ouvi no rádio que um avião tinha caído em Ohio durante a noite. Centenas morreram. A única sobrevivente, uma criança de 10 meses, foi encontrada ilesa, presa a um assento destruído em meio a um monte de escombros e ferros retorcidos.

Durante toda a manhã, sob o céu promissor, pequenas ondas se embalavam à exaustão na praia. O Pacífico estava cinzento e assombreado, como se feras marítimas sinuosas de formas fantásticas nadassem logo abaixo da superfície.

À noite, acordei duas vezes de um sonho no qual a maré se tingia de vermelho e o mar pulsava com uma luz terrível.

Pesadelos são assim mesmo, tenho certeza de que você já teve piores. O problema comigo é que alguns sonhos se tornaram realidade, e pessoas morreram.

Enquanto preparava o café da manhã do meu patrão, o rádio da cozinha anunciou que os jihadistas que haviam sequestrado um navio no Mediterrâneo no dia anterior estavam agora decapitando os passageiros.

Faz anos que parei de assistir ao noticiário na TV. Consigo suportar palavras e informações, mas imagens acabam comigo.

Hutch tinha insônia, ia para a cama bem tarde, e por isso costumava tomava o café da manhã ao meio-dia. Ele me pagava bem e era gentil, então eu cozinhava de acordo com seus horários sem me queixar.

Hutch fazia suas refeições na sala de jantar, onde as cortinas ficavam sempre fechadas. Nenhuma fresta nas janelas permanecia exposta.

Muitas vezes, ele assistia a um filme enquanto comia, demorando-se sobre a xícara de café até os créditos subirem na tela. Naquele dia, ele trocara as notícias do canal a cabo por Carole Lombard e John Barrymore em *Suprema conquista*.

Com 88 anos, nascido na era do cinema mudo, quando Lillian Gish e Rudolgo Valentino eram estrelas, e, mais tarde, tendo sido ele próprio um ator bem-sucedido, Hutch pensava menos com palavras e mais por imagens, e vivia no mundo da fantasia.

Ao lado do seu prato havia sempre uma embalagem de álcool gel Purell. Ele besuntava as mãos não apenas antes e depois de comer, mas também pelo menos duas vezes durante a refeição.

Como a maioria dos norte-americanos da primeira década do novo século, Hutch temia tudo, exceto o que realmente deveria temer. Como as notícias sobre bebedeiras, vícios, assassinatos e outras coisas loucas relacionadas a celebridades estavam escassas (o que acontece talvez duas vezes por ano), o noticiário televisivo havia preenchido a breve lacuna com uma matéria sensacionalista sobre uma rara bactéria carnívora.

E Hutch, inevitavelmente, passou a ter medo de contrair o germe faminto. De tempos em tempos, como um obstinado personagem de um conto de Edgar Allan Poe, recolhia-se em seu escritório mal-iluminado e meditava sobre seu destino, sobre a fragilidade de sua carne, sobre o insaciável apetite de seu inimigo microscópico.

Temia especialmente que o nariz fosse devorado.

Seu rosto havia sido famoso um dia. E, embora o tempo o tivesse modificado, ele ainda sentia orgulho de sua aparência.

Cheguei a assistir a alguns filmes das décadas de 1940 e 1950 de Lawrence Hutchison. Gostava deles. Hutch tinha presença em cena.

Como ficara afastado das câmeras por cinco décadas, Hutch era agora menos conhecido por as atuações do que por seus livros infantis sobre um coelho aventureiro chamado Nibbles. Ao contrário de seu criador, Nibbles era um animal destemido.

O dinheiro que ganhou com os filmes, com os direitos autorais dos livros e com sua mania de perseguir de forma paranoica várias oportunidades de investimento concedeu a Hutch uma velhice financeiramente confortável. No entanto, ele temia que um aumento descontrolado ou um colapso total no preço do petróleo levasse a uma crise financeira mundial que acabaria por deixá-lo sem um tostão.

Sua casa dava para o calçadão, para a praia, para o mar. As ondas quebravam a menos de um minuto de caminhada de sua porta da frente.

Com o passar dos anos, começou a ter medo do mar. Não suportava dormir no lado oeste da casa, porque dali podia ouvir as ondas quebrando ao longo da costa.

Portanto, eu é que fui alojado no enorme quarto com vista para o mar, na frente da casa. Ele dormia em um quarto de hóspedes, nos fundos.

Um dia depois de chegar a Magic Beach — mais de um mês antes de ter o sonho com a maré vermelha — aceitei o emprego como cozinheiro de Hutch, servindo também como seu motorista, nas raras ocasiões em que ele queria sair de casa.

Minha experiência na Pico Mundo Grill ajudou bastante. Se você sabe fazer batatas fritas que provocam uma inundação de glândulas salivares, preparar bacon perfeitamente crocante, sem ressecar, e fazer panquecas tão macias quanto um pudim e tão leves que parecem que vão flutuar sobre chapa, não é difícil encontrar trabalho.

Às 4h30 daquela tarde de final de janeiro, quando entrei na sala com meu cachorro Boo, Hutch estava sentado em sua poltrona favorita, franzindo a testa para o aparelho de televisão que acabara de colocar no silencioso.

— Más notícias, senhor?

Sua voz grave e aveludada foi se tornando mais ameaçadora a cada sílaba:

— Marte está aquecendo.

— Não vivemos em Marte.

— Está sofrendo um aquecimento tão veloz quanto o da Terra.

— O senhor está planejando se mudar para Marte para escapar do aquecimento global?

Ele apontou para o âncora mudo da TV.

— Isso significa que o Sol é a causa de tudo, e que nada pode ser feito. Nada.

— Bem, senhor, ainda há Júpiter e vários outros planetas mais distantes do Sol.

Ele me observou com seus olhos cinzentos e luminosos que transmitiam uma determinação implacável, o mesmo olhar que usava para interpretar promotores e militares condecorados no cinema.

— Às vezes, meu jovem, acho que talvez *você* tenha vindo de além-Marte.

— Nada de tão exótico, senhor. Venho de Pico Mundo, na Califórnia. Se não for precisar de mim por agora, acho que vou dar uma caminhada.

Hutch se levantou. Era alto e magro. Mantinha o queixo erguido, mas esticava o pescoço para a frente como se fosse um estrábico que tenta apurar a visão — um hábito que provavelmente desenvolvera antes de corrigir seu problema de catarata.

— Sair? — Ele franziu a testa, aproximando-se. — Vestido desse jeito?

Estava usando tênis, jeans e um moletom.

Embora não tivesse preocupações com artrites e ainda fosse ágil para sua idade, Hutch se movimentava com precisão e cautela, como se tivesse medo de sofrer uma fratura.

Como em tantas outras ocasiões, ele me parecia uma garça-real espreitando uma poça d'água.

— Você deveria colocar um casaco. Vai pegar uma pneumonia assim.

— Não está tão frio hoje — garanti.

— Vocês, jovens, acham que são invulneráveis.

— Não este jovem, senhor. Tenho todas as razões para me admirar de não estar permanentemente na horizontal.

Apontando para as palavras Mystery Train em meu moletom, Hutch perguntou:

— O que isso quer dizer?

— Não sei. Encontrei este moletom em um brechó.

— Nunca estive em uma loja dessas.

— Não está perdendo grande coisa.

— Só pessoas muito pobres compram nesses lugares ou o critério de seleção é apenas a avareza?

— Gente de todas as classe é bem-vinda lá, senhor.

— Então eu deveria ir a uma loja dessas qualquer hora. A título de aventura.

— O senhor não vai encontrar um gênio em uma garrafa — disse, referindo-me a seu filme *A loja de antiguidades*.

— Claro, você é muito moderno para acreditar em gênios e coisas do tipo. Como pode passar pela vida sem ter algo em que acreditar?

— Ah, tenho minhas crenças.

Mas Lawrence Hutchison estava mais interessado no som de sua voz empostada do que em minhas crenças pessoais.

— Mantenho a mente aberta para todas as coisas sobrenaturais.

Achei sua atitude autocentrada bastante divertida. Além disso, se ele tivesse sido curioso a meu respeito, seria mais difícil manter todos os meus segredos.

Hutch disse:

— Meu amigo Adrian White casou-se com uma cartomante que se chamava Portentia.

Entrei no clima da troca de anedotas:

— Uma vez conheci uma garota chamada Stormy Llewellyn. No carnaval, pegamos um cartão de uma máquina de adivinhação chamada Mamãe Cigana.

— Portentia usava uma bola de cristal e tagarelava demais, mas sabia das coisas. Adrian a adorava.

— A carta dizia que eu e Stormy ficaríamos juntos para sempre. Mas não foi o que aconteceu.

— Portentia podia prever o dia e a hora exata da morte de uma pessoa.

— Ela previu a sua, senhor?

— Não a minha, mas a de Adrian. Dois dias depois de ler sua sorte, exatamente na hora que havia previsto, Portentia atirou nele.

— Inacreditável.

— É verdade, garanto.

Ele se virou para a janela, que não tinha vista para o mar e, portanto, não estava coberta por cortinas.

— Este clima não parece o prenúncio de um tsunami para você, meu filho?

— Acho que os tsunamis não têm muito a ver com o clima.

— Estou com um pressentimento. Fique atento ao mar enquanto caminha.

Como uma cegonha, ele saltitou para fora da sala, andando pelo corredor até chegar à cozinha, nos fundos da casa.

Saí pela porta da frente, a mesma que meu cachorro acabara de atravessar. Boo me esperava perto da cerca do jardim.

Uma espécie de arco treliçado emoldurava o portão. E, nele, uma buganvília roxa se insinuava, produzindo algumas flores, mesmo no inverno.

Fechei a portão atrás de mim e Boo atravessou-o em seguida. Aproveitei para respirar profundamente o ar fresco e salgado.

Depois de passar alguns meses em um quarto de hóspedes do Mosteiro de São Bartolomeu, no alto da Sierra, tentando encontrar um sentido para minha vida esquisita e meus fracassos, pensei que voltaria para casa em Pico Mundo para o Natal. Em vez disso, fui chamado para cá, sem saber o propósito, o qual ainda não descobri.

Meu dom — ou minha maldição — envolve muito mais do que sonhos proféticos raros. Antes de tudo, tenho intuições irresistíveis que às vezes me levam a lugares para os quais não escolheria ir por vontade própria. E, então, preciso esperar para descobrir por que fui parar lá.

Boo e eu rumamos para o norte. Os 3 quilômetros de passeio de tábuas na orla de Magic Beach não são de madeira, como é comum, e sim de concreto. Porém, o local é chamado de passeio assim mesmo.

Hoje em dia, as palavras são de plástico. Pequenos empréstimos feitos a pessoas desesperadas com taxas de juros exorbitantes são chamados adiantamentos. Um hotel elegante, vizinho de um cassino decadente, é chamado de resort. Qualquer conjunto de imagens frenéticas, música ruim e trama incoerente é chamado de um grande filme.

Boo e eu seguimos pela calçada de concreto. Ele é uma mistura de pastor alemão, mas totalmente branco. A lua, viajando de horizonte a horizonte, andava tão vagarosamente quanto Boo.

Só eu podia vê-lo, pois ele era um cão fantasma.

Vejo espíritos daqueles que morreram, mas insistem em continuar neste mundo. Segundo minha experiência, no entanto, os animais estão sempre dispostos a avançar para o que vem depois. Boo é único. Sua incapacidade de seguir viagem é um mistério. Os mortos não falam, e os cães também não. Por isso, meu companheiro canino obedece a dois votos de silêncio.

Talvez ele tenha permanecido neste mundo porque sabe que posso precisar dele numa emergência. Como frequentemente estou atolado até o pescoço de problemas, talvez ele não se demore muito mais por aqui.

À nossa direita, depois de quatro quarteirões de casas à beira-mar, começaram a aparecer lojas, restaurantes e três andares do hotel Magic Beach, com suas paredes brancas e seus toldos de riscas verdes.

À esquerda, a praia cedeu lugar a um parque. No sol do final da tarde, as sombras das palmeiras haviam sumido do gramado.

O céu nublado e o ar frio desencorajavam os banhistas. Não tinha ninguém sentado nos bancos do parque.

Mesmo assim, minha intuição me disse que ela estaria aqui, não no parque, mas sentada em algum lugar perto do mar. Ela havia aparecido no meu sonho vermelho.

Exceto pelo quebrar das ondas preguiçosas, o dia estava silencioso. Cascatas de folhas de palmeira se dobravam aguardando a brisa que permitiria o farfalhar de seus sussurros.

Escadas largas levavam até o píer. Boo passou pelas tábuas sem fazer barulho, e, sendo eu mesmo um fantasma em formação, avancei silenciosamente com meus tênis.

No final do píer, o deque se alargava até se transformar em uma plataforma de observação. Lá havia telescópios, desses que funcionam com moedas, os quais ofereciam uma vista dos navios em trânsito na costa, da marina e do porto, uns 3 quilômetros ao norte.

A Senhora do Sino sentou-se no banco mais afastado, olhando para o horizonte, onde o céu pesado encontrava o mar taciturno em perfeita fusão.

Inclinando-me sobre o corrimão, fingi estar refletindo sobre o eterno movimento das ondas. Pela minha visão periférica, percebi que ela parecia não ter tomado conhecimento da minha chegada, o que me permitiu observá-la de perfil.

Não era bonita nem feia. Porém, estava longe de ser sem graça. Tinha traços comuns e pele clara, muito pálida. Mesmo assim, era uma presença irresistível.

Meu interesse por ela não era sentimental. Havia um ar de mistério nela, e suspeitei que seus segredos fossem extraordinários. A curiosidade foi o que me levou até ela, e também uma sensação de que ela poderia estar precisando de um amigo.

Embora a Senhora do Sino tenha aparecido em meu sonho da maré vermelha, talvez dessa vez o sonho não fosse uma profecia. Ela não podia morrer.

Em várias ocasiões, já a tinha visto aqui. Trocamos algumas palavras de passagem, principalmente comentários sobre o tempo.

Como ela falou comigo, soube que não estava morta. Às vezes, só percebo que uma aparição é um fantasma quando ela some no ar ou atravessa uma parede.

Em outras ocasiões, quando se trata de fantasmas de pessoas que foram assassinadas e desejam que eu leve seus assassinos à justiça, elas optam por materializar-se com seus ferimentos à vista. Nesses casos, se sou confrontado por um homem cujo rosto foi implodido pelo impacto de uma bala ou por uma mulher que carrega sua cabeça decepada, consigo ser suficientemente rápido em perceber que estou na companhia de uma pessoa que já morreu.

Em um sonho recente, estava em uma praia na qual havia serpentes emanando uma luz apocalíptica e se contorcendo na areia. O mar pulsava como se um leviatã estivesse emergindo de um abismo e o céu sufocava em nuvens vermelhas e alaranjadas como chamas.

A oeste, a Senhora do Sino, suspensa no ar acima da água, flutuava em minha direção, com os braços cruzados sobre o peito e os olhos fechados. Quando se aproximou, seus olhos se abriram, e vislumbrei neles um reflexo do que estava atrás de mim.

Duas vezes recuei diante da visão refletida em seus olhos, e nas duas vezes acordei sem me lembrar do que era.

Deixei o píer e me sentei ao lado dela. O banco podia acomodar quatro pessoas, e ocupávamos as extremidades opostas

Boo se enrodilhou e descansou o focinho em meus sapatos. Podia sentir o peso de sua cabeça sobre meus pés.

Quando toco um espírito, seja ele um cão ou um humano, ele me parece sólido e quente. Não é gelado, nem tem o cheiro da morte.

Ainda olhando para o mar, a Senhora do Sino permaneceu em silêncio.

Usava tênis branco, calça cinza-escura e uma blusa cor-de-rosa com mangas largas, nas quais podia esconder as mãos.

Como era pequena, sua condição era mais evidente do que teria sido em uma mulher maior. A blusa larga não escondia o ventre de cerca de sete meses de gravidez.

Nunca a tinha visto com um companheiro.

Tinha um pingente pendurado no pescoço, o que foi o motivo do apelido que dei a ela. Uma corrente de prata sustentava um sino também de prata polida, do tamanho de um dedal. Nesse dia sem sol, aquela joia singela era o único objeto que brilhava.

Ela devia ter 18 anos, três a menos do que eu. Mas sua leveza a fazia parecer mais uma menina do que uma mulher.

No entanto, eu não tinha nem mesmo considerado a possibilidade de chamá-la de Moça do Sino. Sua autoconfiança e atitude calma requeriam o "senhora".

— Já viu tranquilidade como esta? — perguntei.

— Há uma tempestade se aproximando. — Sua voz fazia as palavras flutuarem tão suavemente quanto a brisa de verão que carrega as sementes das flores. — A pressão atmosférica para o vento e acalma as ondas.

— Você é meteorologista?

Seu sorriso era amável, livre de julgamento e de artifícios.

— Sou apenas uma garota que pensa demais.

— Meu nome é Odd Thomas.

— Sim — disse ela.

Preparado para explicar a natureza maluca da minha família, da qual meu nome é consequência, como havia feito inúmeras vezes antes, fiquei surpreso e decepcionado por ela não fazer nenhuma das perguntas usuais.

— Você sabia o meu nome? — perguntei.

— Assim como você sabe o meu.

— Mas eu não sei.

— Sou Annamaria — disse ela. — Tudo junto. Você deveria saber.

Confuso, respondi:

— Já nos falamos antes, mas tenho certeza de que nunca fomos apresentados.

Ela apenas sorriu e balançou a cabeça.

Um ponto branco rasgou o céu sombrio: uma gaivota voltando à terra depois que a tarde foi embora.

Annamaria arregaçou as mangas da blusa, revelando suas graciosas mãos. Na mão direita, segurava uma pedra verde translúcida do tamanho de uma uva gorducha.

— É uma joia? — perguntei.

— Vidro do mar. É um pedaço de garrafa que viajou o mundo inteiro e voltou, agora sem as arestas. Encontrei na praia.

— Ela rolou o pedaço de vidro pelos dedos finos. — O que você acha que isso significa?

— Precisa significar alguma coisa?

A maré alisava a areia, que estava tão macia quanto a pele de um bebê. Quando a água recuou, o vidro pareceu se abrir como um olho verde.

Os gritos das aves quebraram o silêncio e, ao olhar para cima, vi três gaivotas agitadas voando em direção à terra.

Seus gritos anunciavam companhia: passos no píer logo atrás de nós.

Três jovens, de 20 e tantos anos, caminhavam até a extremidade norte da plataforma de observação. Eles encaravam a costa na direção da marina e do porto.

Dois deles usavam calças cáqui e casacos acolchoados. Pareciam ser irmãos. Tinham cabelos ruivos e sardas. As orelhas eram proeminentes como alças de canecos de cerveja.

Os ruivos olharam para nós. Seus rostos pareciam tão severos, seus olhos tão frios, que eu poderia tê-los confundido com espíritos malévolos se não tivesse ouvido seus passos.

Um deles lançou um sorriso cortante para Annamaria. Tinha os dentes escuros e ruins de alguém com vício pesado em metanfetaminas.

O par sardento me deixava desconfortável, mas o terceiro homem era o mais perturbador do grupo. Com quase 2 metros de altura, ele se erguia cerca de uma cabeça acima dos outros e tinha uma massa muscular que apenas injeções de esteroides podem produzir.

Como se o frio não o perturbasse, usava tênis sem meias, um calção branco e uma camisa havaiana de orquídeas amarelas e azuis.

Os dois irmãos comentaram alguma coisa com ele, e o gigante olhou em nossa direção. Ele podia até ser considerado bonito, se analisado do ponto de vista de um homem das cavernas, mas seus olhos pareciam tão amarelos quanto a barbicha que lhe saía do queixo.

Não havia razão para merecermos o escrutínio que recebemos dele. Annamaria era uma moça de aparência comum, grávida, e eu, apenas um chapeiro de lanchonete que teve a sorte de chegar aos 21 anos sem perder uma perna, um olho ou o cabelo.

Malevolência e paranoia coabitam mentes distorcidas. Homens maus não confiam em ninguém porque conhecem a própria capacidade de traição.

Depois de um bom tempo olhando desconfiado, o gigante voltou sua atenção novamente para a costa norte e para a marina, assim como seus companheiros, mas tive a impressão de que eles não tinham se dado por satisfeitos conosco.

Devíamos ter ainda cerca de meia hora de luz natural. Mas com o céu nublado, o crepúsculo parecia já descer sobre nós. Os postes de luz alinhados sobre o píer se acenderam automaticamente, mas uma fina névoa subiu de forma repentina, escurecendo ainda mais o dia.

O comportamento de Boo confirmou minhas suspeitas. Ele havia se levantado. Pelos eriçados, orelhas caídas. Permanecia concentrado no gigante.

Disse a Annamaria:

— Acho melhor a gente ir embora.

— Você os conhece?

— Já estive com gente desse tipo antes.

Ao se levantar do banco, ela fechou a joia verde na mão direita e escondeu as duas mãos nas mangas de sua blusa.

Podia sentir que Annamaria era forte, mas ela também tinha uma aura de inocência, um ar quase infantil em sua vulnerabilidade. Os três homens eram do tipo que farejavam vulnerabilidade ao longe, como lobos que pressentem os coelhos, mesmo que estejam escondidos sob a grama alta.

Homens maus ferem e destroem uns ao outros, embora prefiram se divertir com aqueles que são tão inocentes e puros quanto é possível ser neste mundo em que vivemos. Eles se alimentam da violência, mas se regozijam em destruir o que é realmente bom.

Enquanto Annamaria e eu nos afastávamos da plataforma de observação caminhando em direção à praia, fiquei preocupado de não ver mais ninguém no píer. Normalmente, alguns pescadores noturnos teriam se aproximado com varas e caixas de iscas.

Ao olhar para trás, vi que Boo estava se aproximando dos três homens, que não podiam vê-lo. O gigante de barbicha olhou por cima da cabeça dos outros dois, mais uma vez procurando Annamaria e eu.

A praia ainda estava distante. O sol, envolto em nuvens, desaparecia lentamente em meio a centenas de sombras escuras para, enfim, mergulhar no horizonte, enquanto a névoa subia, obstruindo as luzes dos postes.

Quando olhei para trás novamente, o par de sardentos se aproximava a passos rápidos.

— Continue andando — disse a Annamaria. — Vá para longe do píer, onde haja outras pessoas.

Ela permaneceu calma.

— Vou ficar com você.

— *Não*. Eu dou conta.

Gentilmente, empurrei Annamaria para a frente e esperei para ter certeza de que ela continuaria andando. Em seguida, me virei na direção dos ruivos. Em vez de parar desafiadoramente ou fugir, passei por eles, sorrindo, o que foi suficiente para surpreendê-los e deixá-los num impasse.

O cara dos dentes estragados ainda olhava através de mim para Annamaria, enquanto o ruivo número dois se aproximou, abrindo o casaco. Então, eu disse:

— Vocês estão sabendo do alerta de tsunami?

O ruivo número dois permaneceu com a mão dentro do casaco, enquanto o garoto-propaganda de creme dental voltava sua atenção para mim.

— Tsunami?

— As estimativas são de ondas de 6 a 9 metros.

— Estimativas de quem?

— Até 10 metros — eu disse. — Não vai passar por cima do píer. Ela ficou apavorada, não quis ficar para ver, mas eu quero. Estamos o quê, a uns 12 metros acima do nível do mar. Acho que vai ser legal.

Enquanto isso, o grandalhão se aproximava. Quando se juntou a nós, o ruivo perguntou:

— Você ouviu falar de um tsunami?

Alvoroçado, falei:

— A onda deve passar aqui com 6 metros, mas antes de arrebentar pode chegar a 10. Cara, ela vai varrer os prédios que estão à beira-mar.

Olhei para trás, como que para avaliar o potencial de destruição do tsunami e fiquei aliviado ao ver Annamaria chegando ao fim do píer.

— O píer tem colunas profundas — eu disse. — A estrutura vai aguentar. Tenho certeza. É sólida. Você não acha que vai?

A mãe do grandalhão provavelmente um dia lhe disse que ele tinha olhos cor de avelã. A cor de avelã é como um marrom-dourado, diferente dos olhos castanhos. Mas os olhos dele não eram cor de avelã, porque onde deveriam ser dourados eram amarelados, mais amarelos do que castanhos.

Se suas pupilas fossem elípticas em vez de redondas, teria acreditado que ele era um boneco humanoide e que um gato mutante inteligente estava encarapitado em seu crânio, encarando-me através das órbitas vazias. E não seria um gato inteligente mutante do *bem*.

Sua voz dissipou a imagem do gato, pois seu timbre era mais adequado a um urso.

— Quem é você?

Em vez de responder, fingi estar entusiasmado com a chegada do tsunami e olhei para meu relógio de pulso.

— Ele pode atingir o píer em alguns minutos. Tenho que estar na plataforma de observação quando chegar.

— Quem é você? — repetiu o grandalhão, colocando sua pata direita enorme em meu ombro esquerdo.

No instante em que ele me tocou, a realidade desapareceu como a carta de um jogo de memória. Foi como se eu tivesse sido transportado do píer para a praia, uma praia ao redor da qual havia reflexos de fogo. Uma coisa horrível e brilhante se elevava de um mar do qual pulsava uma luz infernal sob um céu apocalíptico.

O pesadelo.

De repente voltei à realidade.

O grandalhão tinha soltado meu ombro. Com os olhos arregalados, ele encarava a própria mão. Parecia ter sido picado por algo, ou ter visto a maré vermelha do meu sonho.

Nunca antes eu havia transmitido um sonho, uma visão, um pensamento, nem mesmo um resfriado, para outra pessoa pelo toque. Surpresas como essa é que me salvam de levar uma vida monótona.

Como uma estátua cujos olhos fossem pedras preciosas, seu olhar amarelo se fixou em mim novamente e ele disse:

— Quem diabos é você?

Seu tom de voz alertou os ruivos de que algo extraordinário havia ocorrido. O rapaz com a mão dentro da jaqueta tirou uma pistola, enquanto o dos dentes ruins enfiou a mão no casaco, e não parecia estar procurando fio dental.

Dei três passos em direção à grade do píer e me atirei, um chapeiro de lanchonete em queda livre na neblina e na escuridão.

Frio e negro, o Pacífico me engoliu, meus olhos queimando na água salgada enquanto eu nadava abaixo da superfície. Lutei contra a força do mar, que me empurrava para cima, determinado a não permitir que me cuspisse de volta para um crepúsculo crivado de balas.

DOIS

Embaixo d'água, meus olhos abertos ardiam e salgavam o mar com lágrimas. Enquanto mexia os braços e as pernas, em nado peito, a marina, sombria, parecia não refletir sequer uma centelha de luz. Então, percebi uma fosforescência verde-escura, distribuída de maneira uniforme, através da qual sombras amorfas se contorciam. Talvez fossem nuvens de areia trazidas do fundo do mar ou longos braços de algas ondulantes. Mas a trégua na escuridão cessou abruptamente, transformando tudo num negrume profundo. Nadei por baixo do píer, entre duas das várias colunas de concreto que sustentavam a estrutura. Depois de mais algum tempo sem enxergar nada, encontrei uma coluna cheia de cracas marítimas. Fui apalpando-a até a superfície.

Ofegante e desesperado por ar — que cheirava a iodo e alcatrão e tinha gosto de sal e cal —, agarrei-me ao concreto incrustado, cheio de cracas afiadas e escorregadias, e puxei as mangas do moletom, tentando ao máximo proteger minhas mãos de possíveis cortes.

Não muito forte, o oceano apenas rolava ritmicamente entre as colunas, sem violência, empurrando-me na direção da costa. Embora o mar estivesse calmo, ainda assim tentava me afastar. Quanto mais eu tentava me agarrar, mais minhas forças eram drenadas. Meu moletom encharcado pesava como se fosse uma jaqueta forrada.

O solilóquio líquido do mar ecoava murmúrios e sussurros sob o piso do píer, que agora era o meu teto. Não ouvia nenhuma voz na parte de cima, nem passos apressados ou correria.

A luz do dia, nublada e cinzenta como água de esgoto, escorria para dentro daquele abrigo ali embaixo. Acima da minha cabeça, uma arquitetura de madeira formada por postes verticais e espessos, vigas horizontais, vergalhões e suportes se misturava às sombras.

O topo da estrutura, sustentada por uma das colunas de concreto, ficava a menos de 3 metros acima da minha cabeça. Agarrei-me com as mãos e com as pernas e tentei subir, deslizando repetidamente, mas persistindo até começar a ganhar mais terreno do que perder.

As cracas eram de uma espécie que se gruda fortemente ao concreto. Enquanto finalmente começava a sair da água, centímetro a centímetro, as conchas dos crustáceos se rachavam e lascavam, deixando o cheiro de calcário ainda mais forte no ar.

Foi sem dúvida um cataclismo para a comunidade de crustáceos. Senti um certo pesar pela destruição que causava, embora não fosse tão grande quanto o que teria sentido se, oprimido e debilitado pela minha roupa encharcada, tivesse afundado em uma armadilha de algas e me afogado.

Sentado em uma superfície de concreto de cerca de 30 centímetros de diâmetro, vi o poste de madeira de meio metro de diâmetro que se erguia nas sombras. Havia grampos de aço inoxidável saindo da madeira que provavelmente serviram de apoio para os pedreiros durante a construção do deque. Usando-os, subi as bordas do poste.

Permanecendo de pé sobre meus dedos, pingando e com frio, tentei ver aquilo tudo pelo lado bom.

Pearl Sugars, minha avó materna — motorista perigosa, beberrona e jogadora profissional de pôquer já falecida —, sempre me incentivava a encontrar o lado bom de qualquer contratempo.

— Se você permitir que os desgraçados vejam que está preocupado — dizia minha avó —, eles conseguirão atingi-lo e destruí-lo e então amanhã vão caminhar por aí nos seus sapatos.

Ela viajava pelo país em jogos particulares que envolviam grandes somas de dinheiro, nos quais os outros jogadores eram homens, em sua maioria maus, alguns deles perigosos. Embora entendesse o ponto de vista da minha avó, a imagem que seu conselho solene trazia à minha mente era apenas a de homens durões enfileirados sendo esmagados por seus saltos altos.

Com meu coração começando a desacelerar e meu fôlego voltando ao normal, o único pensamento positivo que conseguia ter era de que, se eu um dia viesse a ficar velho — um velho de um olho, um braço, uma perna, calvo e sem nariz —, pelo menos não poderia reclamar que não vivi grandes aventuras.

O mais provável é que a névoa e as águas turvas tivessem impedido o grandalhão de barba no queixo e os dois pistoleiros de perceberem que eu tinha me refugiado sob o píer. Eles devem ter pensado que eu estava nadando até a praia e, nesse momento, é provável que estivessem andando ao longo da costa, observando as ondas, a minha procura.

Embora eu tivesse pulado do píer na parte mais afastada de sua extensão, a maré me levou para mais perto da terra, enquanto eu nadava submerso. Mesmo assim, permaneci próximo do ponto central da estrutura.

Do meu poleiro atual, podia ver uma parte da costa. Mas era praticamente impossível que qualquer um que estivesse patrulhando a praia pudesse me ver em meio à escuridão profunda.

Quando não estou me jogando de cabeça para fora do píer, tentando fugir de um apuro, sou um jovem prudente. E suspeitei que seria uma atitude sábia avançar mais para dentro da teia de aranha de madeira.

Em um reduto acolhedor, ficaria escondido até os bandidos decidirem que eu tinha me afogado. Quando tivessem ido embora para, fazer um brinde à minha morte, em qualquer botequim de esquina ou num antro de drogados frequentado por pessoas da laia deles, eu poderia chegar até a terra em segurança e voltar para casa, onde Hutch estaria lavando seu rosto com gel antisséptico e esperando pelo tsunami.

Subindo pelos grampos presos à coluna de madeira, cheguei até a viga.

Durante os primeiros 10 metros ou mais, os grampos estavam solidamente agarrados à madeira. Talvez porque a umidade abundante, pela proximidade do mar, mantivesse a madeira inchada ao redor deles.

Ao continuar a subida, porém, encontrei alguns grampos frouxos, presos a uma madeira envelhecida e ressecada que havia aberto frestas. Ainda assim, eles suportaram o meu peso, sem soltar completamente.

Até que, sob meu pé direito, um grampo se soltou da coluna. Ouvi o tinido quando ele tocou o concreto lá embaixo e pude até mesmo escutar o *ploft* fraco que se seguiu a seu encontro com o mar.

Não tenho medo paralisante nem de altura nem de escuridão. Passamos nove meses em uma escuridão confortável antes de nascermos e aspiramos chegar ao mais alto dos lugares quando morrermos.

O dia desaparecia completamente enquanto eu continuava a escalar a estrutura do píer, as sombras iam ficando cada vez mais densas e mais numerosas. Juntavam-se umas às outras, como as capas negras das bruxas de Macbeth quando se reuniam em torno do caldeirão.

Desde que começara a trabalhar para Hutch, vinha lendo algumas das peças de Shakespeare que havia em sua biblioteca.

Ozzie Boone, famoso escritor de livros de mistério, meu mentor e amigo querido de Pico Mundo, ficaria satisfeito em saber que eu estava dando continuidade a minha educação.

No colegial, eu havia sido um aluno indiferente. Em parte, meu baixo rendimento acadêmico podia ser atribuído ao fato de que, enquanto as outras crianças estavam em casa fazendo suas tarefas sobre Macbeth, eu estava sendo acorrentado a um par de homens mortos e jogado de um barco no meio do lago Malo Suerte.

Ou estava amarrado com cordas, pendurado por um gancho em um frigorífico, ao lado de um quiroprático japonês sorridente, aguardando um quarteto de homens nada racionais voltarem para nos torturar, como haviam prometido.

Ou tinha entrado no trailer de um serial killer, que podia retornar a qualquer momento, e descoberto dois cães ferozes decididos a me impedir de sair, e contra os quais não tinha armas ou formas de me defender, exceto um espanador cor-de-rosa e seis latas de Coca-Cola quente que, quando agitadas, explodiram em uma onda de pressão que aterrorizou os cães assassinos.

Quando era adolescente, tinha a intenção de fazer a lição de casa. Mas, quando fantasmas suplicantes vão até você para exigir justiça e seus sonhos ocasionalmente são proféticos, a vida tende a interferir em seus estudos.

Agora, empoleirado a 6 metros acima do mar, as sombras se fecharam sobre mim tão completamente que eu não podia ver sequer o próximo grampo acima da minha cabeça. Parei, ponderando se conseguiria subir com segurança no breu absoluto ou deveria recuar para a saliência de concreto, mais para baixo.

O cheiro forte de creosoto, aplicado para conservar a madeira, ficava ainda mais forte conforme eu avançava na escalada. Já não conseguia sentir o cheiro do mar, das colunas de concreto umedecidas e até mesmo do meu suor: tudo o que sentia era o odor opressivo da substância conservante.

No momento em que havia decidido que a prudência — que, como sabem, é um dos meus traços de caráter mais confiáveis — me obrigava a voltar, as luzes se acenderam abaixo do píer.

Fixados aos inúmeros postes de madeira, 2 metros abaixo de onde eu estava, os holofotes ficavam direcionados para o mar. Uma longa fila deles se estendia de uma extremidade à outra da estrutura do píer.

Não me lembrava de já ter visto a parte de baixo do píer iluminada. Mas as lâmpadas deviam ser ativadas automaticamente todas as tardes ao anoitecer.

Se os holofotes eram apenas para situações de emergência, como no caso de alguém cair do píer, talvez algum cidadão responsável tivesse me visto cair no mar e alertado as autoridades.

Mas o mais provável é que o grandalhão e os pistoleiros ruivos soubessem como acionar o sistema. Nesse caso, talvez tivessem me visto embaixo d'água, tentando me esconder, e resolveram não perder tempo procurando na costa pelo fugitivo nadador.

Enquanto permanecia pendurado, tentando me decidir se isso significava que eu deveria continuar a subir ou voltar para a água, ouvi o que por um momento pareceu ser o som de uma motosserra ao longe. Então, reconheci o barulho. Era um motor de popa.

Depois de 10 ou 15 segundos, o motor desacelerou. O som palpitante e característico era inconfundível, era um motor de popa.

Girando a cabeça para a direita e para a esquerda, tentava ouvir através do grosso suporte em que estava pendurado. O som ecoava enganosamente através das fileiras de postes e vigas e ricocheteava no ondular leve da água. Mas, depois de meio minuto, tive certeza de que a embarcação estava avançando lentamente da extremidade do píer para a praia.

Olhei para o oeste, mas não conseguia enxergar por causa da estrutura do píer. O piloto podia estar navegando em paralelo com o píer, ou entre as colunas, para fazer uma busca mais completa.

Embora os holofotes estivessem abaixo de minha posição e iluminassem apenas o mar, a luz se refletia nas ondas. Espectros cintilantes varriam as colunas, chegando às vigas horizontais e agitando-se por toda a parte inferior do pavimento do píer.

Nesses reflexos tremeluzentes, eu seria revelado. Um alvo fácil.

Se descesse agora, estaria indo para a morte.

Considerando os acontecimentos da minha vida nos últimos anos, eu me considerava pronto para a morte quando chegasse a minha hora, e não tinha medo dela. Mas, se o suicídio amaldiçoa a alma, então ele faria com que eu nunca mais visse minha garota, a que perdi. A paz não vale o risco de perder a chance desse reencontro.

Além disso, suspeitava que Annamaria estava com problemas, e que eu tinha sido atraído para Magic Beach, em parte, para ajudá-la.

Subi mais rapidamente do que antes, esperando encontrar um cruzamento de vigas, ou um nicho formado pelos ângulos dos suportes onde pudesse me esconder não apenas dos fachos refletidos da água, mas também de lanternas de sondagem, caso meus perseguidores tivessem alguma.

Apesar de não ter medo de altura, eu podia fazer uma lista quase infinita de lugares em que preferiria estar em vez de nessa coluna de píer, como um gato acuado pelos lobos. Forcei-me a me sentir gratificado de qualquer forma porque pelo menos não havia cães de caça lá embaixo. Embora, por outro lado, dessa vez eu não tivesse sequer um espanador de pó cor-de-rosa ou seis Coca-Colas quentes para me defender.

TRÊS

Comecei a me mexer, rápido como um macaco, mas meio desajeitado pelo desespero, e escalei o poste — meus pés pisando onde minhas mãos haviam estado segundos antes. Um grampo se soltou da madeira ressecada e caiu, tocando o concreto mais abaixo. O barulho do motor que se aproximava mascarou o som do aço sobre a água. O poste chegava até uma viga maciça. Saltei e me agarrei de tal forma à superfície horizontal, com uma série tão desajeitada de manobras, que qualquer observador teria certamente me considerado um membro de uma espécie que vivia nas árvores e comia bananas em cachos.

Embora a viga fosse grande, não era tão larga quanto eu. Os reflexos brilhantes de luz, que pareciam espíritos inquietos, se chocavam contra mim, transformando-me um pombo, alvo fácil para um atirador que tivesse prática em atirar para cima.

Fugir de quatro funciona se você tem quatro patas, mas com as mãos e os joelhos não é possível ir tão rápido. Grato por não ter medo de altura, e desejando que meu estômago compartilhasse minha despreocupação, levantei-me, mas meu estômago ficou embrulhado.

Olhei para baixo e me senti um pouco tonto. Então, tentei enxergar algo na direção oeste, de onde vinha o ronco do motor de popa. As fileiras de colunas do píer bloqueavam minha visão e ajudavam a esconder o barco.

Descobri imediatamente por que equilibristas que andam em fios de alta-tensão usam um cano de equilíbrio. Com os braços colados ao corpo e as mãos fechadas e tensas, eu balançava como um bêbado que saíra da linha reta dos 12 passos nos quatro primeiros.

Tentando me ajeitar, estendi os braços e abri as mãos. Disse a mim mesmo que era melhor não olhar para os pés, e sim para a viga à frente, aonde queria chegar.

Espectros tremeluzentes de luz refletida pintavam imagens de água por toda a viga e pelas colunas ao redor, aumentando o sentimento irracional de que eu seria em breve tirado do meu poleiro.

Já bem acima do mar, sob o teto do píer, o odor do creosoto ficava cada vez mais forte. Minhas narinas e minha garganta queimavam. Quando lambia meus lábios secos, o sabor de alcatrão parecia ter se condensado sobre eles.

Parei e fechei os olhos por um momento, tentando apagar as imagens dos fantasmas projetados pela luz. Prendi a respiração para tentar conter a tontura e segui em frente.

Quando atravessei metade da largura do píer, a viga norte-sul se cruzou a uma outra de sentido leste-oeste.

O barulho do motor de popa tinha aumentado, sinal de que o barco estava mais próximo. Ainda assim, não podia ver os perseguidores lá embaixo.

Virei para leste, para a nova viga da interseção. Caminhando do com um pé na frente do outro pelo caminho estreito, consegui um rápido progresso, mesmo não sendo tão ágil quanto um bailarino correndo *en pointe* pelo palco.

Minhas calças jeans também não permitiam movimentos tão perfeitos quanto um par de calças justas de malha. E continuavam apertando em um local em que muito aperto pode gerar uma voz em falsete permanente.

Cruzei outra interseção, ainda na direção leste, perguntando-me se conseguiria fugir passando pela estrutura de suporte do píer e chegar à praia.

Atrás de mim, o motor roncou alto. E, por cima do zumbido, ouvi as laterais da embarcação golpeando as colunas de concreto uns 20 metros abaixo, o que sugeria não apenas que o barco tinha aumentado a velocidade, mas que também estava mais perto.

Quando me aproximei de mais um cruzamento, um par de olhos brilhantes e vermelhos bem diante de mim me fez parar. A luz refletida passeou de forma irregular pelo contorno até revelar um rato, parado exatamente onde as duas vigas se juntavam.

Não tenho medo de ratos. Mas também não sou tão tolerante a ponto de dar boas-vindas a um grupo deles em minha casa, num espírito de fraternidade entre espécies.

O rato ficou paralisado ao pressentir minha presença. Se avançasse mais um passo, ele tinha três rotas pelas quais poderia fugir em segurança.

Em momentos de estresse, minha imaginação pode ser tão exagerada quanto um carrossel de animais grotescos, que gira como uma roda-gigante lançando visões caleidoscópicas de destinos absurdos e mortes idiotas.

Enquanto confrontava o rato, minha mente criou um cena na qual eu assustaria o roedor e ele correria em pânico na mi nha direção, entraria em uma perna da minha calça jeans, se contorceria em minha panturilha, guincharia atrás do meu joelho, passaria por minha coxa e decidiria se acomodar entre as minhas nádegas. Enquanto ele fazia isso, eu estaria jogando os braços para cima e pulando em um pé só até cair da viga, com o roedor azarado agarrado a minhas bochechas, mergulhando em direção ao mar bem em tempo de bater contra o barco dos meus perseguidores, no qual minha cara faria um buraco. Eu quebraria meu pescoço e me afogaria.

Você pode pensar que me chamo Odd Thomas por merecimento, mas esse é meu nome desde que nasci.

O barulho do motor de popa costurava entre as colunas, ecoando e reecoando, parecendo uma legião de lenhadores trabalhando para derrubar toda a estrutura.

Dei um passo em direção ao rato, mas ele não cedeu. Como não tinha escolha, dei outro passo, depois parei porque o barulho do motor de popa de repente se tornou explosivo.

Atrevi-me a olhar para baixo. Era um tipo de bote inflável, e sua borracha preta molhada brilhava sob os holofotes.

O grandalhão, em sua camisa havaiana, estava sentado ao fundo, entre as duas laterais, com uma das mãos na direção do motor. Ele pilotava bem o barco, estava em alta velocidade por entre as colunas de concreto, como se estivesse atrasado para um luau.

Na parte mais comprida do bote inflável, onde ficavam as laterais arredondadas da embarcação, em letras amarelas, estavam as palavras Magic Beach/ Departamento Portuário. O barco provavelmente estava ancorado no píer e o gigante o tinha roubado de forma audaciosa só para me procurar.

O grandalhão não olhou para cima, por entre os holofotes, quando passou embaixo de mim. Se o barco estivesse sendo usado para uma busca ou salvamento, lanternas à prova d'água teriam sido trazidas a bordo, mas o grandalhão não estava usando uma.

A pequena embarcação desapareceu entre as fileiras de colunas. O barulho do motor foi gradualmente diminuindo. As ondas e ondulações artificialmente provocadas foram suavizadas pelo próprio movimento do mar.

Esperava ver três homens no barco e me perguntava onde estariam os ruivos de olhos terríveis.

O outro rato tinha desaparecido também, mas não dentro de uma das pernas da minha calça jeans.

Exibindo uma destreza de bailarino, pé ante pé, pisei na junção das vigas onde o roedor estivera. Queria continuar em direção à praia, mas parei.

Agora que o gigante loiro estava sob o píer, entre mim e a praia, não me sentia seguro de continuar nessa direção.

O clima mudou. A forte sensação de perigo, de estar na trajetória de uma bala fatal, tinha me impelido a um estado frenético. Agora, a morte não parecia menos possível do que antes de o barco passar, mas menos iminente.

O momento era mais arriscado do que perigoso, caracterizado pela incerteza e pela tirania do acaso. Se uma bala estivesse chegando, agora eu tinha esperança de poder esquivar-me dela, embora precisasse fazer os movimentos certos.

Olhei para o norte, para o leste, para o sul, a partir das vigas horizontais. Oeste, por cima do meu ombro. Por baixo, para os holofotes. Para cima, em direção ao pavimento do píer, onde a dança do mar se transformara em imagens de meia-luz que vibravam em uma coreografia estranha feita das formas geométricas das vigas e suportes.

Senti-me tão indeciso quanto a multidão volúvel na Segunda parte da história do rei Henrique VI, Ato 4, quando as pessoas vacilam entre jurar lealdade ao grotesco Cade ou ao legítimo rei.

Shakespeare de novo. Uma vez que você o deixar entrar em sua cabeça, ele se agarrará a ela e nunca mais partirá.

O som do motor de popa foi minguando até se interromper abruptamente.

Por alguns minutos, o silêncio pareceu perfeito. Em seguida, o sussurro sem palavras e o riso suave de um idiota começaram a ecoar nas superfícies ao redor.

Pelo curto período desde que o bote passou debaixo de mim, ele não poderia ter chegado até a praia. Deve ter feito pouco mais do que metade dessa distância.

O grandalhão no leme não o deixaria solto no mar, batendo de coluna em coluna. Ele provavelmente o amarrara em alguma das colunas de concreto.

E não teria amarrado o barco a menos que pretendesse desembarcar. Ele deve ter escalado a estrutura de suporte do píer à minha frente.

Tive então certeza de onde os ruivos armados estariam e olhei por cima de meu ombro, para o labirinto de colunas e vigas a oeste. Eles ainda não estavam à vista.

Um a minha frente. Dois atrás. Como a mandíbula de um quebra-nozes.

QUATRO

Enquanto me equilibrava na interseção das vigas de sustentação, uma silhueta pálida surgiu do sul e veio em minha direita.

Como muitas vezes os espíritos se manifestam de forma inesperada, sem levar em consideração o estado dos meus nervos, não me assusto tão facilmente. Oscilei sobre a madeira, mas não despenquei.

Meu visitante era Boo, bom cão e ex-mascote do Mosteiro de São Bartolomeu, na Sierra, na Califórnia.

Ele não podia ser visto por ninguém além de mim e nenhum toque a não ser o meu podia detectá-lo. No entanto, aos meus olhos, os reflexos cintilantes espalhados pelo mar agitado ressaltavam seus flancos e seu rosto, como se ele fosse tão sólido quanto eu.

Embora pudesse ter aparecido ao meu lado, preferiu vir andando pela viga em minha direção, como o fantasma do pai de Hamlet, que se aproximou do triste príncipe na plataforma em frente ao castelo.

Bem, não. Boo tinha cauda, pelo macio e um sorriso amigável. O pai de Hamlet não tinha nada disso, embora

Hollywood pudesse, eventualmente, dar-lhe todas as três características em uma adaptação equivocada.

Esperava que a comparação com Hamlet fosse inadequada também em outros quesitos. Afinal, quando a peça termina, o palco está cheio de cadáveres.

Boo parou quando percebeu que eu o tinha visto, levantou a cabeça e abanou o rabo. De repente, sem virar a cabeça, desviou o olhar de mim para a direção sul, parou, olhou de volta para mim e, então, continuou.

Mesmo que não tivesse assistido a vários episódios antigos de *Lassie*, tinha experiência suficiente com os mortos para entender que deveria segui-lo. Senti certo orgulho de, ao contrário do pequeno Timmy no programa de TV, Boo não ter precisado latir para exigir que eu o obedecesse.

O grandalhão loiro não tinha aparecido na parte leste, nem os ruivos na oeste. Assim, me apressei, embora cautelosamente, em seguir o pastor fantasmagórico, que me guiou para a parte sul do píer.

No final da estrutura de madeira, cheguei a um parapeito que apoiava dois lances de escada ascendente, uma para a esquerda e outra para a direita. O local parecia ter sido usado por trabalhadores do píer.

Boo escolheu a escada da esquerda e fui atrás dele. A subida foi curta. No topo, havia uma passarela gradeada de 1,20 metro de largura.

A parte inferior do pavimento do píer estava agora a pouco mais de alguns centímetros acima da minha cabeça. Nesse corredor onde só o vento de uma tempestade poderia entrar, o cheiro do creosoto ficou mais denso.

O lugar era mais escuro que qualquer outro. No entanto, os reflexos tremeluzentes se mexiam constantemente no teto, revelando cabos elétricos, caixas de disjuntores e tubos de cobre condutores de água.

Os cabos conduziam energia para os postes de luz do píer e para os holofotes de emergência abaixo de mim. As linhas de cobre serviam para levar água doce às torneiras espalhadas pelo local para servir aos pescadores que, na maioria das noites, pescavam no píer.

Essa passarela, ao longo da qual Boo me levou, provavelmente era usada por encanadores e eletricistas quando surgiam problemas no píer.

Depois de andarmos um bom caminho na direção da praia, chegamos a um nicho de 60 centímetros por 2 metros na passarela. Uma caixa de madeira com dois cadeados preenchia o espaço.

Com a parca luz disponível, não conseguia ver se havia inscrições ou marcas no baú. Talvez ele contivesse material de manutenção.

Ou, talvez, enterrados no baú pudessem estar os restos da pobre mulher do comandante do píer, Lorraine, que teria sido assassinada há vinte anos por reclamar uma ou duas vezes do cheiro de creosoto no uniforme do marido.

Minha imaginação sem freios podia até mesmo ter construído uma imagem de arrepiar do cadáver de Lorraine, conservado em creosoto, se realmente existisse um cargo de comandante do píer. Não sei de onde viera o nome Lorraine.

Às vezes sou um mistério para mim mesmo.

Boo, parado na passarela, rolou para o lado. Estendeu uma pata para mim e colocou a língua para fora — sinal canino universal que significa: *Sente-se, fique à vontade, me faça companhia, coce minha barriga.*

Com três homens perigosos à minha procura, coçar a barriga de Boo parecia não ser uma ideia sábia — como parar no meio de um campo de batalha e assumir a posição de lótus ou fazer ioga para acalmar os nervos.

Então, me dei conta de que o bruto de camisa havaiana tinha sido vencido por um fantasma, enquanto rastreava a estrutura de suporte do píer de leste a oeste. O baú tinha cerca de 70 centímetros de altura e oferecia um abrigo seguro, diferentemente da plataforma gradeada.

— Bom garoto — sussurrei.

A cauda de Boo bateu contra o chão sem fazer barulho.

Deitei-me na passarela, virado para o lado esquerdo, o braço dobrado no cotovelo, a cabeça apoiada na palma da mão. Com a mão direita, cocei a barriguinha de meu cão fantasma.

Os cães têm consciência de que precisamos oferecer carinho tanto quanto eles precisam recebê-lo. Eles foram os primeiros terapeutas da história — e vêm oferecendo terapia há milhares de anos.

Depois de uns dois minutos, Boo colocou um ponto final à nossa sessão de terapia levantando-se, orelhas em pé, alerta.

Ousei levantar a cabeça acima do baú. Olhei 2 metros abaixo, para a plataforma da qual tinha acabado de sair.

A princípio não vi ninguém. Em seguida, enxerguei o grandalhão vasculhando as vigas de leste a oeste.

A água agitada refletia padrões luminosos que atingiam a estrutura de apoio do píer como os raios de um lustre de cristal girando em um salão de baile. O grandalhão não tinha ninguém com quem dançar, mas não parecia mesmo estar no clima.

CINCO

O GRANDALHÃO NÃO CAMINHAVA PELAS VIGAS DE FORMA DIScreta e cautelosa, como eu fizera, mas com tanta confiança que me fazia pensar que sua mãe devia ter sido trapezista de circo e seu pai, um trabalhador de construção civil especializado em arranha-céus. Seus poderosos braços estavam ao lado do corpo, tinha uma arma em uma das mãos e uma lanterna na outra.

Ele parou, acendeu a lanterna e checou as colunas verticais que davam suporte às vigas horizontais.

Na passarela, me enfiei dentro do baú. Um segundo depois, a luz da lanterna passou por cima de mim, de leste a oeste, de volta, e depois se afastou.

Embora Boo estivesse com a cabeça enfiada na grade, observando o gigante, ele era visível apenas para mim.

Quando meu perseguidor desapareceu de nossas vistas no labirinto de postes, vigas e suportes, me levantei e continuei a andar na direção leste.

Enrodilhado diante de mim, Boo começou a se desmaterializar. Num momento, ele era como um animal de verdade e, no minuto seguinte, foi ficando transparente, esvaindo-se até desaparecer.

Nunca soube para onde ele ia quando não estava comigo. Talvez gostasse de explorar novos lugares, como qualquer cachorro vivo, e saísse para passear em bairros desconhecidos de Magic Beach.

Boo não assombrava o mundo dos vivos da maneira que os fantasmas humanos o fazem. Eles podem se tornar desesperados, apavorados, zangados e amargos. De forma transgressiva, recusaram-se a atender ao apelo do juízo final e fazem deste mundo seu purgatório.

Isso me faz pensar que eles carregam consigo, como herança, o livre-arbítrio que receberam nesta vida, o que é um pensamento reconfortante.

Boo parecia menos um fantasma e mais um espírito guardião, sempre feliz e pronto para servir. Parecia estar na Terra não por ter ficado para trás, mas porque fora enviado de volta. Consequentemente, talvez tenha o poder e a permissão de se deslocar entre mundos de acordo com seu desejo.

Gosto de imaginar que, quando não preciso dele urgentemente, Boo está nos campos celestes, brincando com todos os bons cães que iluminaram o mundo com sua graça e que agora vivem em um lugar onde nenhum animal jamais sofreu ou viveu sem amor.

Evidentemente, Boo acreditava que, no futuro imediato, eu podia me virar sem ele.

Continuei a leste pela passarela até que, olhando para baixo de relance, percebi o bote inflável amarrado a uma coluna de concreto, balançando suavemente sob os holofotes. Aqui, na área oeste, o grandalhão começara a perseguição.

Eu ainda estava distante pelo menos um quarto do comprimento do píer na direção leste. Fiz uma pausa para refletir.

No fim das contas, Boo tinha razão em pensar que eu seria capaz de encontrar meu caminho sem seu aconselhamento.

O grandalhão não tinha procurado na última parte da estrutura de apoio, pois tinha certeza de que eu não poderia ter ido tão longe antes de ele começar sua busca aqui em cima.

Eu não acreditava, no entanto, que ele fosse tão burro quanto grande. Ele só deixaria de buscar na última parte do píer se, caso eu conseguisse escapar dele, alguém estivesse me esperando na praia.

Talvez os dois ruivos não tivessem começado a me procurar juntos, a partir da extremidade oeste do cais, como eu tinha imaginado. Um deles deveria estar esperando à minha frente.

Se eu fosse um cão e Boo fosse um homem, ele teria me dado um biscoito, um tapinha na cabeça e dito:

— Bom garoto.

Depois de escalar a grade da passarela, abaixei-me até uma viga estreita, perdi o equilíbrio, mas consegui me segurar. Fui para o norte, em direção ao centro do píer.

Pouco antes de chegar ao cruzamento das vigas leste-oeste, desci do suporte por uma fenda de 15 centímetros e coloquei um pé sobre um grampo de uma das colunas verticais. Agarrei outro grampo com a mão e me virei de frente para a coluna.

Desci pela coluna de concreto, deslizei pela colônia de cracas incrustadas, esfacelando-as com meu jeans, tendo o cuidado de poupar minhas mãos, e caí tão delicadamente quanto possível sobre o bote inflável. Alguns restos de cracas de crustáceos embarcaram comigo.

O barco balançava sob um dos holofotes. Senti-me perigosamente exposto e ansioso para sair dali.

Uma corda resistente se estendia de uma das pontas do barco até dois grampos da coluna de concreto: dois grampos de aço que sobressaíam das cracas. Não ousei desatar o barco até estar preparado para lutar contra as correntes que me levariam à terra.

Se eu ligasse o motor, meus perseguidores viriam em minha direção imediatamente. Considerando o tempo de que eu, um piloto inexperiente, precisaria para passar entre as colunas até chegar ao mar aberto, talvez um deles conseguisse chegar perto o suficiente para atirar em mim.

Por isso, recorri aos remos. Havia um par deles preso à lateral do barco com tiras de velcro.

Para navegar nesse barco eram necessários remos compridos e o espaço era apertado, portanto esse par tinha pás de madeira, mas as hastes eram de alumínio e se recolhiam como um telescópio. Atrapalhado e reclamando baixinho — ambas atividades nas quais sou expert —, estendi os remos e os ajustei no comprimento certo.

Fixei um dos remos na alça do barco, mas deixei o outro livre. Como as fileiras de colunas dificultariam, ou mesmo tornariam impossível, remar contra a maré e também navegar em torno delas, eu esperava impulsionar a embarcação inflável por toda a extensão do píer empurrando as colunas uma após a outra.

Enfim, desatei a corda de segurança do grampo. Como o barco começou imediatamente a se mexer de acordo com a maré, deixei a corda embolada no convés.

Antes de a coluna ficar definitivamente para trás, sentei no sentido oposto ao que estava me movendo e aproveitei o remo livre para dar um impulso, empurrando a coluna de concreto. Com a mandíbula cerrada, sentindo a pulsação em minhas têmporas, tentei com toda força mover o barco em direção ao norte, no sentido da maré.

E assim foi, por uma curta distância antes de a maré virar para nordeste e, depois, para leste. Corrigi o curso empurrando as colunas, mais uma, mais uma, e, embora algumas vezes o remo tenha raspado ou batido no concreto, o som era muito breve e baixo para chamar a atenção.

Inevitavelmente, não consegui impedir o desvio para o leste. Mas a distância da terra permanecia suficientemente grande para que as colunas impedissem qualquer pessoa que estivesse na extremidade do píer de ver o que estava acontecendo.

Quando o mar se abriu na minha frente, coloquei o remo que estava solto na alça e, com ambas as mãos, remei contra a maré, puxando mais forte com o que estava na direção do mar.

No mar aberto, esperava que um tiro pudesse me atingir nas costas. Se isso acontecesse, desejava que ele não me deixasse aleijado, e sim me mandasse diretamente a Stormy Llewellyn.

A noite caiu completamente enquanto eu tentava escapar da estrutura de sustentação do píer. O nevoeiro, que se levantara perto do crepúsculo pouco antes que eu e Annamaria decidíssemos deixar o local, foi lentamente se espessando.

O manto da névoa me escondia melhor do que a escuridão teria feito sozinha. As alças rangiam um pouco e os remos, por vezes, jogavam respingos da água negra em mim, mas não havia gritos ameaçadores, e a cada momento sentia-me mais confiante de que ia escapar.

Meus braços começaram a doer, assim como meus ombros e meu pescoço, mas continuei remando. Estava cada vez mais impressionado com o poder do mar e me sentia gratificado porque as ondas estavam calmas.

Quando finalmente me permiti olhar para trás, o brilho distante de algumas lâmpadas do píer ainda podia ser discernido. Ao perceber que o píer havia desaparecido na escuridão cinzenta, coloquei os dois remos a bordo e descansei sobre o barco.

Nas mãos de um marinheiro novato, um bote inflável pode virar uma besta escorregadia, e navegá-lo pode ser quase tão ruim quanto andar nas costas de um crocodilo raivoso que quer estraçalhá-lo e comer seus *cojones*. Mas essa é uma história para outra hora.

Com medo de escorregar para dentro d'água ou até naufragar, arrestei-me sobre as mãos e os joelhos até a parte de trás. Sentei, com uma mão na direção do motor de popa. Em vez de ter uma corda de arranque, o barco possuía uma ignição eletrônica, que encontrei lendo o motor como um cego lê uma linha de braille. Um simples toque no botão provocou um rugido e, em seguida, um movimento de hélices cortando o mar.

O barulho do motor não me permitia ouvir eventuais gritos que viessem do píer, mas agora a trindade demoníaca sabia para aonde eu estava indo.

SEIS

IR DIRETO PARA A PRAIA PARECIA IMPRUDENTE. O HOMEM armado posicionado no final do píer poderia correr na direção norte, ao longo da praia, guiando-se pelo ruído do motor para me localizar.

O nevoeiro não era denso o suficiente para esconder toda Magic Beach. Ainda podia distinguir algumas luzes difusas do comércio e de algumas casas. Usei isso para me orientar e seguir pelo norte, paralelamente à costa.

Pela primeira vez desde o acontecido, pude parar para pensar por que a mão do grandalhão em meu ombro tinha me lançado ao sonho apocalíptico da noite anterior. Não tinha certeza se ele havia compartilhado minha visão. Mas sabia que ele tinha experimentado *alguma coisa* que o fizera desejar me levar a um lugar escondido para realizar um intenso interrogatório no qual o interrogador faz uma grande coleção de dentes e unhas do interrogado.

Pensei naqueles olhos amarelos e naquela voz que pertencia a um ser que comeria criancinhas com ou sem molho inglês: *Quem* diabos *é você?*

Minha circunstância atual não era propícia para reflexões razoáveis ou raciocínios profundos. Só conseguia enxergar uma única explicação para o efeito eletrizante de sua mão em meu ombro.

Meu sonho com a catástrofe terrível, mas não especificada, não fora um sonho, e sim, sem dúvida, uma premonição. Quando o grandalhão me tocou, disparou uma memória do pesadelo e eu a repassei porque *ele seria o causador do misterioso cataclismo que eu não conseguia prever de forma adequada.*

As ondas estavam fracas demais para me causarem enjoo, mas quando meu estômago revirou foi como se uma ostra estivesse deslizando para fora de sua concha.

Quando estava quase a 1 quilômetro do píer, travei o leme e o acelerador do motor, despi meu moletom encharcado que tinha dificultado meu nado anterior e mergulhei no mar.

Tendo suado um bocado por conta dos esforços físicos, tinha esquecido como a água estava fria: fria o suficiente para me arrancar o ar. Afundei. Uma corrente me sugou para baixo. Lutei para subir e cheguei à superfície, cuspindo um bom tanto de água e tentando retomar o fôlego.

Rolei sobre minhas costas, usando uma espécie de pé de pato e nadei uma modalidade adaptada do borboleta para chegar à terra em um ritmo rápido. Se um dos ruivos estivesse esperando por mim na praia, iria ter sua atenção desviada pelo barco, que continuou na direção norte, e ganhar tempo para decidir se deveria segui-lo ou voltar ao píer.

Além disso, talvez um tubarão, um tubarão muito grande, um tubarão gigante e mutante de tamanho sem precedentes, fosse surgir abaixo de mim, matando-me com uma mordida e me engolindo inteiro. Nesse caso, não teria mais que me preocupar com Annamaria, com o povo de Magic Beach ou com o possível fim do mundo.

Quase sem forças, boiei na água salgada, olhando a névoa imprecisa em constante mudança. Não havia nenhum som, a não ser o da minha respiração e o da água entrando e saindo de meus ouvidos. Tendo me adaptado ao frio, e por enquanto sem sofrer com ele, estava próximo da experiência de privação sensorial que sempre quis experimentar.

Sem distrações, esse parecia ser um momento ideal para tentar trazer à memória o sonho da maré vermelha em busca de detalhes significativos, que eu inicialmente não tinha percebido. Teria ficado aliviado se em minha lembrança aparecesse uma placa de neon que anunciasse o mês, o dia e a hora do cataclismo, além de seu local exato e de uma descrição do evento. Infelizmente, meus sonhos premonitórios não funcionam dessa maneira. Não entendo por que me foi dado o dom de pressentir coisas vívidas o suficiente para me obrigarem a tentar impedir um mal iminente e, mas nunca claras o bastante para me permitirem agir de uma vez, com força e convicção.

Por causa dos perturbadores aspectos sobrenaturais da minha vida e porque o peso das minhas responsabilidades incomuns supera o meu poder de cumpri-las, corro o risco de ser esmagado pelo estresse. Por isso, tenho mantido a parte não sobrenatural da minha vida simples. Quase não tenho posses. Nem obrigações, como uma hipoteca ou prestações de um carro para me preocupar. Eu evito TV contemporânea, política contemporânea, arte contemporânea: tudo o que é muito frenético, febril e frívolo, ou raivoso e amargo.

Às vezes, até mesmo trabalhar como cozinheiro em um restaurante movimentado se tornou muito complicado. E tentei contemplar uma vida menos exigente em um emprego como vendedor de pneus ou numa empresa do varejo de calçados. Se alguém me pagasse para assistir a grama crescer, eu poderia fazê-lo sem problemas.

Não tenho muitas roupas, apenas camisetas, jeans e moletons para quando faz frio. Nenhuma crise diante do guarda-roupa.

Não tenho planos para o futuro. Faço minha vida conforme ela vai passando.

O animal de estimação perfeito para mim é um cão fantasma. Ele não precisa ser alimentado, não tem de ganhar água nem ir à pet shop e não faz cocô para eu limpar.

Enfim, vagando sem rumo no nevoeiro em direção ao litoral, não consegui lembrar imediatamente de novos detalhes do sonho. Mas, então, me dei conta de que, em minha visão, Annamaria não estava com as mesmas roupas que usava quando falei com ela.

Ela estava grávida na premonição, como na realidade, suspensa no ar acima do mar luminoso e vermelho, com uma tempestade de nuvens impetuosas atrás dela.

Eu estava numa praia infestada de serpentes de luz e ela flutuou em minha direção, livre da força da gravidade, os braços cruzados sobre o peito, olhos fechados.

Lembrei-me de sua roupa se agitando ao vento, não como se estivesse exposta a um cataclismo, mas suavemente, pela brisa do próprio deslocamento mágico e imponente através do ar.

Não era um vestido. Era uma roupa volumosa, mas não exagerada. Um manto a cobria do pescoço aos punhos e aos tornozelos.

Seus tornozelos estavam cruzados, seus pés, descalços.

O tecido da roupa tinha a maciez e o brilho da seda, e caía em pregas graciosas — e havia algo de estranho nisso.

Algo extraordinário.

Eu tinha certeza de que a roupa era branca no início. Mas, depois, não era mais. Não conseguia lembrar qual cor a roupa tinha tomado, mas a mudança ainda não era a coisa mais estranha. A suavidade da textura, o brilho do tecido. Os drapeados graciosos. A menor vibração das mangas e da bainha, acima dos pés descalços...

Durante minhas passadas, meus calcanhares esbarraram em algo na água e, um instante depois, minhas mãos também encontraram resistência. Debati-me contra o tubarão imaginário pouco antes, até perceber que estava em águas rasas e que lutava contra a areia.

Levantei-me diante do frio ar da noite, mais frio do que a água. Ouvindo o motor de popa desaparecer na distância, avancei para a terra pelos murmúrios das ondas e espumas do mar.

Saindo do nevoeiro branco, acima da arrebentação branca da praia, vi uma forma cinzenta e, de repente, uma luz brilhante apareceu a centímetros do meu rosto.

Antes que eu pudesse me afastar, a lanterna oscilou, era um desses modelos de corpo longo. Não tive tempo de me esquivar; a lanterna subiu e desceu me atingindo do lado da cabeça.

Enquanto me batia, o cara me chamou de ânus, embora tenha usado um sinônimo menos elegante para a palavra.

O cara estava tão perto de mim que, mesmo na confusão da luz refratada no nevoeiro, eu podia ver que ele era um bandido novo, e não um dos três meliantes do píer.

O lema de Magic Beach era AQUI TODOS SÃO VIZINHOS E TODOS OS VIZINHOS SÃO AMIGOS. Eles precisavam mudar com urgência para algo como MELHOR SE CUIDAR, MALANDRO.

Meus ouvidos estavam zunindo e minha cabeça doía, mas eu estava consciente. Cambaleei em direção ao meu agressor e ele se afastou. Tentei me aproximar novamente e ele me atingiu mais uma vez, agora com mais força e diretamente no alto da cabeça. Tinha pensado em chutar sua virilha, mas me vi caído de os joelhos, uma posição na qual chutar uma virilha é algo bastante ambicioso. Por um momento, pensei que os fiéis já estavam sendo convocados para a igreja, mas depois percebi que o sino estava dentro da minha cabeça, batendo muito alto.

Não era preciso ser vidente para saber que a lanterna estava descendo de novo, cortando o nevoeiro e o ar frio da noite.

Eu disse um palavrão.

SETE

Considerando que este é meu quarto manuscrito, tornei-me uma espécie de escritor, embora tudo o que tenha produzido só vá ser publicado após a minha morte, se for. Como escritor, sei que um palavrão em um momento crucial pode expurgar sentimentos ruins e aliviar a tensão emocional. Mas, sendo um cara que foi obrigado a lutar para sobreviver quase a vida inteira, também sei que palavra alguma — mesmo uma muito, muito forte — pode impedir que um objeto contundente quebre seu crânio, se for manuseado com entusiasmo e acertar o alvo.

Assim, tendo caído de joelhos no segundo golpe, e com minha cabeça latejando como se o corcunda de Notre Dame estivesse dentro dela puxando loucamente as cordas de um sino, disse um palavrão, mas ao mesmo tempo reuni todas as minhas forças e saltei para a frente, pegando meu agressor pelos tornozelos.

O terceiro golpe não acertou, portanto, o alvo pretendido. A pancada atingiu minhas costas, o que é bem melhor do que ser golpeado na cabeça, embora não tão bom quanto uma massagem.

De bruços na praia, segurando os tornozelos do meu agressor, tentei fazer o filho da puta perder o equilíbrio.

Filho da puta não foi o palavrão que usei anteriormente. O outro era diferente, e muito pior.

Suas pernas estavam afastadas, e ele era forte. Independentemente de meus olhos estarem abertos ou fechados, eu via espirais de luzes cintilantes e *Somewhere Over the Rainbow* tocava em minha cabeça. Por isso, percebi que só não fiquei inconsciente por um triz e que não podia contar com toda a minha força.

Ele continuou tentando acertar minha cabeça, mas, ao mesmo tempo, tinha de se esforçar para ficar em pé, então só conseguiu atingir meus ombros três ou quatro vezes.

Durante a briga, o feixe de luz da lanterna não se apagou e, repetidamente, cortou o nevoeiro — fiquei impressionado com o padrão de durabilidade do fabricante.

Embora fosse uma luta muito séria, eu não conseguia deixar de pensar no absurdo da situação. Um bandido que se preze deveria ter uma arma, ou pelo menos uma carta na manga. Ele me batia como se fosse uma senhora de 80 anos com um guarda-chuva na mão tentando dar uma lição em seu namorado octogenário que acabava de fazer uma proposta indecente.

Finalmente consegui derrubá-lo. Ele largou a lanterna e caiu para trás.

Subi em cima dele, posicionando meu joelho direito no local que poderia fazê-lo se arrepender de ter nascido homem.

Provavelmente ele tentou dizer um palavrão dos grandes, mas o que saiu foi um gritinho de consternação digno de um rato de desenho animado.

A lanterna ainda estava perto de sua mão. Ele tentou me atacar de novo e eu peguei sua formidável arma.

Não gosto de violência. Não quero ser vítima dela, e sempre fico relutante em cometê-la.

Não obstante, cometi certa violência na praia naquela noite. Bati com a lanterna na cabeça dele três vezes. Embora golpeá-lo não me desse prazer, tampouco me sentia culpado a ponto de me entregar à polícia.

Ele parou de resistir e parei de bater. Pelo sussurro suave e lento de sua respiração, pude perceber que ele tinha caído inconsciente.

Quando toda a tensão deixou seus músculos, saí de cima dele e fiquei de pé apenas para provar a mim mesmo que ainda era capaz de fazê-lo.

Dorothy continuava cantando baixinho e eu podia ouvir Totó resfolegando. As luzes que piscavam atrás das minhas pálpebras começaram a se mexer rapidamente em espiral, como se o furacão estivesse chegando para nos tirar do Kansas e nos levar direto para Oz.

Ajoelhei-me, voluntariamente dessa vez, antes de cair no chão contra minha vontade. Depois de um momento, percebi que a respiração ofegante era minha, e não do cão de Dorothy.

Felizmente, a vertigem passou antes que meu adversário pudesse recuperar a consciência. Embora a lanterna ainda estivesse funcionando, tive a impressão de que ela não poderia mais servir como arma.

A lente rachada lançou uma luz irregular sobre o rosto de meu agressor. Mas quando abri uma de suas pálpebras para ter certeza de que ele não estava em choque, pude ver bem o suficiente para saber que nunca o tinha visto antes e que preferia não o ver novamente.

Olho de salamandra. O cabelo parecia pelo de morcego. Nariz turco e lábios tártaros. A língua pendurada como um filete, língua de cobra. Não era exatamente feio, era estranho, parecia ter sido criado no caldeirão das bruxas de Macbeth.

Quando caiu, um celular fininho deslizou para fora do bolso de sua camisa. Se estava metido com o trio do píer, meu agressor deve ter avisado quando me viu nadando em direção à terra.

Depois de rolar seu corpo para o lado, peguei a carteira do bolso de sua calça. Supondo que ele tivesse convocado os outros pouco antes de eu chegar à praia, precisava agir rapidamente, e não tinha tempo de me debruçar sobre sua identidade ali. Deixei o dinheiro que estava na carteira dobrado dentro do bolso de sua camisa, junto com o telefone celular, e levei a carteira.

Apoiei a lanterna em seu peito. Como sua cabeça estava um pouco erguida sobre um monte de areia, o feixe luminoso atingia-lhe a linha do queixo.

Se um Godzilla tivesse acordado num abismo do Pacífico e decidido vir à terra para acabar com nossa pitoresca comunidade, o rosto desse cara poderia dissuadi-lo do intuito, e a fera escamosa voltaria humildemente para a paz das profundezas.

Sob o nevoeiro, as luzes difusas da cidade me guiaram e atravessei a praia.

Não fui diretamente para o leste. O cara da lanterna poderia ter se comunicado com o restante da trupe do píer que estava na margem ocidental e provavelmente dera algum ponto de referência, por meio do qual eles poderiam encontrá-lo. Se eles estavam vindo, eu precisava sumir rapidamente.

OITO

Segui para a direção nordeste, pela praia, a areia macia se entranhando em meus sapatos e transformando cada passo em uma tarefa árdua. Vestir jeans e camiseta molhada em uma praia numa noite de janeiro pode ser um belo teste para seu ânimo. Cinco semanas atrás, no entanto, eu estava em Sierra durante uma nevasca. E o frio de Magic Beach parecia brincadeira em comparação ao de lá. Tudo o que eu queria era um frasco de aspirinas e um saco de gelo. Quando toquei o lado esquerdo da minha cabeça, que latejava, fiquei em dúvida se não precisava levar uns pontos. Meu cabelo estava empapado de sangue e havia um caroço do tamanho de uma ameixa.

Ao deixar a praia, percebi que estava na extremidade norte da área comercial da cidade, onde a avenida Jacarandá terminava num beco sem saída. De lá, o calçadão de concreto se estendia, junto com as casas residenciais à beira-mar, por 2 quilômetros até o porto.

Em seus dez quarteirões, a avenida Jacarandá, que corre a leste do calçadão, era coberta por pinheiros antigos. As árvores formavam um dossel que deixava a rua mais fresca durante o dia e cheia de sombras durante a noite. Mas não há nenhum jacarandá ao longo da avenida.

A travessa das Glicínias não podia se gabar de suas flores. A rua das Palmeiras era conhecida por seus carvalhos e fícus. O monte Prateado era o bairro mais pobre e, de todas as ruas da cidade, a avenida Oceano era a que ficava mais distante do mar.

Como a maioria dos políticos, os de Magic Beach pareciam viver em um universo paralelo àquele que as pessoas da vida real habitavam.

Molhado, amarrotado, sangrando, com os sapatos e o jeans cobertos de areia e, sem dúvida, de olhos arregalados, eu estava grato por os pinheiros filtrarem a luz dos postes. Como se conspirasse com o nevoeiro, caminhei nas sombras da avenida Jacarandá e virei à direita na passagem da Pimenteira.

Nem pergunte.

Três caras estavam me caçando. Com uma população de 15 mil pessoas, Magic Beach se expandia para além da avenida principal, mas não oferecia um movimento razoável de pessoas no qual eu pudesse passar despercebido.

Além disso, na minha atual condição, se um policial alerta me visse, se sentiria na obrigação de me parar para uma conversinha. E certamente pensaria que eu tinha sido o alvo ou até mesmo o autor da algum tipo de violência, ou ambos.

Não estava muito certo de que conseguiria convencê-lo de que havia me ferido sozinho, como autoflagelação por uma decisão errada que tomei.

E também não queria prestar queixa dos brutamontes do píer e da briga na praia. Isso levaria horas.

Nesse momento, os três bandidos deviam estar tentando descobrir quem eu era, descrevendo-me para as pessoas que trabalham na área comercial perto do píer.

Mas eles não teriam muitas pistas. Tendo chegado na cidade há pouco mais de um mês e por ter adotado uma postura reservada enquanto esperava para descobrir por que tinha sido atraído para lá, eu era um estranho para quase toda a população. Mesmo se eles fizessem uma descrição precisa, não ajudaria muito. Tenho estatura mediana, peso médio. Não tenho nenhuma cicatriz aparente, nem marcas de nascença, tatuagens, manchas, verrugas ou mutações faciais. Não tenho uma barbicha nem olhos amarelos. Meus dentes não estão se dissolvendo devido à dependência de metanfetamina e também não sou do tipo que para o trânsito, como, por exemplo, Tom Cruise.

Exceto pelos meus dons paranormais, nasci para ser um cozinheiro. Vendedor de pneus. Atendente de loja de calçados. O cara que coloca panfletos sob limpadores de para-brisa nos carros do estacionamento do shopping.

Tente me dar uma descrição exata e detalhada de pelo menos um dos muitos cozinheiros que lhe serviram café da manhã em uma loja de conveniência, ou de um vendedor de pneus ou de um balconista da loja de calçados que você frequenta. Eu sei o que vem à sua mente: *nada*.

Não se sinta mal. A maioria dos cozinheiros, vendedores de pneus ou de sapatos nunca quis ser famosa ou reconhecida. Só queremos seguir vivendo. Queremos viver tranquilamente, evitando machucar as pessoas ou sermos machucados, tentando nos sustentar. Trabalhando para dar uma vida digna àqueles que amamos e ter alguma diversão. Mantemos a economia crescendo, lutamos em guerras quando é preciso, formamos famílias, quando temos sorte, mas não temos nenhum desejo de ver nossas fotos no jornal ou de receber medalhas, não esperamos ouvir nossos nomes como respostas em programas de auditório.

Somos a água no rio da civilização. E os cidadãos que desejam atenção, que navegam em grandes barcos pelo rio e acenam para multidões admiradas ao longo da costa... bem, eles nos interessam menos do que nos divertem. Não os invejamos em sua importância. Abraçamos nosso anonimato e a tranquilidade que vem com ele.

Andy Warhol disse que, no futuro, todos seriam famosos por 15 minutos e profetizou uma fome de fama. Ele estava certo, mas apenas sobre o tipo de pessoas com quem convivia.

Já os caras que colocam panfletos em para-brisas limpinhos no estacionamento do shopping... cara, eles entendem o lance do anonimato *perfeitamente*, e são invisíveis como o vento e sem rosto como o tempo.

Enquanto caminhava pelo nevoeiro e pelas sombras, escolhendo ruas menores em vez das avenidas, temia que o homem de olhos amarelos pudesse ter mais gente em sua equipe além do par de ruivos e do cara da lanterna. Dependendo do tamanho de seus recursos, ele poderia ter pessoas não só à minha procura, mas também à procura de Annamaria.

Ela sabia meu nome. E devia saber mais sobre mim. Não acho que me entregaria ao grandalhão, mas sei que ele poderia quebrá-la como se ela fosse um cofrinho de cerâmica, só para chegar até as moedas de conhecimento que Annamaria possuía.

E eu não queria que ela se machucasse, especialmente por minha causa. Tinha de encontrá-la antes que isso acontecesse.

NOVE

SAINDO DE UM BECO, CHEGUEI À PARTE DE TRÁS DA CASA DE Hutch Hutchison. O portão ao lado da garagem dava acesso a um calçamento que levava a um pátio interno de tijolinhos. Os vasos e pratos de barro com cíclames vermelhos e roxos tinham sua exuberância e suas cores diminuídas pela névoa branca que se misturava ao negror da noite. Coloquei minha carteira, junto com a outra que havia pego do agitado homem da lanterna, sobre uma mesa de ferro com tampo de vidro. Tirei meus tênis, que estavam cheios de areia endurecida do dedão ao calcanhar, minhas meias e depois minha calça jeans, que estavam com uma quantidade da areia suficiente para encher uma grande ampulheta. Com uma mangueira de jardim, lavei os pés.

A dona Meiga vinha três vezes por semana fazer a limpeza da casa, e também para lavar e passar a roupa. Seu sobrenome era tão ou mais apropriado a sua pessoa do que meu primeiro nome a mim, e eu não queria dar trabalho extra a ela.

A porta de trás estava trancada. Hutch mantinha uma chave reserva, protegida por um plástico, dentro do vaso de cíclames. Depois de pegar as duas carteiras, entrei em casa.

Perfumada com o aroma de canela dos biscoitos de abóbora com chocolate que eu havia assado no início da tarde e iluminada apenas pelo brilho de algumas lâmpadas posicionadas abaixo dos armários, a cozinha me aguardava, quentinha e acolhedora.

Não sou teólogo, mas não ficaria surpreso se o céu fosse, no fim das contas, uma cozinha acolhedora, onde deliciosas comidinhas aparecessem no forno e na geladeira sempre que você quisesse, e onde os armários estivessem sempre cheios de bons livros.

Depois de enxugar meus pés molhados no pequeno tapete, peguei um biscoito da travessa no centro da mesa e caminhei em direção à porta que levava ao hall.

Pretendia subir as escadas tão discretamente quanto um ninja assassino, tomar um banho rápido, fazer um curativo em minha cabeça ferida, se não fosse preciso dar pontos, e vestiu roupas secas.

Mas quando estava no meio da cozinha, a porta de vaivém se abriu. Hutch acendeu as luzes, entrou com seu caminhar de cegonha e disse:

— Acabo de ver um tsunami de centenas de metros de altura.
— É mesmo? — perguntei. — Nesse momento?
— Em um filme.
— Que alívio, senhor.
— De uma beleza incomum.
— Sério?
— Não a onda, a mulher.
— Mulher, senhor?
— Téa Leoni. Ela estava no filme.

Ele se aproximou da mesa e pegou um biscoito do prato.

— Filho, você sabia que há um asteroide em rota de colisão com a Terra?

— Há sempre alguma coisa do tipo — eu disse.

— Se um grande asteroide atingir a Terra — ele deu uma mordida no biscoito —, milhões de pessoas podem morrer.

— A possibilidade faz a gente desejar que o mundo fosse feito apenas de oceanos.

— Ah, mas se ele caísse no oceano, causaria um tsunami que poderia chegar a 90 metros de altura. Milhões seriam mortos de qualquer jeito.

— Se correr o bicho pega, se ficar... — eu disse.

Sorrindo e concordando com um movimento da cabeça, ele respondeu:

— Absolutamente maravilhoso.

— Os milhões de mortos, senhor?

— O quê? Não, claro que não. O biscoito. Maravilhoso.

— Obrigado, senhor. — Levei a mão errada à boca e quase mordi as duas carteiras.

Ele disse:

— Incrivelmente profundo.

— É apenas um biscoito, senhor — eu disse, dando uma mordida.

— A ideia de que toda a humanidade pode ser exterminada em um único evento catastrófico.

— Isso deixaria desempregado um monte de cachorros treinados para resgates.

Ele ergueu o queixo, franziu a testa e esboçou aquela nobre expressão típica de um homem focado no futuro.

— Já fui um cientista.

— De que área, senhor?

— Doenças contagiosas.

Hutch largou o biscoito pela metade, pegou um frasco de álcool gel do bolso e espalhou uma grande quantidade do conteúdo na palma da mão esquerda.

— A terrível onda de peste pneumônica teria varrido a civilização se não fosse por mim, Walter Pidgeon e Marilyn Monroe.

— Não vi esse, senhor.

— Ela estava maravilhosa como transmissora involuntária da peste pneumônica.

Seu olhar abandonou o futuro da ciência e da humanidade e se voltou novamente para a meleca que eliminava germes na palma de sua mão.

— Ela certamente tinha os pulmões necessários para o papel — disse ele, e esfregou vigorosamente as mãos de dedos longos no gel, fazendo sons suaves.

— Bem — eu disse —, estava indo para o meu quarto.

— Sua caminhada foi agradável?

— Sim, senhor. Muito boa.

— Uma *pernada*, como costumávamos dizer.

— Essa não é do meu tempo.

— Essa não é do tempo de mais *ninguém*. Meu Deus, como estou velho.

— O senhor não é tão velho assim.

— Comparado a uma árvore de pau-brasil, pode ser que não.

Hesitei em sair da cozinha, preocupado que, ao me mexer, ele percebesse eu que estava descalço e sem calça.

— Sr. Hutchison.

— Me chame de Hutch. Todos me chamam de Hutch.

— Sim, senhor. Se alguém aparecer por aqui me procurando, diga que voltei da minha caminhada muito agitado, arrumei minhas coisas e parti.

O gel tinha evaporado e suas mãos estavam livres da ameaça dos germes. Ele pegou a metade que sobrara de seu biscoito. Depois, surpreso, disse:

— Você está indo embora, meu filho?

— Não, senhor. Isso é apenas o que eu gostaria que o senhor dissesse a eles.

— Eles são policiais?

— Não. Um deles é um cara grande com uma barbicha.

— Esse papel serviria para George Kennedy.

— Ele ainda está vivo, senhor?

— Por que não? Eu estou. Ele estava maravilhosamente assustador em *Miragem*, com Gregory Peck.

— Se não for o cara de barbicha, pode ser um rapaz ruivo com dentes bons, ou um com dentes ruins. Seja quem for, diga que parti sem dizer nada e que o senhor está com raiva.

— Acho que não ficaria com raiva de você, meu filho.

— Mas pode fingir. O senhor é um ator.

Seus olhos brilharam. Ele engoliu um pedaço do biscoito. Com os dentes um pouco apertados e disse:

— Seu merdinha ingrato.

— É isso aí, senhor.

— Você pegou 5 mil em dinheiro da minha gaveta, seu ladrão filho da mãe.

— Ótimo. Está muito bom.

— Tratei você como um filho, te amei como um filho, e agora percebo que tive sorte de você não ter cortado minha garganta enquanto eu dormia, seu verme desprezível.

— Não exagere, senhor. Precisa parecer real.

Hutch pareceu chocado.

— Exagerei? Mesmo?

— Talvez eu tenha usado uma palavra muito forte.

— Faz meio século que não fico diante de uma câmera.

— Na verdade, não foi tão exagerado assim — assegurei a ele. — Só passou um pouquinho da conta... O senhor se excedeu, essa foi a palavra.

— Excessivo. Menos é mais, em outras palavras.

— Sim, senhor. O senhor tem que estar com raiva, mas não furioso. Está desgostoso. Um desgosto temperado com pesar.

Olhando em minha direção, ele balançou a cabeça lentamente.

— Talvez eu tivesse um filho que perdi na guerra e você tivesse me feito lembrar dele.

— Tudo bem.

— Seu nome era Jamie. Ele era charmoso, corajoso, sagaz. Você parecia com ele, inicialmente, um jovem que vivia longe das tentações do mundo... mas você era apenas um sanguessuga.

Fiz uma careta.

— Poxa, Sr. Hutchison, um sanguessuga...

— Um parasita querendo tirar vantagem.

— Bom, se isso funciona para o senhor.

— Jamie perdido na guerra. Minha preciosa Corrina morta por um câncer — sua voz tornou-se cada vez mais fraca, diminuindo gradativamente até virar um sussurro. — Sozinho por tanto tempo, e você ... você soube como tirar proveito da minha vulnerabilidade. Você roubou até as joias de Corrina, que eu havia guardado por trinta anos.

— O senhor vai contar tudo isso a eles, senhor?

— Não, não. Estou apenas me inspirando.

Ele puxou um prato de um armário e colocou dois biscoitos nele.

— O pai de Jamie, marido de Corrina, não é o tipo de homem velho que se voltaria para a bebida em sua melancolia. Ele se afunda nos biscoitos... Única coisa doce que você deixou antes de partir, explorando-o com seu cinismo.

Estremeci.

— Estou começando a me sentir mal.

— Você acha que eu deveria vestir um casaco? Um homem velho escondido em um casaco esfarrapado é maravilhosamente patético.

— O senhor tem um casaco rasgado?

— Tenho um casaco de lã que poderia rasgar num minuto. Observei enquanto ele permanecia em pé, com o prato de biscoitos na mão e um sorriso irônico no rosto.

— O senhor parece patético para mim — eu disse.

Seu sorriso desapareceu. Seus lábios tremeram para, em seguida, se apertarem, como se tentassem conter uma forte emoção.

Ele voltou seu olhar para os biscoitos no prato. Quando me encarou novamente, seus olhos brilhavam com lágrimas.

— O senhor não precisa de um casaco — falei.

— Acha mesmo?

— De verdade. O senhor parece suficientemente patético.

— Que encantador da sua parte. Obrigado.

— De nada, senhor.

— É melhor eu voltar para a sala. Vou procurar um livro deliciosamente triste para ler. Assim, quando a campainha tocar, estarei plenamente no personagem.

— Eles podem não conseguir nenhuma pista. Ou podem até não vir.

— Não seja tão pessimista, Odd. Eles virão. Tenho certeza. Vai ser muito divertido.

Hutch empurrou a porta de vaivém com o vigor de um homem rejuvenescido. Pude ouvi-lo andar pelo corredor até a sala.

Descalço, sem as calças e sangrando, peguei alguns cubos de gelo e os coloquei em um saco plástico. Enrolei uma toalha em volta. Fingindo ter a confiança de um homem completamente vestido, andei pelo corredor. Ao passar pela porta que dava para a sala, acenei para Hutch. Do conforto de sua poltrona, afundado em sua melancolia, ele acenou com indiferença para mim.

DEZ

Meu couro cabeludo estava esfolado, mas não lacerado. No chuveiro, a água quente e o xampu machucaram um pouco, mas o ferimento não começou a sangrar de novo. Recusando-me a ser cauteloso e secar o cabelo, coloquei uma calça e uma camiseta limpas. E terminei de amarrar meu par extra de tênis. Meu moletom Mistery Train tinha se perdido no mar. Vesti um semelhante, comprado numa loja do mesmo tipo, que era de tecido azul-escuro e trazia a palavra Wyvern escrita em dourado sobre o peito.

Presumi que Wyvern era o nome de uma pequena universidade. Mas vesti-lo não me fez sentir-me mais inteligente.

Enquanto me vestia, Frank Sinatra me observava da cama. Ele estava deitado no acolchoado, pernas cruzadas uma sobre a outra, a cabeça, com as mãos atrás da nuca, recostada nos travesseiros.

O Chefão estava sorrindo, divertindo-se comigo. Seu sorriso parecia vitorioso, mas já sabia que seu humor era instável.

Ele estava morto, é claro. Morreu em 1998, aos 82 anos.

Todos os espíritos remanescentes têm a aparência de quando a morte os levou. Porém, o Sr. Sinatra faz suas aparições com a idade que deseja, dependendo de seu humor.

Conheci apenas mais um espírito com o poder de se manifestar em qualquer idade que escolhesse: o rei do rock and roll.

Elvis me acompanhou durante anos. Demorei muito tempo para entender as razões pelas quais ele se recusava a seguir em frente.

Alguns dias antes do Natal, em uma estrada solitária da Califórnia, ele finalmente tomou coragem para avançar para o outro mundo. Fiquei muito feliz na ocasião, vendo suas tristezas sumirem e seu rosto se iluminar em expectativa.

Momentos depois de Elvis partir, enquanto Boo e eu andávamos pela estrada, atraídos a um destino desconhecido que só depois saberíamos se tratar de Magic Beach, o Sr. Sinatra apareceu ao meu lado. Tinha a aparência de seus 30 anos naquele dia, cinquenta anos mais jovem do que quando morreu.

Agora, deitado na cama, parecia ter 40 ou 41 anos. Estava vestido com as roupas com as quais aparecera no filme *Alta sociedade*, no qual atuou junto com Bing Crosby, em 1956.

De todos os espíritos que vi, apenas Elvis e o Sr. Sinatra eram capazes de se manifestar vestidos de acordo com sua escolha. Os outros sempre me assombraram com a roupa que estavam usando quando morreram.

Essa é a razão pela jamais irei a uma festa de fantasia vestindo o símbolo tradicional do ano-novo: uma fralda e uma cartola. Não quero cruzar a fronteira, na chegada do inferno ou do céu, ao som das risadas demoníacas ou angelicais.

Vesti o moletom Wyvern e estava pronto para sair quando o Sr. Sinatra veio até mim, os ombros para a frente, a cabeça meio abaixada, punhos levantados, e desferiu alguns socos no ar perto do meu rosto.

Como eu sabia que ele evidentemente esperava que o ajudasse a ir para o outro mundo, da mesma forma que ajudara Elvis, eu vinha lendo algumas biografias sobre o Sr. Sinatra. Não sabia tanto de sua vida quanto sabia sobre a do Rei, mas tinha noção suficiente para entendê-lo nesse momento.

— Robert Mitchum disse certa vez que o senhor era o único homem com quem tinha medo de lutar, mesmo ele sendo tão grande quanto o senhor.

O Chefão pareceu constrangido e deu de ombros.

Enquanto pegava o saco de gelo envolto pela toalha e o segurava contra o caroço que crescia na lateral da minha cabeça, continuei:

— Mitchum disse que sabia que podia derrubá-lo, provavelmente mais de uma vez, mas também sabia que o senhor iria continuar levantando e voltando, até que um de vocês estivesse morto.

O Sr. Sinatra fez um gesto, como se quisesse dizer que Mitchum o tinha superestimado.

— Senhor, o negócio é o seguinte. Você veio pedir minha ajuda, mas continua resistindo.

Duas semanas atrás, ele agira como um poltergeist diante de mim e, como resultado, minha coleção de livros sobre ele tinha sido atirada por todo o quarto.

Os espíritos não podem nos machucar diretamente, nem mesmo os maus. Este é o nosso mundo, e aqui eles não têm nenhum poder sobre nós. Seus golpes passam através de nossos corpos. Suas unhas e seus dentes não conseguem arrancar sangue.

Quando suficientemente malévolos, no entanto, em contato com raivas profundas para purgar, eles emitem uma energia espiritual em espiral que consegue colocar objetos inanimados em movimento. E, ao ser esmagado por uma geladeira arremessada por um poltergeist, não serve de consolo o fato de o golpe ter sido indireto em vez de provocado pela própria mão fantasmagórica.

O Sr. Sinatra não era mau. Estava apenas frustrado com sua situação e, por algum motivo, tinha medo de deixar este mundo, embora nunca fosse admitir isso. Sendo alguém que havia encontrado uma religião organizada em que acreditar apenas quando já tinha certa idade, agora parecia confuso sobre seu lugar na hierarquia sagrada.

Os livros não haviam ricocheteado de parede a parede violentamente, e sim circulado na sala como cavalos em um carrossel. Cada vez que eu tentava puxar uma das biografias, ela escapava.

— O Sr. Mitchum disse que o senhor iria continuar a levantar e voltar até que um de vocês estivesse morto — repeti. — Mas *nessa luta*, senhor, um de nós já está morto.

Seu sorriso ensolarado esmoreceu por um minuto, mas logo se refez. Por pior que possa ser seu estado de humor negro, ele logo passava.

— Não há nenhuma razão para o senhor ficar com essa resistência. Nenhuma razão. Tudo o que eu quero é ajudá-lo.

Como de costume, não consegui perceber o que se passava naqueles olhos azuis extraordinários, mas ao menos eles não estavam faiscando de hostilidade.

Depois de um momento, ele beliscou carinhosamente minha bochecha.

Foi até a janela mais próxima e virou-se de costas para mim, um espírito real observando o nevoeiro assombrar a noite com suas legiões de fantasmas de mentira.

Lembrei-me da canção *It Was a Very Good Year*, que poderia ser sobre as recordações sentimentais e prepotentes de um irredimível Casanova. A melancolia pungente de sua interpretação havia elevado as palavras e a música ao status de arte. Para ele, os anos bons e ruins tinham passado, e o que restou foi o para sempre. Talvez ele resistisse à eternidade por algum medo baseado em remorso, talvez não.

A próxima vida prometia não ter mais lutas, embora tudo que li sobre ele sugerisse que ele havia *prosperado* lutando. Talvez ele não consiga aceitar que uma vida pode ser interessante sem luta.

Eu entendo esse sentimento. Mas, após a morte, seja lá o que eu tiver de enfrentar, não permanecerei deste lado da porta. Na verdade, acho que poderia até mesmo cruzar o limiar do outro mundo como se apostasse uma corrida.

ONZE

Não queria deixar a casa pela porta da frente. Do jeito que eu andava com sorte, era capaz de encontrar a horda de bárbaros na varanda, esperando para me fazer uma visita.

No meu dicionário, três bandidos — entre os quais pelo menos um de barbicha e o outro de dentes podres — mais três armas eram o mesmo que uma horda.

Sair pelos fundos da casa significava ter de passar pela sala em que Hutch ruminava sua relação com a esposa e o filho que nunca existiram, e sobre a solidão e vulnerabilidade que sentia depois de tê-los perdido.

Não me importava que ele me chamasse de merdinha ingrato mais uma vez: isso seria um mero ensaio comparado a uma possível visita de um dos representantes da horda. Porém, o banho rápido, a mudança de roupa e o bate-papo com Hutch na cozinha já tinham me custado 20 minutos, e eu estava ansioso para localizar Annamaria.

— Odd — disse ele, quando tentei atravessar a porta da sala com a discrição de um espião das Forças Especiais camuflado e com sapatos que suprimem o som.

— Ah, oi.

Alojado em sua poltrona com uma manta no colo, como se tivesse que manter os ovos aquecidos em seu ninho de pássaro, ele disse:

— Na cozinha, agora há pouco, quando estávamos conversando sobre a utilidade de um casaco...

— Um casaco esfarrapado — qualifiquei.

— Isso pode parecer uma questão um tanto peculiar...

— Não para mim, senhor. Nada parece peculiar para mim.

— Você estava sem calça?

— Calça?

— Mais tarde, tive a estranha impressão de que você não estava usando calça.

— Bem, senhor, eu nunca uso calça.

— É claro que você usa. Você está usando uma agora.

— Não, isto é um jeans. Eu só tenho jeans e um par de calças cáqui. Eu não os considero calças. As calças são mais finas.

— Você estava de jeans na cozinha?

Parado na porta da sala, segurando um saco de gelo no calombo na lateral da cabeça, disse:

— Bem, não estava usando calças cáqui, senhor.

— Muito peculiar.

— Não estar usando calças cáqui?

— Não. Que eu não consiga me lembrar.

— Como eu não estava usando as calças cáqui, o senhor não pode se lembrar delas.

Ele pensou no que eu disse.

— Há uma certa verdade nisso.

— Há verdade suficiente nisso, senhor — concordei e mudei de assunto. — Vou deixar um bilhete para o senhor na cozinha.

Pondo de lado o romance que estava lendo, ele disse:

— Você não vai preparar o jantar?

— Já fiz isso. Enchiladas de frango ao molho de tomate.

— Adoro suas enchiladas ao tomatillo.

— E uma salada de arroz e feijão-verde.

— O arroz ao molho verde, também?

— Sim, senhor.

— Ah, bom. Devo esquentar tudo no micro-ondas?

— Isso mesmo. Vou deixar um bilhete especificando quanto tempo e qual a potência.

— Você poderia colocar Post-its nos pratos?

— Senhor, não se esqueça de tirar os Post-its antes de colocar os pratos no forno.

— Claro. Não cometeria tal erro. Outra vez. Vai sair?

— Rapidinho.

— Não está indo embora, não é?

— Não, senhor. E também não roubei as joias de Corrina.

— Já fui um comerciante de diamantes, certa vez — disse Hutch. — Minha esposa conspirou para me matar.

— Mas não Corrina.

— Barbara Stanwyck. Ela estava tendo um caso com Bogart, e eles planejavam fugir para o Rio com os diamantes. Mas, é claro, algo deu errado para eles.

— Um tsunami?

— Você tem um senso de humor afiado, filho.

— Desculpe, senhor.

— Não, não. Eu gosto. Acredito que minha carreira teria sido muito maior se tivesse sido capaz de conseguir papéis em comédias. Posso ser muito engraçado do meu jeito.

— Sei bem disso.

— Barbara Stanwyck foi devorada por uma bactéria carnívora, e Bogart foi atingido por um asteroide.

— Aposto que o público não esperava por essa.

Pegando novamente o livro, Hutch disse:

— Você gosta tanto da névoa que vai fazer um segundo passeio, ou há algo mais que eu deveria saber?

— Não há nada que o senhor precise saber, senhor.

— Então vou esperar a campainha tocar para denunciá-lo como um crápula a quem o estiver procurando.

— Obrigado.

Na cozinha, esvaziei o saco de gelo na pia e o joguei no lixo. O calombo em minha cabeça continuava do tamanho de uma ameixa, mas já não latejava.

Em dois Post-its amarelos, escrevi com uma caneta azul as orientações para aquecer as enchiladas e a salada de arroz. Com uma caneta vermelha, enfatizei: TIRAR ANTES DE COLOCAR NO FORNO.

De pé na mesa de centro da cozinha, olhei novamente o conteúdo da carteira que eu tinha tirado do cara da lanterna.

Na foto da carteira de motorista, emitida na Califórnia, reconheci o homem que tinha deixado caído na praia, embora agora ele pouco lembrasse uma criatura saída de um caldeirão de bruxa. Seu nome era Samuel Oliver Whittle. Sua idade, 30 anos, e ele tinha um endereço fixo em Magic Beach.

Na outra carteira de motorista, tirada em Nevada, ele abria um largo sorriso para a câmera, o que não tinha sido uma boa ideia. Seu sorriso transformara seu rosto, e não para melhor. Nessa foto ele parecia um lunático, praticamente um vilão de um filme do Batman.

Em Nevada, onde ele tinha um endereço fixo em Las Vegas, era conhecido como Samuel Owen Bittel. Em Vegas, ele era dois anos mais velho do que declarara em sua encarnação californiana — talvez o estilo de vida de Las Vegas envelhecesse uma pessoa mais rápido.

Ele não tinha cartões de crédito. Isso era suspeito, já que vivia em um país cujo povo tinha não apenas o hábito de olhar para o futuro, mas também de contar sempre com os salários que ainda estavam por vir.

A carteira não trazia nenhum documento de plano de saúde, da previdência social ou qualquer outra identificação padrão.

Um crachá de funcionário revelava que ele trabalhava para o Departamento Portuário de Magic Beach.

Mais uma pista. Talvez o grandalhão com barba no queixo não tivesse tomado o bote inflável sem permissão. Talvez ele tivesse autorização por trabalhar para o Departamento Portuário, responsável pelas praias e pelo píer.

Parecia difícil de acreditar, porém, que os ruivos também estivessem na folha de pagamento municipal. Bandidos que trabalham para o governo geralmente tentam não parecer bandidos.

Depois de devolver os cartões à carteira de Sam Whittle, coloquei-a em meu bolso esquerdo.

Independentemente do problema que tivesse que enfrentar nas horas seguintes, certamente envolveria homens armados. Não tenho uma arma e nem quero uma. Certa vez, usei uma arma de fogo de um bandido, depois de desarmá-lo, mas apenas porque estava desesperado.

Quando era criança, minha mãe escondia as armas, não porque as desaprovasse, mas porque tinha uma fixação psicótica por uma pistola. Armas me dão medo.

Em uma emboscada, tento usar como arma qualquer coisa que esteja ao alcance da minha mão. Pode ser de um pé de cabra a um gato feroz, mas, se puder escolher, prefiro um gato bravo, que descobri ser mais eficaz do que um pé de cabra.

Desarmado, saí da casa pela porta dos fundos, levando dois biscoitos de abóbora com chocolate. O mundo lá fora é muito difícil, e um homem tem que se blindar da melhor forma possível para se proteger.

DOZE

CAMINHO PASSO A PASSO NO ASFALTO MOLHADO. O NEVOEIRO se alastrou pelo beco de trás da casa de Hutch, enfronhando-se nas garagens de ambos os lados, deslizando através das estacas e dos muros, lambendo os cantos onde ratos ou lagartos provavelmente tentavam se abrigar.

As nuvens vindas do leste envolviam tudo ao redor em mistério, fazendo com que objetos a meio quarteirão de distância parecessem estar longe, dissolvendo o mundo por completo para além da próxima esquina e fermentando na mente a convicção primitiva de que o limite da Terra estaria próximo — um precipício que engoliria tudo para o vazio eterno.

Comendo um biscoito pelas bordas, concentrei-me em Annamaria: em seus longos cabelos cor de melaço e em seu rosto de pele muito pálida. Em minha mente, conseguia vê-la fechar em sua delicada mão o vidro polido de uma garrafa verde para, em seguida, esconder as mãos na longa manga de seu suéter...

Meu dom imperfeito tem mais um aspecto imperfeito, como já falei anteriormente, embora não neste quarto manuscrito. A garota que perdi, Stormy Llewellyn, o chamava de magnetismo psíquico.

Se quero encontrar alguém cujo paradeiro não conheço, apenas me rendo ao impulso e à intuição — dirijo, caminho ou ando de bicicleta —, concentrando-me no rosto da pessoa e em seu nome... E, geralmente, dentro de meia hora, acabo encontrando-a. Magnetismo psíquico.

Esse talento prático é também problemático porque não posso controlar ou prever quando ou onde o encontro desejado vai ocorrer. Posso acabar esbarrando em meu alvo numa rua movimentada, ou virar uma esquina e dar de cara com ele. Se estou à procura de um bandido, o magnetismo psíquico poder me colocar em seu caminho, ou fazer-me cair em suas garras.

Se estou atrás de alguém que não representa ameaça, uma pessoa com quem preciso falar ou proteger, não posso ter certeza de que serei bem-sucedido. Geralmente encontro a pessoa que estou procurando, mas nem sempre. De vez em quando, recorrer ao magnetismo psíquico em circunstâncias desesperadas pode ser um desperdício de preciosos minutos em momentos nos quais não tenho um segundo a perder.

Sou um herói de meia-tigela dos inocentes em perigo: capaz de ver os mortos que ainda não deixaram este mundo, mas incapaz de ouvir o que eles querem me dizer; capaz de ter sonhos proféticos, mas que nunca me dão detalhes suficientes de quando algo ruim irá ocorrer, ou de onde o horror vai se manifestar; sem pistola nem espada, armado apenas com biscoitos.

Toda essa incerteza terrível poderia ter me feito um eremita, ter me impulsionado a fugir para uma caverna ou para uma cabana afastada, numa estúpida rejeição tanto dos mortos quanto dos vivos. Mas meu coração me diz que recebi esse dom, imperfeito ou não, para que ele fosse usado, e que, se eu optasse por negá-lo, iria definhar e não teria direito a uma vida depois desta, e não poderia reencontrar minha garota.

Pelo menos dessa vez, em pé num beco atrás da casa de Hutch, não estava atrás de alguém que queria me matar, e sim de uma jovem mulher que precisava da minha ajuda para se manter viva. O mais provável é que eu não fosse parar na boca do tigre.

A neblina espessa e sufocante era como uma máquina do tempo que transportava essa noite para cem anos atrás, silenciando todos os sons da civilização moderna — carros, rádios e as vozes da TV que tantas vezes extrapolam das casas. A tranquilidade do século XIX tinha descido sobre Magic Beach.

Eu já tinha comido um biscoito inteiro quando, concentrando-me em Annamaria, de repente parti pela rua na direção norte, como se fosse o cavalo da carroça de um leiteiro seguindo um caminho tão familiar que dispensa avaliar seu propósito ou destino.

As janelas, geralmente muito brilhantes, agora emitiam apenas uma luz suave, como se estivessem sendo iluminadas por velas. No final da rua, a luz amarelada do poste pareceu vacilar sutilmente, como uma chama de gás, como se mil asas de mariposas pulsassem diante da lâmpada.

Mordiscando o último biscoito, virei para o leste, onde o beco encontrava uma rua que se alongava para o interior da cidade.

Eram apenas 6h45 de uma tarde de quarta-feira, mas a cidade parecia já ter ido dormir, enfronhada no edredom branco de um fenômeno da natureza. O frio úmido fizera com que os donos de cães encurtassem seus passeios, habitualmente mais longos, e a densidade cegante do nevoeiro parecia ter dissuadido os motoristas a sair com seus carros.

Desde que deixara a casa de Hutch, avançando três quarteirões para leste e um para o norte, tinha visto apenas dois carros, e ambos a pelo menos meia quadra de distância. Parecia que estavam andando submersos, saídos de um conto de Júlio Verne, movendo-se calmamente por um tenebroso abismo oceânico.

No bairro residencial pitorescamente conhecido como Distrito dos Tijolos, cujas ruas não eram asfaltadas e que tinha apenas duas casas de alvenaria, um grande veículo virou a esquina no final da quadra. Um suave caleidoscópio de névoa formava padrões de branco sobre branco por causa dos faróis.

Dentro de mim, uma voz suave disse: *esconda-se*.

Saí da calçada, saltei uma cerca da altura da minha cintura e me ajoelhei atrás das plantas.

Podia sentir o cheiro de fumaça de lareira, de folhagem úmida e de terra de jardim.

Ao meu lado, alguma coisa me fungou e depois fugiu. Quase dei um pulo, até perceber que tinha assustado um coelho, que agora atravessava o gramado.

O caminhão se aproximou com o rosnado de um animal resfolegante, movendo-se mais lentamente do que a baixa visibilidade faria necessário.

Oprimido pelo sentimento de que uma ameaça mortal se aproximava, olhei para a casa à frente da que eu tinha tomado como refúgio. As persianas estavam fechadas. Exceto pelo rastejar preguiçoso do nevoeiro, nada parecia se mexer e, até onde eu podia ver, não havia ninguém observando por trás das janelas ou das sombras.

Ainda de joelhos, mantive a cabeça abaixada atrás da cerca enquanto o ronco do caminhão se aproximava.

A névoa ao redor dos faróis do veículo brilhava como gases em um pântano, mas a luz não se espalhava ao redor, por isso eu e a cerca continuávamos no escuro.

Segurei a respiração, embora o motorista não pudesse me ouvir. Depois que o caminhão passou lentamente, parecendo farejar no pavimento o cheiro de suas presas, o nevoeiro a minha volta escureceu.

Atrevi-me a levantar a cabeça apenas o suficiente para espreitar a rua por trás dos arbustos.

Embora o veículo tenha passado a menos de 10 metros de distância, as luzes do painel não eram claras o suficiente para mostrar o motorista, e tudo o que pude ver foi uma sombra indolente. Consegui, entretanto, ver o logotipo da cidade estampado na porta. E em letras pretas num fundo alaranjado, DEPARTAMENTO PORTUÁRIO DE MAGIC BEACH.

O nevoeiro fez o caminhão ficar praticamente invisível. E o barulho do motor virou um longínquo ronronar gutural.

Já de pé, respirei a mistura de nevoeiro com um toque de cano de descarga. Em minha terceira respiração, o último barulho do motor sussurrou e silenciou em direção a outro bairro.

Perguntei-me que tipo de corrupção poderia estar assolando o Departamento Portuário.

Andando em direção à cerca que me separava da calçada, ouvi um som vindo da casa escura. Não muito alto. Um som baixo, quase um guincho, de metal tocando em metal.

Apesar de a sensação de perigo ter brotado em mim mais uma vez, atravessei a rua e caminhei em direção aos degraus da varanda.

Minha intuição me dizia que fingir não ter ouvido aquilo seria um sinal de fraqueza. E a fraqueza atrairia o perigo.

O som era sutil e parecia uma espécie de canto, ainda que metálico — lembrava um pouco uma serenata entoada por um inseto. Parecendo vazia, a varanda estava envolta em nevoeiro e sombras.

— Quem está aí? — perguntei, sem obter resposta.

Subindo as escadas, senti um movimento à minha direita. O movimento era ritmado, e vinha de um objeto feito de ripas de madeira que se mexia para a frente e para trás, combinado ao barulho metálico.

Avancei em sua direção e encontrei um balanço com ganchos presos no teto. As correntes faziam um movimento de tração quando o balanço vinha para a frente, mas ficavam silenciosas quando ele oscilava para trás.

Alguém deve ter se sentado aqui no escuro. Não que estivesse se balançando, talvez apenas me observasse enquanto eu me escondia do caminhão. A julgar pelo balanço atual, a pessoa dera um impulso para trás com os pés e saíra há poucos segundos, deixando o objeto em movimento para chamar minha atenção.

Fiquei sozinho na varanda.

Se a pessoa tivesse descido os degraus, eu a teria surpreendido, e se ela tivesse saltado do parapeito da varanda eu teria ouvido alguma coisa.

A porta da frente, não importa quão furtivamente pudesse estar aberta, teria feito algum barulho se alguém houvesse entrado.

Quatro janelas estavam voltadas para mim. Sem nem uma luz refletindo, o vidro estava tão negro quanto o céu deve ser quando toca o universo, além da luz das estrelas.

Demorei um momento olhando para cada janela. Se alguém estivesse me observando do outro lado, eu teria visto uma silhueta em um escuro mais pálido do que o do quarto sem luz.

O balanço continuava a se mover. Por um momento, pensei que seu impulso não tinha diminuído, como se houvesse um ocupante invisível ainda no embalo. A música metálica das correntes havia inegavelmente se acalmado... e, enquanto eu observava, o balanço gradualmente desacelerou até parar.

Considerei bater suavemente em uma das janelas, para ver o que iria acontecer.

Mas, em vez disso, afastei-me até os degraus e desci.

À minha volta, a névoa, a escuridão e o silêncio se somavam.

Na varanda, senti que estivera na companhia de alguém, de alguma coisa.

Como sempre vejo os mortos que não partiram, nunca tinha pensado que poderia existir uma classe de espíritos invisíveis para mim.

Agora que já tinha considerado a possibilidade, rejeitei-a. Algo estranho havia acontecido, mas os fantasmas não eram a explicação.

Concentrando-me mais uma vez no rosto de Annamaria, deixei a propriedade do balanço fantasma, voltei para a calçada e segui para o norte. Logo, estava sendo orientado por meu magnetismo psíquico.

Nenhum pássaro noturno cantava. Nenhum cão latia. Nenhum sopro de vento, nenhum som de coruja, nenhum gato balançando as folhas de uma árvore. Tinha avançado demais para o interior da cidade e já não ouvia o murmúrio do mar.

Embora tenha olhado para trás várias vezes, não vi nada que sugerisse que estava sendo seguido. Talvez o pelo da minha nuca tenha se eriçado não porque alguém estivesse atrás de mim, e sim porque eu estava sozinho *demais*, sem um amigo a quem recorrer além de um ator de 88 anos que vivia tão trancado dentro de si mesmo que nem sequer notara o sangue em minha cabeça ou, mais tarde, o saco de gelo que eu segurava ao lado dela.

TREZE

A PREVISÃO DE HUTCH DE QUE UM TSUNAMI VARRERIA A CIdade realmente se concretizou, considerando a densidade branca do nevoeiro em lugar da escuridão do mar. Todos os bairros foram inundados e se impôs um silêncio de uma cidade afogada. Na minha opinião, o nevoeiro podia até mesmo ter chegado a centenas de metros de altura.

Enquanto procurava Annamaria, as correntes de névoa opaca pareciam, cada vez mais, não apenas as sombras do mar, mas também um prenúncio de uma maré por vir, a maré vermelha do meu sonho.

Rua após rua, não havia uma árvore que não estivesse envolvida, vestida, tomada pelo nevoeiro — até que cheguei ao pé de uma árvore gigante com folhas largas diante da qual a névoa parecia encolher. Esse espécime se elevava 18 a 20 metros do chão e oferecia uma magnífica arquitetura na ampla expansão de seus galhos.

Acho que saber o nome das coisas é uma forma de prestar homenagem à beleza do mundo. Por isso, sei os nomes de muitas árvores, mas não conhecia esta, e não me lembrava de ter visto algo parecido antes.

As folhas tinham duas lâminas, cada uma com quatro lobos. Apertei as folhas entre o polegar e o indicador, e elas eram grossas e viscosas.

Entre os ramos pretos, as flores brancas, grandes como pratos fundos, pareciam irradiar luz no escuro. Lembravam flores de magnólia, ainda mais imponentes, mas não eram magnólias. A água escorria das pétalas, como se a árvore tivesse condensado o nevoeiro para formar essas flores.

Atrás da árvore, havia uma casa vitoriana de dois andares, meio escondida, com menos exageros do que era o padrão do estilo; havia um patamar modesto em vez de uma varanda grande.

Embora o nevoeiro parecesse ter diminuído em relação à árvore, ainda assim a casa estava completamente tomada. As luzes fracas no interior dos cômodos mal conseguiam atravessar a vidraça.

Passei por baixo da árvore e o magnetismo psíquico me chamou não para a casa, mas para a garagem que ficava numa construção ao lado, onde um brilho avermelhado forçava o caminho para fora das janelas do segundo andar, colorindo o nevoeiro.

Atrás da garagem, um lance de escadas levava a uma espécie de sacada. No topo, havia uma porta com quatro janelinhas protegidas por cortinas plissadas.

Quando estava prestes a bater, o trinco girou e a porta se abriu alguns centímetros. Através da brecha, pude ver uma parede de gesso na qual suaves desenhos de sombra pulsavam numa luz acobreada.

Esperava que a porta estivesse presa em uma correntinha de segurança e imaginei que logo Annamaria estaria espiando pela brecha cautelosamente. Mas não havia nenhuma correntinha, e seu rosto não apareceu.

Depois de alguns minutos de hesitação, empurrei a porta. Atrás dela, pude ver uma grande sala suavemente iluminada por cinco lampiões a óleo.

Um dos lampiões repousava sobre uma pequena mesa de jantar com duas cadeiras. Annamaria estava sentada de frente para a porta.

Ela sorriu quando me viu entrar e levantou a mão direita para me convidar a sentar na cadeira vazia.

Feliz de estar protegido da umidade e do frio, fechei a porta e a tranquei.

Além da mesa e das duas cadeiras, a mobília humilde incluía uma cama estreita, um criado-mudo com um abajur, uma poltrona gasta com um banquinho para os pés e uma mesa de canto.

Distribuídos ao redor da sala, os cinco lampiões eram feitos com embalagens de vidro nas quais os pavios flutuavam e queimavam. Dois eram cor de conhaque, e três eram vermelhos.

Quando sentei à mesa junto com ela, vi que o jantar estava posto. Dois tipos de queijo e dois tipos de azeitonas. Tomates e pepinos cortados em fatias. Um vasilha de iogurte temperado com ervas e com um fiozinho de azeite brilhante. Um prato de figos maduros. Um naco de pão duro.

Não tinha percebido como estava com sede até ver a caneca de chá, que parecia ter sido adoçado com suco de pêssego.

Como decoração, havia uma tigela grande na qual flutuavam três das flores brancas da árvore que ficava em frente à propriedade.

Sem dizer uma palavra, começamos a comer, como se não houvesse nada de anormal em eu tê-la encontrado ou de ela estar me esperando.

Um dos lampiões ficava no balcão da cozinha, todos os outros estavam no cômodo principal. No teto, acima de cada lâmpada, havia círculos de luz e sombras trêmulas refletidas dos vasos de vidro.

— Muito agradáveis — disse, finalmente. — As lâmpadas a óleo.

Ela disse:

— São luzes de outros dias.

— Outros dias?

— O sol faz as plantas crescerem. As plantas produzem óleos essenciais. E os óleos acendem o fogo dos lampiões, devolvendo a luz que receberam em outros dias.

Nunca tinha pensado na luz de uma lampião como sendo a luz do sol de outros tempos transformada, mas é claro que aquilo fazia sentido.

— Os lampiões me fazem lembrar dos meus pais.

— Conte-me sobre eles.

— Você ficaria entediado.

— Por que não me testa?

Um sorriso. Um aceno de cabeça. E ela continuou a comer, sem dizer mais nada.

Usava o mesmo tênis branco, as calças cinza-escuro e o suéter cor-de-rosa largo de quando eu a encontrara no píer. As mangas longas estavam agora enroladas nos punhos, expondo seus pulsos finos.

O gracioso sino de prata brilhava na correntinha.

— Esse pingente é lindo — eu disse.

Ela não respondeu.

— Ele tem algum significado?

Ela olhou em meus olhos.

— Todas as coisas não têm?

Desviei o olhar, e a sensação de medo voltou. Não era medo dela. Era medo de... Eu não sabia do quê. Senti um frio no estômago por razões que ignorava.

Ela foi buscar uma jarra de cerâmica na cozinha e colocou mais água em meu chá.

Quando voltou para sua cadeira, estiquei minha mão em direção a ela, com a palma virada para cima.

— Você me daria sua mão?

— Quer confirmar o que você já sabe.

Continuei a aproximar minha mão, até que ela concordou em apanhá-la.

O cômodo em cima da garagem desapareceu e eu já não estava mais na cadeira de cromo e vinil, e sim em uma praia com uma luz vermelha, o céu irradiando as chamas que subiam do mar.

Quando ela soltou minha mão, o sonho desapareceu. O único fogo agora vinha novamente dos lampiões, e estava contido em segurança nos vidros.

— Você é parte disso — eu disse.

— Não como o grandalhão do píer.

Ele fora surpreendido pela visão que eu tinha repassado, mas Annamaria não parecia surpresa.

Ela disse:

— Esse homem e eu estamos de lados diferentes. De que lado você está, Odd Thomas?

— Você também já teve o sonho?

— Não é um sonho.

Olhei para a palma da minha mão, para o local onde seu toque me levara de volta ao pesadelo.

Quando a encarei novamente, seus olhos escuros pareciam mais envelhecidos do que seu rosto, mas eram gentis e amáveis.

— O que vai acontecer? Quando? Onde? Aqui em Magic Beach? E qual é sua parte nisso?

— Não cabe a mim dizer.

— Por que não?

— Cada coisa a seu tempo.

— O que significa isso?

Seu sorriso me lembrava o de outra pessoa, mas eu não conseguia identificar quem era.

— Isso significa que cada coisa vem a seu tempo.

Talvez pelo fato de ela ter mencionado, olhei para o relógio de parede iluminado na cozinha. Comparei a hora mostrada com a do meu relógio de pulso.

A hora certa era um minuto para as 7. O relógio da cozinha mostrava um minuto para a meia-noite — um erro de cinco horas.

Então, percebi que o ponteiro fino e vermelho que contava os segundos tinha congelado no 12. O relógio havia parado.

— O relógio não funciona.

— Depende do que você quer de um relógio.

— O tempo — sugeri.

Quando voltei minha atenção para Annamaria, vi que ela tinha soltado a corrente de prata e a afastava de seu pescoço. Ela a estendeu em minha direção — o minúsculo sino suspenso.

— Você vai morrer por mim? — perguntou ela.

Disse imediatamente:

— Sim — e peguei o sino que ela me oferecia.

QUATORZE

Continuamos comendo, como se a conversa e os eventos que ocorreram desde que eu atravessara a porta fossem tão costumeiros quanto os de qualquer jantar.

Na verdade, as pessoas não tinham o hábito de me perguntar se eu morreria por elas. E eu também não estava acostumado a responder de forma positiva, sem hesitar.

Teria morrido por Stormy Llewellyn, ela teria morrido por mim e nenhum de nós teria precisado fazer a pergunta de Annamaria um ao outro. Stormy e eu tínhamos entendido, num nível mais profundo do que o da mente ou do coração, no nível do sangue e dos ossos, que estávamos comprometidos um com o outro a qualquer custo.

Embora eu estivesse disposto a dar minha vida por ela, o Destino não me permitiu fazer a troca. Desde o dia do tiroteio no qual ela morreu, tenho vivido uma vida da qual não tenho necessidade.

Não me interpretem mal. Não busco a morte. Amo a vida e amo a forma como seu desígnio requintado nos é revelado em cada pequena parte do todo.

Ninguém pode realmente amar o mundo, que é grande demais para ser amado como um todo. Querer amar o mundo inteiro de uma vez é pretensioso e gera uma perigosa autoilusão. Amar o mundo é como amar a ideia do amor, o que é perigoso porque, sentindo-se virtuoso por essa grande afeição, você se sente dispensado da luta e do dever de tentar amar as pessoas como indivíduos e de amar um lugar — sua casa — acima de todos os outros.

Abraço o mundo em uma escala que permite o amor genuíno — lugares pequenos, como uma cidade, um bairro, uma rua — e amo a vida neste mundo e no mundo por vir. Mas não amo em excesso, tenho uma admiração semelhante à de um arquiteto na recepção de um magnífico palácio, surpreso e emocionado com o que vê, mas sabendo que não é nada em comparação com a vista maravilhosa que está para além do próximo limiar.

Desde o dia das mortes em Pico Mundo, 17 meses antes, minha vida não me pertence mais. Fui poupado por um motivo que não podia entender. Sabia que chegaria o dia em que eu teria que dar minha vida pela causa certa.

Você vai morrer por mim?

Sim.

Imediatamente após ouvir a pergunta fatídica, senti que, desde a morte de Stormy, vinha esperando por essa pergunta, e que a resposta já estava na ponta da língua antes mesmo que a questão tivesse sido formulada.

Embora estivesse comprometido com a causa de Annamaria sem ter pleno conhecimento dela, sentia-me, de alguma forma, curioso sobre o que os homens do píer planejavam, sobre como Annamaria se encaixava em seus planos e sobre por que ela precisava da minha proteção.

Com a corrente de prata em volta do pescoço e o pingente em forma de sino contra o meu peito, eu disse:

— Onde está seu marido?

— Não sou casada.

Esperei que ela continuasse.

Com o garfo, ela espetou um figo e, com a faca, tirou seu cabinho.

— Onde você trabalha? — perguntei.

Ela colocou a faca sobre a mesa e disse:

— Não trabalho.

Deu um tapinha em seu abdome protuberante e sorriu.

— Só terei o trabalho de parto.

Olhando para as acomodações modestas, respondi:

— Suponho que o aluguel seja barato.

— Muito barato. Fico aqui de graça.

— As pessoas na casa são seus parentes?

— Não. Antes de mim, uma família pobre de três pessoas viveu aqui gratuitamente durante dois anos, até conseguirem economizar o suficiente para seguir em frente.

— Então, os proprietários são pessoas simplesmente... boas?

— Não me diga que você está surpreso com isso.

— Talvez.

— Você conheceu muitas pessoas boas em sua vida.

Pensei em Ozzie Boone, o delegado Wyatt Porter e sua esposa, Karla, Terri Stambaugh e todos os meus amigos de Pico Mundo, pensei nos monges do São Bartolomeu, na irmã Angela e nas freiras que dirigiam o orfanato e a escola para crianças com necessidades especiais.

— Mesmo nesta época cínica e brutal — disse ela — você não é bruto nem cínico.

— Com todo o respeito, Annamaria, você não me conhece.
— Conheço você bem o bastante — ela discordou.
— Como?
— Seja paciente e entenderá.
— Cada coisa a seu tempo...
— Isso mesmo.
— É que tendo a achar que o momento é agora.
— Mas você está errado.
— Como posso ajudá-la se não sei em que tipo de encrenca você está metida?
— Não estou metida em encrenca alguma.
— Tudo bem, então em que tipo de bagunça, que tipo de confusão ou que tipo de armadilha?

Ela terminara de comer e agora limpava a boca com um guardanapo.

— Não estou metida em bagunça, confusão ou armadilha alguma — disse ela, com um quê de divertimento em sua voz suave.
— Então, você chama sua situação de quê?
— Estou em meu caminho.
— Você está no seu caminho? E aonde esse caminho leva?
— Você me entendeu mal. O que está diante de mim é apenas o meu caminho, não um desvio do qual preciso ser resgatada.

Ela foi até a bacia rasa, pegou uma das grandes flores flutuantes e colocou-a sobre o guardanapo dobrado.

— Então, por que você me fez essa pergunta, por que você me deu o sino, o que você precisa que eu faça por você?
— Impeça-os de me matar — disse ela.
— Bem, aí está. Isso me soa como uma encrenca.

Ela arrancou uma pétala branca grossa da flor e a colocou sobre a mesa.

— Quem quer matar você? — perguntei.

— Os homens que estavam no píer — respondeu ela, arrancando outra pétala da flor. — E os outros.

— Quantos outros?

— Inúmeros.

— Inúmeros ou *incontáveis* como os grãos de areia nas praias?

— Isso seria mais como *infinito*. Aqueles que me querem morta podem ser contados, e já foram. Mas existem muitos para que o número preciso seja importante.

— Bem, não sei. Acho que é importante para mim.

— Mas você está errado sobre isso — ela me assegurou, calmamente.

Annamaria continuou a despedaçar a flor. Ela tinha feito uma pilha separada com as metades das pétalas.

Sua autoconfiança e atitude calma não se alteraram quando ela admitiu ser alvo de assassinos.

Esperei que seus olhos se encontrassem com os meus novamente, mas sua atenção estava fixa na flor.

— Os homens do píer, quem são eles? — perguntei.

— Não sei seus nomes.

— Por que eles querem matar você?

— Eles ainda não sabem que querem me matar.

Depois de pensar sobre aquela resposta por um momento e perceber que eu não conseguia entender o que ela estava dizendo, falei:

— Quando eles saberão que querem matá-la?

— Em breve.

— Entendo — menti.

— Você saberá — disse ela.

Impurezas nos pavios periodicamente faziam as chamas pularem, mexerem e diminuírem. Os reflexos no teto inchavam, encolhiam, estremeciam.

Eu disse:

— Quando esses caras finalmente perceberem que querem matá-la, por que eles vão *querer* matá-la?

— Pela razão errada.

— Tudo bem. Tudo bem. Qual seria essa razão errada?

— Eles vão pensar que eu sei sobre o horror que pretendem cometer.

— Você sabe sobre o horror que pretendem cometer?

— Só em termos gerais.

— Por que não compartilha esses termos gerais comigo?

— Muitas mortes — disse ela — e muita destruição.

— São palavras assustadoras. E generalistas demais.

— Meu conhecimento é limitado — afirmou. — Sou apenas humana, como você.

— Isso significa que você é meio paranormal, como eu?

— Não sou paranormal. Quero dizer, sou apenas um ser humano, não sou onisciente.

Ela já havia arrancado todas as pétalas da flor, deixando apenas o receptáculo carnudo verde, a coroa que protegia as pétalas, um punhado de estames e o pistilo.

Retomei nossa conversa bate e volta mais uma vez.

— Quando você diz que eles querem matá-la pelo motivo errado, isso implica que há um motivo certo pelo qual eles deveriam querer matá-la.

— Não um motivo certo — ela corrigiu —, mas, do ponto de vista deles, um motivo melhor.

— E que razão melhor seria essa?

Enfim, ela me olhou nos olhos.

— O que eu fiz a esta flor, Odd estranho?

Stormy, e apenas Stormy, algumas vezes me chamara de "Odd estranho".

Annamaria sorriu, como se soubesse exatamente o que havia passado pela minha mente, a associação que tinha provocado.

Indicando o monte de pétalas, eu disse:

— Você está apenas nervosa, só isso.

— Não estou nervosa — respondeu ela, com tranquila convicção. — Não estava perguntando por que fiz isso, queria apenas que você me dissesse o que eu fiz.

— Você a destruiu.

— É isso que você acha?

— A menos que você vá fazer uma miscelânea com ela.

— Quando a flor flutuava na bacia, mesmo depois de ter sido cortada, o que você achou dela?

— Linda.

— Vistosa e viva? — perguntou ela.

— Sim.

— E agora ela parece morta.

— Bem morta.

Ela apoiou os cotovelos sobre a mesa, descansou o rosto nas mãos em concha e sorriu.

— Vou lhe mostrar uma coisa.

— O quê?

— Algo com a flor.

— Tudo bem.

— Não agora.

— Quando?

— Cada coisa a seu tempo — disse ela.

— Espero viver por tempo suficiente.

Seu sorriso se ampliou e sua voz era suave e afetuosa.

— Você tem uma certa graça, sabia?
Dei de ombros e olhei para a chama vermelha dentro do vidro do lampião que estava entre nós.
— Para não haver mal-entendido, o que quis dizer foi que você tem uma graça na qual se pode confiar — disse ela.
Se ela achou que tinha me distraído com a conversa sobre a flor e que eu esquecera a pergunta da qual ela se esquivou, estava errada. Voltei a ela:
— Se eles não querem matá-la agora, mas vão *querer* matá-la em breve, e pela razão errada, qual seria o motivo certo? Sinto muito. Desculpe. O que quis dizer é, qual é a *melhor* razão que eles podem ter para querer você morta?
— Você vai saber quando tiver que saber — respondeu ela.
— E quando vou saber?
Mal fiz a pergunta e respondi junto com Annamaria, em sincronia:
— Cada coisa a seu tempo.
Eu devia estar louco, mas não acreditava que ela estivesse escondendo informações ou falando por enigmas para me enganar ou me seduzir. Ela me parecia absolutamente verdadeira.
Além disso, tive a sensação de que tudo que ela dissera tinha significados que eu não conseguia perceber e que por sim, quando pensasse novamente sobre nosso jantar, iria concluir que nessa noite, nesse momento, eu deveria ter confiado nela por quem ela era.
Com as duas mãos, Annamaria pegou a caneca e bebeu o chá.
À luz atraente do lampião, ela não parecia diferente de quando estava sob a luz cinzenta do final da tarde, no píer. Nem bonita nem feia e, ainda assim, não era comum. Era pequena, mas poderosa. Tinha uma presença irresistível por razões que

eu não conseguia definir, uma presença que era tão humilde quanto magnética.

De repente, minha promessa de mantê-la segura começou a pesar em meu peito.

Coloquei uma mão sobre o pingente que tinha em meu pescoço.

Ajustando a caneca de chá do rosto, ela olhou para o sino preso entre meu polegar e meu indicador.

— O sino me convida... — eu disse. — É uma sentença que me convoca para o Céu ou para o Inferno.

— Shakespeare — disse ela. — Mas a citação não é bem assim. E um homem como você não precisa duvidar do seu destino final.

Mais uma vez, baixei o olhar para o lampião a óleo. Talvez por conta da minha rica imaginação, vi a chama se transformar, apenas por um momento, na imagem de um dragão furioso.

Juntos, mas sem dizer nada, rapidamente limpamos a mesa e, depressa, arrumamos a comida que sobrou, lavamos e empilhamos a louça.

Annamaria pegou um casaco do armário e o vestiu, enquanto eu tentava apagar o lampião da cozinha e também o da mesa de jantar.

Ela veio até mim, apenas uma bolsa na mão, e eu disse:

— Você pode precisar de mais algumas coisas.

— Não tenho muito mais coisas — disse ela —, só algumas roupas, mas, de repente, acho que não temos tempo.

O mesmo palpite fora o que tinha me motivado a limpar a mesa.

— Apague as luzes dos outros lampiões — pediu ela, pegando uma lanterna de dentro da bolsa. — Rápido.

Apaguei os lampiões que restavam.

Ela iluminou o chão até a porta com a lanterna, e do silêncio do lado de fora veio o barulho de um veículo que se aproximava, um caminhão, pelo som que fazia.

Imediatamente, ela encobriu o feixe da lanterna para que as janelas não refletissem qualquer luz.

Os freios feriram a noite e o som do motor acelerando agora tinha sido substituído pelo de um veículo em ponto morto — e em frente da garagem em cima da qual aguardávamos.

Uma das portas do caminhão bateu. E depois outra.

QUINZE

— Por aqui — disse ela. Ainda encobrindo a luz da lanterna com a mão, Annamaria me guiou até uma porta que pensei ser de um armário. Mas não era: a porta dava para um patamar com uma escada estreita que saía no andar abaixo da garagem.

Apesar de resistente, a porta só podia ser fechada pelo interior do apartamento. Se o grandalhão e seus amigos entrassem na casa de Annamaria, não poderíamos evitar que nos perseguissem.

Como Annamaria estava grávida, tive medo de que, na pressa, ela pudesse tropeçar e cair, por isso peguei a lanterna e pedi a ela que se agarrasse à grade e me seguisse com cautela.

O feixe de luz passava por entre meus dedos enquanto eu tentava iluminar o caminho de Annamaria mais do que o meu. Assim, a descida para a garagem foi bem mais lenta do que eu gostaria.

Fiquei aliviado ao perceber que a porta automática da garagem não era de vidro e que havia apenas duas janelas, uma na parede norte e uma na sul, pequenas e localizadas logo abaixo do teto.

Assim, a luz da nossa lanterna não corria o risco de ser vista. Mesmo assim, mantive a metade do feixe encoberta.

Dois veículos estavam estacionados na garagem: voltado para fora, um Ford Explorer; virado para a frente, um velho Mercedes sedã.

Quando Annamaria chegou ao fim da escadaria, sussurrou:

— Há uma saída pela parede sul.

Lá em cima, pudemos ouvir alguém batendo na porta do seu minúsculo apartamento.

Em meio ao odor de graxa, óleo e borracha — e com medo de colocar o pé em um local escorregadio —, nos movemos desviando dos carros até a saída lateral.

No andar de cima, a segunda tentativa de bater na porta já parecia mais insistente do que o primeira. Definitivamente, não era uma entrega de pizza.

Forçando com o polegar, consegui desprender a trava. Como a porta abria para dentro, ela não bloqueou minha visão em nenhuma direção quando me inclinei para dar uma olhada lá fora.

A casa de estilo vitoriano ficava do lado norte do edifício, fora de nosso campo de visão. Havia uma passagem estreita entre a parede sul da garagem e o muro que definia os limites da propriedade.

Se saíssemos pelo leste, em direção à frente da garagem, iríamos dar de cara com o caminhão de nossos visitantes. Se fôssemos para oeste, em direção à parte de trás do prédio, estaríamos na base da escada que levava ao apartamento onde alguém tinha acabado de bater.

Mesmo com o nevoeiro intenso, eu não apostava nas chances de sairmos por ali sem encontrar problemas. Duas portas do caminhão tinham batido — o que fazia supor que dois homens estavam nos perseguindo, ou pelo menos dois — e não acho que ambos teriam subido as escadas externas juntos, uma vez que não haviam chegado com uma cesta grande, vinho e flores.

Um deles devia ter ficado para trás a fim de nos apanhar se escapássemos do homem que batia na porta lá em cima.

Virando as costas para a porta, mas deixando-a aberta, examinei o teto sombreado e não vi lâmpadas fluorescentes, apenas uma lâmpada incandescente. Havia outra luz ligada ao mecanismo que levantava a porta automática, mas ela acenderia somente quando a porta estivesse aberta.

Guiei Annamaria até o Mercedes sedã e ela confiou em mim sem questionar. Não resistiu nem perguntou o que eu pretendia fazer.

As batidas na porta haviam parado. Lá de cima pudemos ouvir um barulho de vidro quebrando, que o visitante não conseguiu abafar completamente.

Quando segurei o trinco da porta traseira do lado do passageiro de repente tive medo de que a porta estivesse trancada. Mas a sorte estava conosco, e a porta abriu.

No andar de cima, os passos eram tão pesados que eu não ficaria surpreso se eles fossem acompanhados da voz de um gigante prometendo moer nossos ossos para fazer pão.

As luzes do interior do Mercedes não eram muito fortes. E não tínhamos escolha a não ser arriscar.

Enquanto incentivava Annamaria a sentar no banco de trás do sedã, revi em minha mente o modesto apartamento acima de nós. O intruso veria a louça empilhada na pia: duas canecas, dois conjuntos de talheres. Mais cedo ou mais tarde, iria tocar em um dos lampiões a óleo.

O vidro não estaria apenas morno, estaria quente. Com um sorriso, ele recolheria os dedos ardidos, certo de que tínhamos fugido no instante que ele chegou.

Olhei pela porta da parede sul, ainda aberta e com vista para a passagem que ladeava os limites da propriedade. Sopros de névoa haviam penetrado pelo batente, como os dedos de um fantasma cego, mas ninguém aparecera por ali. Annamaria deslizou para cima do banco de trás e eu entrei no sedã logo depois dela. Puxei a porta com firmeza, sem bater, embora fazendo mais barulho do que desejava. As luzes do interior do carro piscaram.

O Mercedes tinha pelo menos uns 20 anos, talvez 25. Era da época em que os alemães ainda faziam modelos grandes, quadradões e não tão aerodinâmicos. Fomos deslizando para o chão com as cabeças abaixadas.

Não era bem o truque da carta roubada de Poe, mas algo similar. Nossos perseguidores esperavam que fugíssemos, e a porta lateral aberta sugeriria que tínhamos feito exatamente isso.

No calor do momento, acreditando que estavam em nosso encalço, eles não estariam propensos a suspeitar que correríamos o risco de nos esconder em um local que ficava praticamente à vista.

Claro, eles *podiam* achar a porta aberta e a neblina que rastejava para dentro um pouco óbvios demais. E podiam decidir fazer uma busca na garagem e, se fizessem isso, estaríamos condenados.

Eles não eram tolos, afinal. Eram homens sérios. Eu havia ouvido de fonte segura que eles estavam planejando muitas mortes e destruição; e isso é provavelmente a coisa mais séria que um homem pode fazer.

DEZESSEIS

ENCOLHIDOS NO CHÃO DO MERCEDES, CHEGAMOS A UM DAqueles momentos de tensão extrema a que já me referi anteriormente, uma daquelas situações embaraçosas em que minha imaginação pode ser tão exagerada quanto um carrossel de animais grotescos, que gira como uma roda-gigante, lançando visões caleidoscópicas de destinos absurdos e mortes idiotas. Se fôssemos encontrados, esses homens poderiam atirar em nós pelas janelas. Ou quem sabe abrir as portas do carro e atirar à queima-roupa. Poderiam trancar as portas, colocar fogo no carro e nos assar vivos.

O que quer que eles escolhessem fazer conosco, não nos seria permitido morrer tão facilmente quanto em qualquer dessas situações. Antes, eles iriam querer descobrir quem éramos e o que sabíamos sobre os planos deles.

Tortura. Iriam nos torturar. Alicates, lâminas afiadas, agulhas, ferros quentes, pistola de pregos, espremedores de alho para a língua. Substâncias para cegar, ácidos corrosivos, elixires de gosto desagradável e o fumo passivo. Seriam torturadores entusiasmados. Seriam implacáveis. Eles se divertiriam tanto que filmariam nosso sofrimento para mostrar as suas adoradas mães.

Eu havia dito a Annamaria que estava pronto para morrer por ela, e era verdade, mas a promessa viera com o acordo implícito de que não deixaria que ela morresse *antes* de eu morrer por ela. Pelo menos não na hora que eu tinha jurado solenemente ser seu protetor.

Alguém acendeu a única lâmpada do teto da garagem. O carro estava estacionado de frente, o que significava que estávamos na parte da frente da garagem, mais longe das escadas do que estaríamos em qualquer outro lugar que pudesse servir de esconderijo. A luz revelou-se demasiadamente fraca para penetrar em nosso pequeno e escuro refúgio.

Os engenheiros da Mercedes podem ficar orgulhosos de sua capacidade de criar um carro que protege do som. Se alguém estava bisbilhotando pela garagem, abrindo a porta do armário do aquecedor ou espreitando por trás do forno, não era possível ouvir.

Silenciosamente, contei sessenta segundos, depois outros sessenta, e fiz o mesmo mais uma vez.

Cronometrar nosso confinamento se mostrou uma forma de reforçar meu estado de nervos, então parei de contar os minutos e esperei, tentando não imaginar nossa tortura.

O interior do velho Mercedes cheirava a couro gasto, linimento mentolado, perfume de gardênia, pelo de gato e poeira.

Fui tomado por uma vontade de espirrar. Num espírito de estoicismo zen, tentei meditar sobre o desejo de transformar o espirro em uma coceira entre os meus ombros, que seria mais tolerável de suportar. Quando percebi que não iria funcionar, meditei sobre a transformação do desejo de espirrar em um pólipo benigno do cólon.

Depois de tapar o nariz e respirar pela boca por um tempo, comecei a acreditar que os agentes do nefasto Departamento

Portuário teriam agora concluído que Annamaria e eu havíamos escapado e provavelmente tinham ido embora.

Quando levantei a cabeça cautelosamente, tentando dar uma geral na garagem, pude ouvir duas vozes masculinas próximas, uma mais grave e outra mais ligeira. Enfiei-me novamente em meu buraco, como se fosse um daqueles palhacinhos presos por uma mola dentro de uma caixa.

Annamaria se esticou nas sombras e tocou minha mão. Ou talvez eu tenha buscado a mão dela.

Não conseguia discernir o que os homens estavam dizendo. Era evidente, porém, que um deles estava com muita raiva, e o outro estava se justificando.

Um estrondo seguido de um tinido me fez supor que o homem de voz grave tinha batido em alguma coisa ou jogado um objeto pesado no inventor de desculpas.

Enquanto os dois prosseguiam com a discussão, a mão de Annamaria parecia me dar coragem. Meu coração começou a desacelerar e meus dentes foram afrouxando.

Os dois homens estavam mais perto do que eu tinha imaginado. Para mostrar sua insatisfação, o mais bravo bateu com a mão três vezes no capô do sedã no qual estávamos refugiados.

DEZESSETE

O BANDIDO DE VOZ GRAVE, QUE, MUITO PROVAVELMENTE, tinha olhos amarelos, uma barbicha e a reserva de uma cama de pregos no Inferno, socou o Mercedes de novo.

Em nosso inadequado esconderijo no banco traseiro daquele mesmo carro, Annamaria apertou minha mão com delicadeza, tentando me tranquilizar.

Meus olhos tinham se adaptado à escuridão. Podia ver seu rosto suficientemente bem para perceber que ela estava sorrindo, como se quisesse me dizer que aquilo era apenas um revés temporário em nossa fuga, que em breve estaríamos saltitando em prados cheios de flores, onde borboletas iridescentes dançariam no ar ao som da doce canção de cotovias e tordos.

Sabia que ela não era idiota, e duvidava que fosse tola. Por isso, assumi que ou ela sabia de algo que eu não sabia ou tinha mais fé em mim do que minhas habilidades de sobrevivência justificariam.

Quando a briga acabou, as vozes silenciaram. Então, eles se afastaram do Mercedes.

A luz da garagem se apagou.

Uma porta fechou.

Não podia mais ver o rosto de Annamaria. E esperava que ela não estivesse sorrindo para mim no escuro.

Embora não seja uma fobia propriamente dita, sinto-me desconfortável com a ideia de pessoas sorrindo para mim no escuro, mesmo pessoas tão boas — e até generosas — quanto essa mulher parecia ser.

Nos filmes, quando um personagem em um lugar totalmente escuro acende um fósforo e dá de cara com alguém ou alguma coisa sorrindo para ele, é provável que essa pessoa ou coisa vá lhe arrancar a cabeça.

É claro que os filmes não têm praticamente nenhuma semelhança com a vida real, nem mesmo os que ganham muitos prêmios. Nos cinema, o mundo ou é cheio de aventuras fantásticas e de heroísmo redentor ou é um lugar tão desolado, cruel, repleto de traição, competição e desesperança que você quer se matar em meio ao pacotão de pipoca. Não há meio-termo nos filmes de hoje; ou você salva o reino e casa com a princesa, ou é morto por assassinos contratados por uma corporação do mal que você está tentando levar ao tribunal, comandado por um juiz corrupto.

Do lado de fora, um motor de caminhão foi ligado. Passados alguns segundos, o ruído diminuiu, e o silêncio invadiu novamente a noite.

Continuei escondido no carro escuro por mais um minuto, talvez recebendo um sorriso, talvez não, e então disse:

— Você acha que eles foram embora?

— *Você* acha que eles foram? — respondeu Annamaria.

Durante o jantar, eu concordara em ser o seu paladino, e nenhum paladino que se preze decidiria o que fazer com base no voto da maioria de uma comissão de dois.

— Tudo bem — respondi. — Vamos.

Saímos do sedã e usei a lanterna para iluminar nosso caminho até a porta na parede sul. As dobradiças rangeram quando abri a porta, o que eu não havia notado anteriormente.

Na estreita passagem entre a garagem e o limite do terreno, não havia ninguém esperando para arrancar nossas cabeças. Até aí tudo bem. Mas eles podiam estar esperando em outro lugar.

Desliguei a lanterna, hesitante em tirar Annamaria da garagem e levá-la para a rua, por medo de que eles tivessem colocado alguém lá para nos vigiar.

Pressentindo minha preocupação, Annamaria sussurrou:

— Nos fundos há um portão que dá para uma espécie de trilha.

Fomos até a parte de trás do edifício. Quando passamos pelos degraus que levavam ao apartamento de Annamaria, olhei para cima, mas não havia ninguém a nossa procura.

Atravessamos o quintal coberto pelo nevoeiro. Folhas amareladas — caídas de plátanos que, aqui, se demoravam em derrubá-las mais do que em qualquer outro lugar — cobriam o chão úmido.

O muro branco cheio de trepadeiras levava até um portão decorado no estilo rococó. Do outro lado ficava a trilha. A relva desaparecia na névoa para o sul, oeste e norte.

Tomando o braço de Annamaria, eu disse:

— Melhor não irmos para o sul, acho.

— Fique perto da cerca da propriedade, aqui do lado leste — ela aconselhou. — A trilha ladeia o cânion de Hecate a oeste. É estreito em alguns pontos e a queda pode ser súbita.

Em Magic Beach, o cânion de Hecate era lendário.

Ao longo da costa da Califórnia, muitos cânions antigos se espalham como dedos artríticos em direção ao mar, e as cidades construídas em torno deles se unem por meio de pontes. Algumas delas são largas, mas a maioria é estreita o suficiente para ser qualificada de desfiladeiro.

O cânion de Hecate era um desfiladeiro, mais largo do que a maioria, porém bastante profundo, com uma correnteza forte lá embaixo. Ladeando o rio, que na estação chuvosa se tornava uma torrente poderosa, elevava-se um bosque misto de pinheiros mansos, pínus e ciprestes — retorcidos e deformados pelas condições extremas e pelas substâncias tóxicas despejadas ilegalmente no cânion durante muitos anos.

Os paredões do desfiladeiro não eram tão estreitos a ponto de impedir a navegação, mas eram íngremes. Videiras silvestres e arbustos espinhosos ajudavam a impedir tanto a erosão quanto a presença de aventureiros que quisessem escalar as paredes.

Na década de 1950, houve um estuprador assassino que capturava jovens de Magic Beach. Ele as arrastava para o cânion de Hecate e as obrigava a cavar a própria sepultura.

A polícia apanhara Arliss Clerebold — professor de artes do colégio local — quando ele tentava matar a oitava vítima. Seus cabelos loiros e encaracolados faziam lembrar um anjo. Seu rosto era doce, sua boca, feita para sorrir. Seus braços eram fortes e suas mãos de dedos longos tinham a força de um alpinista experiente.

Das sete vítimas prévias, duas nunca foram encontradas. Clerebold se recusou a cooperar e os cães farejadores não conseguiram localizar as sepulturas.

Enquanto Annamaria caminhava ao meu lado para o sul ao longo da trilha, eu temia encontrar os espíritos das vítimas de Clerebold. A justiça havia sido feita quando ele foi executado em San Quentin, portanto, muito provavelmente, elas já teriam ido embora deste mundo. Mas as duas cujos corpos nunca foram encontrados poderiam ter ficado por aqui, ansiando que seus ossos fossem enterrados nos cemitérios onde suas famílias repousavam.

Precisava proteger Annamaria e tinha a responsabilidade de impedir o que quer que o grandalhão de olhos amarelos estivesse planejando — ou seja, tinha o suficiente para me manter ocupado. Não podia me dar ao luxo de ser distraído pelos espíritos melancólicos das meninas assassinadas para ir atrás de suas sepulturas há muito escondidas.

Preocupado com o fato de que simplesmente pensar naquelas tristes vítimas pudesse atrair seus espíritos até mim, se é que elas ainda estavam neste mundo, tentei obter mais informações de Annamaria, conforme avançávamos cautelosamente numa escuridão quase impenetrável.

— Você é daqui? — perguntei baixinho.
— Não.
— De onde você é?
— De longe.
— Oklahoma? — perguntei. — Alabama? Maine?
— Mais longe do que todos esses lugares. Você não acreditaria em mim se eu dissesse de onde venho.
— Acredito em você — assegurei. — Acreditei em tudo que você me disse até agora, não sei por quê, mesmo não entendendo quase nada.
— Por que você acredita em mim com tanta facilidade?
— Não sei.
— Mas você sabe.
— Eu sei?
— Sim. Você sabe.
— Me dê uma dica. Por que acredito com tanta facilidade?
— Por que alguém acredita? — perguntou ela.
— É uma questão filosófica ou apenas um enigma?

— A evidência empírica é uma razão.
— Tipo, eu acredito na gravidade porque se jogar uma pedra no ar ela irá cair no chão.
— Sim. É o que quero dizer.
— Você não foi exatamente generosa com essa evidência empírica — eu disse a ela. — Nem sei de onde você é, ou mesmo seu nome.
— Você sabe o meu nome.
— Só o seu primeiro nome. Qual é o sobrenome?
— Não tenho.
— Todo mundo tem um sobrenome.
— Eu nunca tive.

A noite estava fria. Nossa respiração fazia sair fumacinha de nossas bocas. Annamaria tinha uma aura mística tão forte que, se quisesse, poderia me persuadir de que descera do monte Olimpo e havia expirado o vasto oceano de neblina que agora afogava todas as coisas, e que poderia sugar toda a névoa de volta, conforme sua vontade.

Eu disse:
— Você tinha que ter um sobrenome quando foi para a escola.
— Nunca fui à escola.
— Você foi educada em casa?

Ela não respondeu.
— Sem um sobrenome, como você consegue receber assistência social?
— Não recebo assistência social.
— Mas você disse que não trabalha.
— Isso mesmo.
— Você quer dizer que as pessoas simplesmente lhe dão dinheiro quando você precisa?

— Sim.

— Uau. Isso deve ser ainda menos estressante do que vender pneus ou calçados.

— Nunca pedi nada a ninguém, antes de perguntar se você morreria por mim.

Lá longe, dissolvida na névoa, a torre da igreja de São José ainda devia estar de pé porque, a distância, o som familiar do sino soava a cada meia hora, o que era estranho por dois motivos. Primeiro, meu relógio digital mostrava 7h22, e parecia estar certo. Em segundo lugar, das 8 da manhã até as 8 da noite o sino marcava cada hora inteira com uma única batida e cada meia hora com duas. Agora, tinha tocado três vezes, como uma voz solene reverberando no nevoeiro.

— Annamaria, quantos anos você tem?

— Dezoito, de certa forma.

— Se viveu 18 anos sem pedir nada a ninguém, você devia estar economizando para um pedido realmente grande.

— Eu tinha um pressentimento — respondeu ela.

Ela parecia estar se divertindo, mas não por estar promovendo uma confusão em minha cabeça. Senti novamente que ela estava sendo mais direta do que parecia.

Frustrado, voltei à minha antiga linha de investigação.

— Sem um sobrenome, como você faz quando tem algum problema de saúde?

— Não tenho problemas de saúde.

Referindo-me ao bebê que ela carregava, disse:

— Em alguns meses, você vai precisar.

— Cada coisa em seu tempo.

— E, você sabe, não é bom levar uma gravidez até o parto sem consultar um médico regularmente.

Ela me lançou um sorriso.

— Você é um homem muito doce e jovem.
— É um pouco estranho quando você me chama de jovem. Sou mais velho que você.
— Ainda assim, é jovem e doce. Para onde estamos indo? — ela quis saber.
— Essa é a pergunta de 1 milhão de dólares.
— Agora. Quis dizer, para onde estamos indo agora?

Senti certo prazer em poder responder com uma fala que seria tão inescrutável como as coisas que ela vinha me dizendo.

— Tenho que ir ver um homem com cabelo de lã de morcego e língua dupla de serpente.

— Macbeth — disse ela, identificando a referência e acabando com a minha satisfação.

— Eu o chamo de cara da lanterna. Você não precisa saber por quê. É perigoso, então você não pode ir comigo.

— Fico mais segura com você.

— Vou precisar me mover rapidamente. Enfim, conheço uma mulher e sei que você vai gostar dela. Ninguém pensaria em nos procurar na casa dela.

Um barulho atrás de nós nos fez olhar para trás.

Por um instante, pensei que o grandalhão tivesse nos seguido e, com uma espécie mágica, se separado em três, enquanto travávamos nossa conversa enigmática. Através da neblina era possível distinguir seis olhos amarelos, tão brilhantes como placas refletoras da estrada. Não tinham a altura dos olhos de um homem, mas também não estavam rentes ao chão.

Quando saíram da névoa e pararam a apenas 10 metros de nós, pudemos ver que eram coiotes. Três deles.

No nevoeiro, apareceram mais seis olhos, e mais três coiotes se juntaram ao trio inicial.

Evidentemente, haviam saído do cânion de Hecate para caçar. Seis coiotes. Uma alcateia.

DEZOITO

Tendo vivido em um lugar onde as pradarias encontram o deserto, em Pico Mundo, aquela não era a primeira vez que encontrava coiotes. Normalmente, as circunstâncias eram tais que, por serem ariscos em relação aos seres humanos, eles pareciam preferir me evitar a devorar meus ossos. Porém, numa ocasião, tarde da noite, eles saíram para comprar carne e eu, por acaso, era o mais suculento item em exibição. Quase não consegui escapar e por pouco não deixo um pedaço da minha bunda para trás.

Se eu fosse Hutch Hutchison e tivesse figurado no cardápio de um grupo de coiotes duas vezes em 17 meses, encararia a situação não como uma coincidência interessante, e sim como prova científica irrefutável de que os coiotes, como espécie, se voltaram contra a humanidade com a intenção de nos exterminar.

Andando na trilha envolta em névoa, bem ao lado da garganta de Hecate, as seis amostras de *Canis latrans* não tinham o charme de nenhuma das espécies e raças que as pet shops colocam nas vitrines.

Isso não é comum, acredite ou não, porque muitas vezes os coiotes têm um charme meio desajeitado. Eles são mais parecidos com os lobos do que com os cães. São magros e vigorosos, predadores eficientes, mas ao mesmo tempo têm pés grandes demais para o corpo e orelhas muito compridas para a cabeça lembrando um pouco um animal de estimação. São *no mínimo* tão bonitos quanto o ditador homicida do Irã quando coloca uma roupa de lazer e tira um foto tomando sorvete numa escola para crianças cujos pais se ofereceram para ser homens-bomba.

Com rostos finos, dentes arreganhados e uma enorme intensidade nos olhos, os seis coiotes que agora confrontavam Annamaria e eu não levavam o menor jeito para estrelar um comercial da Purina. Pareciam jihadistas fascistas na pele de lobos.

Em momento de grande perigo, normalmente coloco minhas mãos em uma arma improvisada, mas nesse gramado vazio a única possibilidade parecia ser uma cerca de madeira frágil, se eu conseguisse quebrar uma de suas ripas. Não havia rochas. Não havia bastões de beisebol, baldes, vassouras, vasos de porcelana, frigideiras pás, torradeiras ou furões vesgos e raivosos, todos itens que no passado se revelaram eficazes armas improvisadas.

Comecei a considerar que precisava realmente acabar com minha fobia de armas de fogo e começar a carregar uma.

No final das contas, contava com uma arma que não conhecia: uma mulher jovem, grávida e enigmática. Enquanto eu tentava fazê-la se afastar lentamente, ela disse:

— Eles não são apenas o que parecem ser.

— Bem, e quem é o que parece ser? — respondi. — Mas acho que esses coiotes são *basicamente* o que parecem ser.

Em vez de cautelosamente se afastar dos animais na esperança de encontrar um portão destrancado em um dos quintais cercados, Annamaria deu um passo em direção a eles.

Soltei um palavrão cujo significado é excremento, mas espero ter usado um sinônimo menos malcriado.

Tranquilamente, mas sem perder a firmeza, ela disse aos coiotes:

— Vocês não pertencem a este lugar. O resto do mundo é de vocês... Mas não este lugar, neste momento.

Pessoalmente, eu não achava que era uma boa estratégia dizer a um bando de coiotes carnívoros e famintos que fregueses sem o traje apropriado não seriam servidos.

Seus pelos estavam levantados. As caudas, enrijecidas. As orelhas ficaram em pé. Os corpos se mantinham tensos e os músculos, rijos.

Esses caras estavam a fim de uma refeição.

Quando ela deu outro passo em direção a eles, fiquei mudo, pois tinha medo de que, se dissesse alguma coisa, minha voz soasse como a do Mickey Mouse. Mesmo assim, aproximei-me dela e coloquei a mão em seu ombro.

Ignorando meu movimento, ela disse aos coiotes:

— Não sou de vocês. Ele não é de vocês. Vocês vão sair daqui agora.

Em algumas partes do país, os coiotes são chamados de lobos das pradarias, o que soa muito melhor. Mas, mesmo se você chamá-los de peludinhos, eles não vão se transformar em bichinhos de pelúcia.

— Vocês vão sair daqui agora — repetiu ela.

Surpreendentemente, os predadores pareceram perder a confiança. Os pelos abaixaram e eles pararam de mostrar os dentes.

— Agora — ela insistiu.

Eles não conseguiam mais encará-la nos olhos, então baixaram as orelhas e olharam para a esquerda, depois para a direita, como se questionassem como tinham chegado até nós e por que haviam sido tão imprudentes de se expor a uma perigosa mulher grávida.

Caudas em movimento, cabeças baixas, olhando para trás timidamente, eles se retiraram para dentro do nevoeiro, como se tivessem encontrado a Chapeuzinho Vermelho e agora estivessem profundamente inseguros de suas habilidades predatórias.

Annamaria me permitiu segurar seu braço mais uma vez e continuamos na direção sul ao longo da trilha.

Depois de refletir inutilmente sobre o que acabara de acontecer, eu disse:

— Então, você fala com os animais.

— Não. Mas sei que pareceu que sim.

— Você disse que eles não eram apenas o que pareciam ser.

— Bem, e quem é o que parece ser? — respondeu ela, citando o que eu dissera anteriormente, o que não soava tão bem quanto uma citação de Shakespeare.

— O que eles eram... além do que pareciam ser?

— Você sabe.

— Isso não serve muito como resposta.

— Cada coisa em seu tempo — respondeu ela.

— Isso também não serve muito como resposta.

— As coisas são como são.

— Entendo.

— Ainda não. Mas vai entender.

— Não cheguei a ver o Coelho Branco, mas acho que caímos no buraco que leva ao País das Maravilhas.

— O mundo em si é uma maravilha, meu jovem, como você bem sabe — disse ela, apertando meu braço.

À nossa direita, quase invisíveis, estavam os vultos dos coiotes ao longo do cânion de Hecate, andando paralelamente a nós. Eu os mostrei a Annamaria.

— Sim — disse ela. — Eles vão persistir, mas será que vão ousar olhar para nós?

À medida que avançávamos, ainda consegui vê-los por um tempo, mas nenhuma vez vislumbrei um olhar amarelo brilhante na escuridão. Eles pareciam estar olhando estritamente para o chão.

— Se você consegue lidar com um grupo de coiotes — eu disse —, não tenho certeza de que realmente precise de mim.

— Não tenho a mesma facilidade com pessoas — respondeu ela. — Se quiserem me torturar e me assassinar, e estiverem determinados a derrubar minhas defesas, vou sofrer. Mas os coiotes, mesmo selvagens como esses, não me amedrontam, e também não deveriam preocupá-lo.

— Você parece saber do que está falando — disse. — Mas ainda estou um pouco preocupado com os coiotes de qualquer maneira.

— "A virtude é corajosa e a bondade nunca tem medo."
Eu disse:
— Shakespeare, né?
— "Medida por medida."
— Não conheço essa.
— Agora conhece.

Mesmo admirando muito o Bardo de Avon, parecia-me que a bondade precisava ter medo dessas formas assustadoras que apareciam no nevoeiro, isso se o bem quisesse evitar ser mastigado e engolido.

DEZENOVE

Pouco antes de chegarmos à Casa do Monstro Feliz, a escolta dos coiotes desapareceu nas nuvens e não voltou mais, embora eu suspeitasse de que um deles tinha se separado do grupo.

A casa era a única construção no final de uma rua estreita de asfalto rachado e esburacado. Cedros enormes ladeavam a via e seus galhos pareciam ter sido enfeitados com a névoa, como se ela fosse tão leve quanto a neve.

O casebre tinha um telhado de palha, paredes da telha de cedro e um pé da trepadeira conhecida como trombeta chinesa, que se estendia ao longo do telhado. O pórtico era coberto por buganvílias — a casa parecia uma cópia de uma das pinturas românticas de Thomas Kinkade.

Sombras claras em meio à névoa pareciam fantasmas curiosos que olhavam para dentro das janelas, tentando decidir se os cômodos no interior eram propícios para assombrações.

Uma luz âmbar de brilho considerável atravessou os fantasmas. Quando fomos nos aproximando, percebi que a luz alegre e reconfortante brilhava pelas bordas das vidraças como diamantes, como se uma pessoa com poderes mágicos residisse ali.

Enquanto nos aproximávamos, fui preparando Annamaria para encontrar Flora Rosedale, com quem iria ficar por uma ou duas horas. Quarenta e cinco anos atrás, quando Flora tinha 6 anos, seu pai, bêbado e zangado, a enfiou de cabeça para baixo em um barril no qual ele estava queimando lixo com um pouco de querosene.

Felizmente, ela estava usando óculos que eram apertados no rosto, o que a poupou de uma cegueira e salvou suas pálpebras. Mesmo com 6 anos, ela tivera a presença de espírito de prender a respiração, o que salvara seus pulmões. Ela conseguiu derrubar o barril, que ainda estava em chamas, e rapidamente rastejou para fora.

Cirurgiões salvaram uma de suas orelhas, reconstruíram o nariz, embora ele não parecesse um nariz normal, e os lábios. Flora nunca mais teve cabelos. Seu rosto ficou para sempre marcado e enrugado, com cicatrizes e queloides terríveis demais para qualquer intervenção cirúrgica.

Uma semana antes, enquanto eu caminhava, havia encontrado com ela. O pneu de seu carro furara e ela estava no acostamento da estrada. Embora tivesse insistido que podia trocar o pneu sozinha, fiz o trabalho porque ela tinha cerca de 1,50m, apenas o polegar e o indicador da mão esquerda, que havia sido queimada, e não estava vestida apropriadamente para a chuva que estava para cair.

Já com o pneu novo instalado, ela insistiu para que eu fosse tomar um café e comer uma fatia de seu incomparável bolo de canela e noz-pecã. Levou-me até a Casa do Monstro Feliz. O lugar era de fato uma casa e Flora parecia ser uma pessoa feliz, mas não um monstro, embora lembrasse um pouco o ET de Spielberg.

Tinha visitado Flora uma vez, depois da primeira em que nos encontramos, para jogar cartas e conversar. Embora ela tivesse vencido três jogos em três, com apostas de 1 centavo para cada dez pontos, estávamos perto de nos tornar bons amigos. No entanto, ela não sabia nada sobre o lado sobrenatural da minha vida.

Quando abriu a porta em resposta a minhas batidas, Flora disse:

— Ah! Entre, entre. Deus me enviou um trouxa para perder nas cartas. Outra oração respondida. Ainda vou conseguir comprar minha Mercedes.

— Você ganhou 50 centavos da última vez. Vai precisar ganhar de mim todos os dias por milhares de anos.

— E isso vai ser *divertido*! — Flora fechou a porta e sorriu para Annamaria. — Você me lembra minha prima Melvina. A Melvina casada, não a Melvina velha solteirona. Porém, a prima Melvina é louca e, provavelmente, você não é.

Apresentei as duas enquanto Flora ajudava Annamaria a tirar o casaco e o pendurava no gancho da parede.

— A prima Melvina — disse Flora — tem um problema com viagens no tempo. Querida, você acha que viajar no tempo é possível?

Annamaria respondeu:

— Vinte e quatro horas atrás, eu estava no ontem.

— E agora está aqui, hoje. Preciso contar a seu respeito para minha prima.

Tomando Annamaria pelo braço, Flora a levou para os fundos da casa.

— Prima Melvina afirma que um viajante de 10 mil anos depois de Cristo visita secretamente sua cozinha quando ela está dormindo.

Enquanto eu seguia as duas, Annamaria perguntou:

— Por que a cozinha?

— Ela suspeita que eles não têm bolo no futuro distante.

A casa era magicamente iluminada por lâmpadas, vitrais e arandelas inspiradas na Tiffany, à sombra das quais Flora tinha se criado.

— Melvina tem muitos bolos em sua cozinha?

— Ela é fanática por bolos.

Pendurada em uma das paredes da sala estava uma colcha colorida muito bonita e cheia de detalhes. As colchas de Flora eram vendidas em galerias de arte, e algumas tinham virado peças de museu.

— Talvez o marido dela esteja fazendo visitas noturnas aos bolos — disse Annamaria.

— Não é possível. Melvina mora na Flórida, e o marido, Norman, vive em um antigo silo de mísseis da Guerra Fria, em Nebraska.

De um armário de cozinha, Flora pegou um saco de pó de café e um pacote de filtros e os entregou a Annamaria.

Enquanto Annamaria começava a preparar o café, perguntou:

— Por que alguém iria querer viver em um silo de mísseis antigos?

Abrindo uma lata de biscoitos, Flora respondeu:

— Para evitar viver com Melvina. Ela iria a qualquer lugar junto com ele, menos a um silo de mísseis.

— Por que não haveria bolo em um futuro distante? — perguntou Annamaria.

Com pinças de cozinha, Flora transferiu os biscoitos da lata para um prato.

—Melvina disse que talvez todas as melhores receitas serão perdidas em uma guerra mundial.

— Acontecerá um guerra por causa de bolos?

— Provavelmente a guerra aconteceria pelas razões habituais. O problema com bolos seria um dos efeitos colaterais.

— Parece mesmo uma ideia maluca.

— Ah, sim — disse Flora —, mas não maluca de uma forma ruim.

De pé na porta, eu disse:

— Annamaria está com algumas dificuldades...

— A gravidez não é problema — respondeu Flora —, é uma bênção.

— Não é isso. Alguns bandidos estão atrás dela.

— Bandidos? — perguntou Flora a Annamaria.

— Ninguém é intrinsecamente mau — respondeu Annamaria. — Tudo depende das escolhas que fazemos.

— E o mal — disse Flora — está sempre a sussurrar a escolha errada em nossos ouvidos. Mas acredito que o remorso pode levar à redenção.

— Para algumas pessoas — opinei —, a única maneira de provocar remorsos é quebrando um taco de beisebol em suas cabeças.

— Quando ficou sóbrio, meu pai lamentou o que fez comigo — disse Flora.

— Algumas pessoas — insisti — seriam capazes de trancá-la em um porta-malas com dois macacos rhesus mortos, colocar o carro em um grande triturador hidráulico, apertar o botão ESMAGAR e depois dar risada. Eles nem sequer conhecem a palavra remorso.

— Você perdoou seu pai? — perguntou Annamaria.

— Ele tem 82 anos — disse Flora. — Pago as contas do asilo em que ele mora. Mas não o vejo.

— Algumas pessoas — continuei — perdem a cabeça e você tem que tirar as armas de perto delas para lhes dar a oportunidade de repensar o que fizeram. Elas dirão que estavam erradas, que se arrependem, mas, logo depois, são capazes de deixar você entrar em uma sala onde *sabem* que há um crocodilo que não foi alimentado há uma semana.

Ambas as mulheres me lançaram o tipo de olhar que você normalmente reserva a um homem de duas cabeças passeando com um cachorro azul.

— Não estou dizendo que todos são assim — esclareci. — Apenas *algumas* pessoas.

Annamaria disse para Flora:

— Mas você perdoou seu pai.

— Sim. Há muito tempo. Não foi fácil. A razão pela qual não o vejo é porque ele não consegue suportar. Quando olha para mim, ele chora. A culpa. É muito difícil para ele.

Annamaria estendeu a mão para Flora e as duas se abraçaram.

Eu disse:

— Então, preciso dar uma fuçada, saber mais sobre esses caras maus que estão atrás de nós. Achei que ela ficaria segura aqui com você por algumas horas, se estiver de acordo.

Flora disse para Annamaria:

— Podemos jogar cartas ou gamão ou algo assim.

— Gosto de gamão — respondeu Annamaria. — Você sempre coloca um pouquinho de baunilha em seu café?

— Às vezes baunilha, às vezes canela.

— Canela. Deve ficar ótimo.

— A prima Melvina, não a que é casada com Norman do silo de mísseis, gosta de adicionar meia colher de chá de canela e uma colher cheia de chocolate em pó em uma xícara grande.

— Parece delicioso. Vamos tentar. Por que os pais chamaram as duas filhas de Melvina?

— Ah — disse Flora, procurando a lata de chocolate em pó —, elas não são irmãs. São primas. Ambas receberam seus nomes em homenagem a nossa avó materna, Melvina Belmont Singleton, que foi famosa em sua época.

— Famosa? Por quê?

— Por viver com gorilas.

— Onde ela viveu com os gorilas?

— Ah, onde quer que houvesse gorilas, cedo ou tarde, ela aparecia para morar com eles.

— O que ela era? Naturalista ou antropóloga?

— Nada disso. Ela simplesmente amava os gorilas e não se cansava de observá-los. E os gorilas pareciam não se importar.

— Eu acho que eles se importariam — disse Annamaria.

— Bem, às vezes, quando os cientistas se aproximavam para estudá-los, os gorilas realmente se importavam, mas não com minha avó Melvina.

— Ela deve ter sido uma pessoa formidável.

— Temos mulheres fortes na família — disse Flora.

— Posso ver — disse Annamaria, e elas sorriram uma para o outra.

— Vovó Melvina ensinou um gorila chamado Percy a escrever poesia — contou Flora.

— Versos livres, suponho — quis saber Annamaria.

— Nenhuma pessoa em sã consciência teria feito isso — respondeu Flora, e ambas riram.

Queria saber mais sobre a vovó Melvina e os gorilas, mas precisava ter uma conversa séria com o cara da lanterna. Flora e Annamaria se deram tão bem que eu não quis interromper para avisar que seu Ulisses estava prestes a embarcar em um navio para ir a guerra.

Ao atravessar a sala, reparei que o relógio de parede estava mais uma vez marcando um minuto para a meia-noite. De acordo com meu relógio de pulso, eram 7h52. Coloquei um ouvido na parede, perto do relógio, mas os ponteiros pareciam ter esgotado sua energia de contar o tempo sem ganhar nenhum centavo.

Ao longo da minha vida, sempre que o sobrenatural se tornava discernível para mim, era através dos meus sentidos paranormais, o que não podia ser compartilhado com ninguém: a capacidade de ver os espíritos dos mortos, o dom frustrante e enigmático dos sonhos proféticos, o magnetismo psíquico.

O relógio parado no apartamento de Annamaria não tinha sido uma visão, mas uma realidade, percebida não apenas por mim, e visível para ela. Eu não tinha dúvida de que, se chamasse Annamaria e Flora, elas iriam ver o que vi na parede.

Um relógio congelado faltando um minuto para a meia-noite não é nada mais do que um relógio quebrado. No entanto, nesta noite de nevoeiro, coiotes enfeitiçados e luzes mágicas, eu não poderia ignorar o significado de um segundo relógio parado no mesmo minuto e na mesma hora.

O sobrenatural havia penetrado no mundo real de formas que eu nunca havia experimentado, e essa ideia me pareceu ameaçadora.

Só conseguia pensar em uma única interpretação a ser feita sobre os relógios quebrados, porém sincronizados: que eu tinha pouco mais de quatro horas para evitar as muitas mortes e a grande destruição planejada pelo gigante de olhos amarelos e seus associados.

VINTE

Uma pomba voando num céu incandescente, um arbusto em chamas, e do fogo vinha uma voz, estrelas deixando suas constelações atemporais para formar novos padrões no céu... Esses foram alguns dos sinais sobre os quais os profetas historicamente basearam suas previsões e suas ações. Para mim, foram dois relógios parados.

Se não sou apenas uma aberração cujas percepções extrassensoriais resultam de sinapses mutantes fazendo ligações estranhas em meu cérebro, se meu dom tem uma função para a qual a natureza não é indiferente e se eu o recebi com um propósito, então o anjo encarregado de Odd Thomas deve estar operando com um orçamento apertado.

Caminhando por Magic Beach até o endereço que encontrara na carteira de Sam Whittle — de pseudônimo Sam Bittel e apelidado carinhosamente por mim de o cara da lanterna —, sentia como se o nevoeiro que tomava a cidade tivesse inundado minha cabeça. Nessa bruma interna, meus pensamentos estavam desconectados como, no mundo exterior, casas num mesmo quarteirão parecem ser ilhas separadas, cada uma estranha à outra. Eu parecia estar em um mar branco.

Havia mais movimento de tráfego ferindo a calma da noite do que eu tinha visto antes. Alguns dos veículos passavam a distância, atravessando as mesmas ruas pelas quais eu passava, e eu não conseguia ver mais do que o brilho submerso de seus faróis. Talvez alguns deles fossem conduzidos por homens e mulheres comuns envolvidos em suas tarefas cotidianas e sem nenhum pensamento indigno ou inclinação maligna.

Mas ao ver qualquer veículo entrando na rua onde eu estava, escondia-me atrás do que estivesse disponível, esperando o veículo desaparecer. Um após o outro, pude ver que os carros traziam a identificação do Departamento Portuário ou de um carro da polícia.

Talvez a polícia tivesse colocado toda a sua frota nas ruas pelo fato de a neblina ajudar a encobrir e facilitar roubos e outros crimes. Pode me chamar de paranoico, mas minha suspeita era de que as autoridades estavam na rua para dar cobertura a certos amigos do Departamento Portuário.

Pelos para-brisas e pelas janelas laterais dos veículos, vislumbrei alguns rostos muito parcamente, graças ao brilho de painéis de instrumentos e telas de computador. Nenhum desses rostos parecia apropriado para um cartaz que celebrasse a simpatia e a abnegação dos nossos funcionários públicos.

Era como se sementes extraterrestres, que tivessem vindo parar na Terra, escondidas pela cortina de nevoeiro, tivessem crescido rapidamente em grandes vagens e dado origem a homens que não eram homens.

Sam Whittle vivia na avenida dos Carvalhos, que não era grande o suficiente para justificar ser chamada de avenida e também não era protegida por carvalhos. Anteriormente chamada de rua dos Fundadores, ela fora rebatizada em homenagem a John Daks, um astro do esporte que nunca viveu em Magic Beach e sequer visitou a cidade, mas que tinha uma prima, ou uma mulher que dizia ser sua prima, que trabalhava no conselho da cidade.

Whittle vivia em um bangalô tão simples quanto uma caixa de biscoito, e cuja madeira das janelas e portas era tão sem graça quanto possível, tão comum e invisível quanto o nevoeiro que o abraçava. A varanda não tinha nenhuma mobília, o jardim não contava com lâmpadas de iluminação e a área de trás era tão vazia quanto a da frente.

Não havia luz saindo de nenhuma janela. Nem qualquer veículo na garagem.

Pela porta de trás, usei a carteira de motorista laminada de Sam Whittle para abrir a fechadura. A porta não estava trancada e, quando coloquei a carteira na fechadura, a porta se abriu com um ranger das dobradiças.

Por um momento, fiquei na varanda, deixando o nevoeiro entrar primeiro, tatear a perfeita escuridão que havia dentro da casa, enquanto eu tentava ouvir qualquer som que denunciasse meu adversário impacientemente trocando o peso do corpo de um pé para o outro, enquanto aguardava a mosca cair em sua teia.

Cautelosamente, avancei para dentro. Deixei a porta aberta para facilitar uma possível fuga súbita.

Os relógios digitais do forno e do micro-ondas não estavam congelados em um minuto para a meia-noite, mas o brilho verde dos números também não ajudava a aliviar a tensão.

Senti o cheiro de algum tipo de uísque e esperava que ele não estivesse vindo da respiração de um homem apontando uma arma para mim.

Ao segurar minha respiração, não ouvi nada, exceto talvez outro homem que também respirasse cautelosamente.

Finalmente decidi. E fechei a porta atrás de mim.

Se houvesse alguém no cômodo, a pessoa teria acendido a luz naquele momento e eu teria visto meu destino no cano de sua arma.

Talvez eu tivesse causado mais danos ao cara da lanterna do que ele a mim. E talvez ele tenha ido a alguma emergência para levar uns pontos no couro cabeludo. A sutura em si não tomaria muito tempo, mas a recepcionista do hospital teria exigido que ele preenchesse, lesse e assinasse pilhas e mais pilhas de papelada, incluindo noventa declarações de isenções legais e dispensa de responsabilidade. Depois, eles ainda o teriam mantido no local por uma ou duas horas para observação. De qualquer forma, ele logo chegaria em casa.

Dizendo a mim mesmo que precisava estar fora desse lugar em cinco minutos, acendi a lanterna de Annamaria, com a qual eu tinha iluminado o caminho de seu apartamento até a garagem, no andar de baixo.

Estreitando o feixe de luz com dois dedos, cruzei o cômodo — uma cozinha — da esquerda para a direita. O feixe de luz encontrou a origem do cheiro de uísque.

Uma garrafa de Jack Daniel's e um copo estavam sobre uma mesinha. A garrafa estava destampada e o copo continha um pouco da bebida diluída, talvez por gelo derretido.

Havia mais um copo do outro lado. E uma pequena poça de uísque derramado brilhava sobre a mesa.

A evidência sugeria que Whittle havia voltado para casa depois de recuperar a consciência, mas saíra com tanta pressa que não deu tempo de limpar o uísque derramado.

As duas cadeiras estavam afastadas da mesa. Antes de sair, os beberrões não tiveram tempo de arrastá-las novamente a seus lugares.

Um par de sapatos masculinos desamarrados estava debaixo da mesa, um pé virado de lado. Whittle devia ter trocado de sapatos antes de sair. Ou talvez ainda estivesse em casa.

Como havia blecautes em cada uma das janelas, parei de tapar parte do feixe de luz da lanterna, deixando-a iluminar tudo.

Um corredor estreito levava da cozinha até um quarto cheio de móveis sem graça, com as persianas fechadas e sem qualquer enfeite nas paredes.

Fazia aproximadamente um minuto que estava dentro da casa.

Do outro lado do corredor havia uma sala com uma escrivaninha, um sofá, uma mesa, uma cadeira e algumas estantes. Aqui, também, as cortinas não permitiam ver nada lá fora.

Tudo que estivera sobre a escrivaninha tinha sido tirado de lá. E as prateleiras estavam vazias.

Suspeitei que o lugar tivesse sido alugado já mobiliado e que Sam Whittle estivesse aqui apenas há algumas semanas — pois ele não parecia ter planos de longo prazo com a casa.

Mesmo assim, queria dar uma olhada nas gavetas da escrivaninha, embora ainda não tivesse certeza se Whittle estava ou não em casa, acordado ou dormindo.

No último quarto, vi que as roupas de cama estavam bagunçadas. Um travesseiro estava caído no chão.

No tapete, percebi uma minhoca se contorcendo lentamente. Ela devia ter vindo dentro de algum sapato ou na perna da calça de alguém. Se estivesse aqui há muito tempo, ela já teria morrido.

Do lado de fora, um motor de caminhão rosnou a distância, aproximando-se rapidamente. Desliguei a lanterna, apesar de as janelas estarem cobertas.

O veículo parecia demorar uma eternidade para passar, mas, finalmente, o barulho do motor começou a desaparecer. Quando acendi a lanterna, a minhoca agonizante já não se mexia mais.

Embora a casa fosse pequena, percebi que eu estava muito afastado da porta de trás, que poderia me auxiliar em uma fuga rápida.

Desliguei a luz novamente, abri uma cortina e destranquei uma das janelas. Preocupado de que a madeira pudesse ter cedido por causa da umidade da noite, fiquei aliviado quando a janela deslizou fazendo pouco ruído.

Fechei a janela, sem travá-la, e puxei as cortinas antes de acender a lanterna novamente.

Dois minutos.

As portas de correr do armário estavam fechada. Não me sentia bem de ficar de costas para elas.

No entanto, minha intuição apontava para o banheiro. Não havia frestas na porta e eu não conseguiria saber se a luz estava acesa lá dentro, mas sempre sobrevivi obedecendo minha intuição.

Quando encostei a mão na maçaneta, um arrepio de apreensão subiu pela minha espinha, do sacro à mais alta das vértebras, como se um verme estivesse subindo pelo eixo que sustentava minha cabeça.

Sem me dar conta, tinha levado a mão esquerda até o peito. Através do moletom e da camiseta, podia sentir o sino do tamanho de um dedal que pendia na corrente de prata em volta do meu pescoço.

Girei a maçaneta. A porta abriu. Ninguém se jogou sobre mim ou me atacou.

A luz da lanterna passeou sobre a superfície do banheiro que parecia ser da década de 1940: uma área de azulejos de cerâmica brilhante no chão, ladeada por detalhes feitos com pequenos azulejos verde-pastel, o reboco rachado pela idade e sujo; nas paredes, o padrão era o inverso: azulejos verde-pálidos enfeitados com detalhes brancos.

Diretamente à frente vieram um reflexo da luz da lanterna no espelho e, em seguida, o reflexo da lanterna passeando pelo chão.

À minha esquerda estava o chuveiro, um boxe com porta de vidro fosco e uma estrutura de alumínio incrustada com marcas de corrosão.

À minha direita ficava uma banheira e, nela, estava o corpo daquele que tinha sido o cara da lanterna.

O choque da descoberta teria fornecido a deixa ideal para um bandido me atacar. Olhando através do espelho, vi com alívio que ninguém apareceu no quarto atrás de mim.

Partilhar este pequeno espaço com um cadáver exigia mais luz do que a lanterna podia proporcionar. Uma persiana cobria a única janela do banheiro, então eu correria risco se acendesse a luz do teto.

Sam Whittle tinha morrido sentado. Ele ainda permanecia na mesma posição porque seu colarinho havia sido preso à torneira de água quente. Sua cabeça pendia para a esquerda.

Sua boca estava selada com fita adesiva e algo mais, provavelmente um pano colocado atrás dela. Eles o haviam amordaçado porque não tinham intenção de matá-lo rapidamente.

Seus pulsos haviam sido amarrados, cruzados na frente do peito, e seus pés descalços também tinham sido presos pelos tornozelos com fita adesiva.

Banhado em sangue, ele aparentemente tinha sido baleado uma vez em cada perna, uma em cada braço e, depois de ter se contorcido de forma semelhante à minhoca, tinha finalmente sido baleado na testa.

Na banheira, como um caldeirão, ele parecia tão temível quanto um cozido de bruxa.

Uma hemorragia havia se espalhado e obscurecido seu olho esquerdo, mas o direito olhava para mim, com a expressão de incredulidade que ele deve ter lançado a seu assassino. Ele não esperava que a morte viesse pelas mãos de quem quer que o tivesse matado.

Não importa a quantidade de mortes que uma pessoa tenha presenciado — e vi um número bem maior do que se esperaria de um chapeiro de lanchonete. Dar de cara com um corpo sem vida estreita a mente, tensiona os nervos e deixa os instintos alertas.

Quase três minutos.

Quando olhei para o espelho novamente e vi um homem atrás de mim, eu me abaixei, virei e desferi um soco.

VINTE E UM

O soco atingiu o nada e não teve qualquer efeito, já que o homem atrás de mim era Sam Whittle — que havia sido baleado cinco vezes. Seu corpo crivado de balas ainda estava sentado na banheira, mas seu espírito tinha uma expressão mais suplicante do que ameaçadora.

Embora tivesse se materializado sem os ferimentos de bala, ele permanecia diante de mim em estado de enorme agitação. Não demonstrava raiva, que é a marca de um poltergeist potencial. O desespero que tomara conta dele era tão intenso que não sobrava força emocional para a raiva.

Ele queria se agarrar a mim e parecia me sentir tão concretamente quanto eu a ele, mas Sam não conseguia segurar meu moletom. Sua mão, quando a colocou em volta do meu pescoço, não podia puxar minha cabeça para que eu prestasse atenção nele.

Embora pudesse atravessar paredes, portas fechadas e tudo que tivesse substância neste mundo, Sam não podia passar por mim, nem podia sequer fazer meus cabelos mexerem. Pela visão e pelo tato, seu espírito era mais real para mim do que para qualquer outra pessoa, mas, ainda assim, Sam Whittle não podia provocar qualquer efeito físico em mim.

Quando percebeu suas limitações, Whittle começou a falar sofregamente, mas não produzia nenhum som. Talvez ele ouvisse a si próprio e pensasse que eu também poderia ouvi-lo, pois tive que lhe explicar que sua voz nunca chegaria até mim, independentemente da força com que ele gritasse.

Suspeito que os espíritos remanescentes não possam falar porque conhecem a plenitude da verdadeira natureza da morte e de algumas outras coisas para além deste mundo. Esse é um conhecimento que poderia corromper os vivos e desorientar-nos de uma maneira ou de outra, se pudéssemos ouvi-los.

Sem poder falar, Whittle entrou em um estado ainda mais frenético de desespero, passando por mim e parando diante do próprio cadáver. Seu espírito batia os punhos contra o peito, contra as têmporas, como se quisesse argumentar que ainda se sentia sólido e que não podia acreditar que era, na verdade, apenas uma alma sem corpo — que a vida tinha sangrado para fora de sua concha terrena.

Com os olhos arregalados, Whittle observava o banheiro como se estivesse procurando uma rota de fuga, uma porta de retorno à vida. Em seu rosto apareceu uma série de expressões, cada uma mais desesperada e angustiada o que a anterior.

A desesperança é o alimento do desespero, e o desespero é o abandono da esperança. Sem esperança, ele não tinha qualquer defesa contra o medo, que rapidamente crescia em puro terror — tive que desviar os olhos.

Ao longo dos anos, tenho tido motivo para acreditar que a maioria dos mortos remanescentes são aqueles que estão destinados a um mundo melhor, e que devem recebê-lo. Eles resistem em avançar por uma série de razões, nenhuma delas racional.

Elvis tinha amado sua mãe tão profundamente e perdeu-a tão cedo que, após sua morte, ansiava por deixar este mundo para encontrá-la mais uma vez. Mas, como sentia que não tinha vivido de uma maneira que ela teria aprovado, e como se recusava a enfrentar o julgamento que ela faria de seu uso de drogas, sua promiscuidade e sua degradação, ele permanecera aqui até que finalmente se convenceu que o que o esperava era um tipo de perdão que vai muito além do entendimento.

Aqueles cujas vidas tinham incluído atos insuficientes de gentileza e boa vontade para superar o mal que fizeram, ou que não tinham feito nada além do mal, muitas vezes não permaneciam aqui após a morte. E quando acontecia de ficarem, não era por anos, mas geralmente por dias ou horas.

Como nunca acreditaram e nunca tiveram esperança enquanto vivos, suponho que a desesperança os acompanhe na morte. Talvez viajem para a escuridão eterna sem protestar porque lhes tenha faltado criatividade para imaginar qualquer outra coisa.

Outra possibilidade é que, após a morte, eles tenham uma dívida a pagar. Posso imaginar o colecionador dessas dívidas, sem paciência para devedores remanescentes.

O comportamento de Whittle sugeria que ele estava enfrentando algo pior do que uma simples passagem para uma tranquila escuridão. Quando ele aceitou a mortalidade, e não podia mais negar o cadáver na banheira, seu terror aumentou.

Talvez meio minuto ou quarenta segundos tivessem passado desde que ele apareceu na porta do banheiro.

O que aconteceu em seguida foi muito rápido, um momento digno da Segunda Bruxa, que não tinha sequer um nome em *Macbeth*.

Whittle se moveu pelo banheiro com a urgência frenética de um pássaro que, tendo entrado por uma janela aberta, não conseguia mais achar a passagem que o levava de volta à liberdade.

Na peça, a Segunda Bruxa ficava perto do caldeirão, jogando gotas do próprio sangue dentro da poção: *Pinica meu polegar...*

Circulando desesperadamente pela sala, Whittle não fazia um barulho que lembrasse o pássaro encurralado. Na verdade, não havia som algum. No entanto, eu sentia que havia asas batendo e que eu as *deveria* ouvir, se soubesse como fazê-lo.

Pinica meu polegar, algo ruim está para chegar.

E entra um personagem mais terrível do que Macbeth.

A luz do banheiro esmaeceu, como se uma grande máquina tivesse sido ligada em outro lugar na cidade, tirando energia da rede.

À meia-luz novamente, as sombras se movimentavam, e pensei ter sentido as asas que não podia ouvir pulsando no ar como um grande pássaro.

Não posso atestar o que vi, porque o que vi desafiou a interpretação que me dariam tanto meus cinco sentidos quanto o que chamo de minhas percepções extrassensoriais. Nunca tinha visto nada parecido antes, e esperava nunca mais ver.

O espírito de Sam Whittle pode ter se atirado contra o espelho acima da pia, mas acho que não foi isso. O mais correto seria dizer que o espelho se lançou para fora da parede e engoliu o espírito de Sam Whittle.

E mais: foi como se o espelho, por um momento, fosse mais do que um simples espelho. Uma coisa que se destacara da parede, o vidro tendo se tornado flexível como um tecido, formando membranas mercuriais cheias de reflexos escuros que incluíam tanto imagens do banheiro quanto de algum outro lugar mais fantástico.

Também: que as plumas ondulantes, que eram simultaneamente claras como prata polida e escuras e opacas, abraçaram o espírito de Whittle e o engoliram para que se juntasse ao caos de imagens que flutuavam em suas superfícies.

E, finalmente: seu espírito passou a ser parte das membranas, que se enrolaram de volta para dentro do espelho. O espelho então estremeceu em silêncio, como um lago depois de engolir uma pedra. Por um breve instante apareceu um rosto espiando-me, não o de Whittle, mas uma face tão hedionda que gritei e cambaleei para trás.

A Presença se mostrou tão rapidamente que sou incapaz de me lembrar dos seus detalhes escabrosos. Foi tão breve que eu via apenas meu reflexo quando gritei e tropecei para trás.

Quase caí, mas procurei algo em que me equilibrar. Agarrei a maçaneta da porta do boxe. Ela não estava travada. A porta se abriu e fiquei cara a cara com outro cadáver.

VINTE E DOIS

Quatro minutos. Na cozinha, os sapatos masculinos estavam do mesmo lado da mesa em que o copo de uísque havia sido derrubado. Essa mulher deveria estar bebericando no outro copo. Os assassinos haviam colocado um cinto de couro em volta do pescoço dela para enforcá-la no chuveiro. Seus pés pendiam a cerca de 5 centímetros do chão. Alguns azulejos tinham rachado com o peso do cadáver suspenso. A argamassa antiga havia desmoronado no chão do boxe. A tubulação de água havia cedido, mas sem causar vazamentos. Felizmente, eu não precisava examinar a vítima para saber como ela tinha morrido. Seu rosto era um retrato medonho do estrangulamento. Talvez o pescoço estivesse quebrado também.

Em vida, ela deve ter sido atraente. Provavelmente tinha uns 20 anos, mas, em um minuto brutal, envelhecera uma década.

Assim como Whittle, ela fora amarrada com fita adesiva nos tornozelos e nos pulsos, e também estava amordaçada.

Traçando uma linha entre a banheira e o chuveiro, supus que Sam Whittle tivesse sido forçado a acompanhar o enforcamento da mulher.

Eu já tinha visto o suficiente. Era demais para mim. De repente, uma convicção irracional emergiu, fazendo-me acreditar que se olhasse para os cadáveres novamente seus olhos iriam se mexer e se fixar em mim, e eles iriam sorrir e diriam: "*Bem-vindo.*"

Acima da pia, o espelho parecia novamente um simples espelho, mas como já havia se transformado uma vez, podia fazê-lo novamente.

Eu estava vivo, não era um espírito remanescente, mas mesmo assim não tinha certeza de que a criatura que levara Whittle não teria o poder de me levar também.

Ao sair do banheiro, não apaguei as luzes, mas fechei bem a porta.

Por alguns segundos, fiquei parado no quarto com a lanterna desligada, menos assustado por estar no escuro do que angustiado com o que a luz poderia me mostrar.

Eles não podiam ter matado o cara da lanterna só porque ele não conseguira me apanhar na praia, depois de eu fugir no bote inflável. Whittle e a mulher devem ter discordado dos outros conspiradores em algum ponto, e provavelmente não previram a ferocidade com que seus associados poderiam lidar com uma diferença de opinião.

Normalmente, sinto-me satisfeito quando bandidos são pegos uns pelos outros, porque a desarmonia entre eles pode fazer com que seja mais fácil derrotá-los. Mas, se essa turma estava planejando muitas mortes e uma escala de destruição tão vasta que o céu e o mar queimariam em luz sangrenta, como no meu sonho, eu me sentiria melhor se eles não fossem cabeças tão quentes, sempre com um dedo no gatilho, além de uma escória criminosa.

Acendi a lanterna e rapidamente revistei as gavetas da cômoda. Elas continham apenas roupas, e não muitas.

Embora estivesse na casa há menos de cinco minutos, era hora de sair. Talvez esses assassinatos tivessem sido improvisados e, se fosse o caso, os assassinos poderiam retornar para remover os corpos e limpar as evidências da violência.

Tive um arrepio gerado por um curto-circuito das fibras dos meus nervos desgastados quando comecei a ouvir barulhos furtivos no resto da casa.

Desconfortável por ter me assustado tão facilmente, de qualquer forma decidi não sair pelo caminho em que tinha entrado.

Segurando a lanterna, enfiei-me atrás das cortinas. O mecanismo da janela deslizou tão silenciosamente quanto antes.

Da parte de trás do bangalô, veio o estrondo de uma porta sendo aberta a chutes, e um segundo depois a porta da frente foi escancarada com a mesma brutalidade.

Falando em um demônio, outros tinham chegado. Mas assassinos que retornam à cena de um crime com a intenção de retirar provas não chamariam a atenção para si chutando portas, da mesma forma como não entrariam tocando tambores.

De dentro da casa, os homens gritaram:

— *Polícia*!

Saí do bangalô tão rápida e silenciosamente quanto o faria um experiente bandido furtivo, o que talvez não seja o tipo de habilidade da qual se deva ter orgulho.

Como se fosse uma entidade viva que pudesse se reproduzir, a neblina parecia aumentar, gerando novos braços de nevoeiro, que se aglomeravam na noite de forma ainda mais densa do que quando eu entrara na casa, cinco minutos antes.

A polícia chegou sem as habituais sirenes e também sem ligar as luzes de emergência dos carros de patrulha. Nenhuma luz vermelha ou azul manchava a neblina.

Mais uma vez pensei em sementes vindas do espaço para dar origem a homens que não eram homens. Embora não acreditasse que o Departamento de Polícia de Magic Beach fosse formado por extraterrestres se passando por humanos, suspeitava que pelo menos alguns deles não podiam ser considerados exemplos na aplicação da lei.

Como eu tinha tomado a carteira de Sam Whittle na praia, mas não levara seu dinheiro, certamente eles pensaram que eu iria procurá-lo para fazer algumas perguntas. Os policiais entraram no bangalô como se soubessem que dois corpos estariam esperando lá — o que significava que eu tinha sido atraído para dentro da casa a fim de desviar a culpa dos verdadeiros assassinos.

Quando saí pela janela, os policiais entravam no bangalô pela frente e por trás. Mas alguns permaneceram do lado de fora.

Camuflada pela densidade do nevoeiro, uma lanterna apareceu no canto da frente da casa.

Ela não pôde me alcançar. Eu não conseguia ver o policial atrás da luz e eu também era invisível para ele, então movi-me cegamente para longe, atravessando o gramado.

Outra lanterna forçava um raio de luz no fundo do bangalô.

Fugindo daquela também, fui em direção ao que pensei ser uma passagem para a propriedade ao lado, embora não pudesse ver as luzes da casa vizinha. Os homens dentro do bangalô logo encontrariam a janela que eu havia deixado aberta e, ao descobri-la, eles iriam concentrar todos os esforços em minha busca.

Quando tentei corajosamente atravessar a cerca de arame que demarcava o limite da propriedade, ela pareceu cantarolar: *aqui está ele, aqui está ele, aqui está ele.*

VINTE E TRÊS

Para defender minha reputação de especialista em fugas, devo salientar que não havia nenhum arbusto antecedendo a cerca para me dar uma pista sobre ela. Não havia sequer uma trepadeira, cujos galhos pudessem ter tocado meu rosto, me impedindo de colidir com ela. A cerca tinha uma cor muito semelhante à do nevoeiro.

Não sou dessas pessoas que acreditam que a vida é injusta, ou que todos somos vítimas de um universo cruel ou indiferente, mas a existência *desta cerca* me pareceu injusta na medida em que ela poderia ter me permitido ganhar minha liberdade e até tirar minha vida da linha de risco.

Assim que o barulho da cerca anunciou minha inépcia, um dos homens atrás de mim disse:

— O que foi isso?

E outro falou:

— Yancy, é você?

E ambas as lanternas se viraram em direção à origem do barulho.

Não tinha para onde ir a não ser para cima, então subi, dedilhando a melodia de um harpista do inferno na cerca e esperando não encontrar rolos de arame farpado dilacerante no alto dela.

Atrás de mim, inteiramente à vontade com clichês, um policial gritou:

— Pare ou eu atiro!

Duvidei que eles já estivessem a uma distância que permitisse me ver e acreditei que eles não dispariam uma torrente de balas ao acaso em um bairro residencial.

No entanto, enquanto subia, apertei os músculos do meu esfíncter ao considerar a possibilidade de levar uma bala na coluna, porque nunca se sabe o que pode acontecer em um universo que, num momento crítico, coloca uma cerca de arame invisível na sua frente.

Às vezes, quando as pessoas levam um tiro na coluna e demoram um pouco para morrer, perdem o controle de suas entranhas. Eu apertava meu esfíncter para que meu cadáver não fosse um constrangimento para mim ou para aqueles que tivessem que lidar com ele. Embora me sinta pronto para morrer quando for preciso, tenho aversão à ideia de morrer sujo.

Boas cercas fazem bons vizinhos, e esses eram aparentemente satisfatórios o suficiente para que não tivessem necessidade de colocar rolos de arame farpado no alto. Ao chegar lá em cima, atirei-me no quintal, caí, levantei e saí correndo, na expectativa de ser estrangulado por um varal esticado.

Ouvi uma respiração ofegante, olhei para baixo e vi um golden retriever correndo ao meu lado, com as orelhas batendo no rosto. O cão olhou para mim, língua para fora, sorrindo, como se empolgado com a perspectiva de uma sessão de brincadeiras não programada.

Como não sabia que um cachorro corre até dar de cara em uma cerca ou na parede de uma casa, ou em uma árvore, corri ousadamente pelo nevoeiro, olhos voltados para o meu guia, muito atento a sua linguagem corporal. Virava à esquerda e à direita cada vez que ele o fazia, mantendo-me próximo, embora tenha me ocorrido que, se o cachorro tivesse senso de humor, ele poderia passar rente a uma árvore e me deixar com a cara enfiada em seu caule.

Cachorros riem, como qualquer verdadeiro aficionado por cães bem sabe. Em minha corrida às cegas, o que me dava coragem era a certeza de que os cães não têm um senso de humor cruel. Eles podem rir da tolice e da estupidez humanas, mas não vão incentivá-las.

Para minha surpresa, enquanto corria ao lado do golden retriever, minha mente voou até um fragmento da minha conversa com Annamaria, quando andamos juntos na trilha do cânion de Hecate e ela tentava me ajudar a entender por que eu acreditava em tudo que ela me dizia, mesmo sem entender a maior parte:

Por que você acredita em mim com tanta facilidade?

Não sei.

Mas você sabe...

Me dê uma dica. Por que acredito com tanta facilidade?

Por que alguém acredita?

Corria corajosamente seguindo o cão, mesmo sem enxergar nada, porque confiava na bondade essencial e nos instintos dos animais. *Confiança.* Eu também confiava em Annamaria, e essa era a razão pela qual eu acreditava no que ela me dizia, mesmo que, por vezes, ela parecesse tão enigmática e evasiva.

Confiança, no entanto, não podia ser a resposta. Se confiança fosse o motivo de eu ter acreditado nela, isso levantaria uma questão subsequente semelhante à outra: se eu acreditava nela porque confiava nela, então por que confiava nela, considerando que era praticamente uma estranha e que parecia ser calculadamente misteriosa?

O golden retriever estava se divertindo tanto que eu me perguntei se ele não estava correndo em círculos em torno da casa do seu dono. Mas minha confiança foi recompensada quando chegamos a um portão na cerca de arame.

Tentei impedi-lo de sair da propriedade, mas ele era ágil demais para ser bloqueado. Livre, não saiu correndo para dentro da noite, mas ficou por perto, esperando para ver que outra brincadeira eu faria em seguida.

Ao sul, espadas de luz duelavam na neblina à minha procura. O cachorro e eu fomos para o norte.

VINTE E QUATRO

Um solvente universal tinha sido derramado no mundo, dissolvendo as obras do homem e da natureza. Formas de edifícios apareciam vagamente. Linhas geométricas dos muros separavam nada de coisa nenhuma, e sua geometria rígida parecia se derreter na névoa em ambas as extremidades. Partes de árvores flutuavam para dentro e para fora de vista, como se os troncos estivessem lutando contra uma inundação branca. A grama que descia das encostas parecia uma montanha de cinzas flutuantes, o que impedia de perceber claramente seus contornos.

Eu e o cachorro corremos por um tempo, mudamos várias vezes de direção e, então, passamos a caminhar no nada, através do vapor.

Em um determinado momento, percebi que a situação climática não era apenas um fenômeno natural. A calmaria, a neblina e o frio não eram somente as consequências de sistemas meteorológicos. Comecei a desconfiar, e logo tive certeza, de que as condições climáticas de Magic Beach nesta noite eram um pressentimento, uma declaração simbólica das coisas por vir.

O cachorro e eu percorremos a paisagem de sonho, onde uma espessa fumaça de incêndios extintos e antigos subia, e onde a fumaça não tinha odor, um mundo purificado de todo mau cheiro e fragrância. O ar estava parado, como se os ventos tivessem morrido e jamais fossem respirar novamente. O mundo estava silencioso como uma pedra sólida cujo núcleo tivesse se resfriado. Era como se não houvesse rios, e os mares não mais se agitassem pelas marés. Como se não existissem relógios, porque não havia mais tempo para ser contado.

Quando eu e o cão paramos completamente, o *nada* branco se acomodou sobre nós, não mais perturbado pela nossa passagem, e o asfalto começou a desaparecer debaixo dos meus pés e debaixo das patas do meu companheiro.

Um terror enorme cresceu em mim e respirei explosivamente, aliviado quando o roçar repentino da cauda do cachorro perturbou o vazio branco e revelou, afinal, a textura do asfalto.

No entanto, no momento seguinte, senti-me como se tivesse entrado no Vale da Morte e, logo, como se tivesse passado para além dele, em um vazio de tal perfeição que não continha qualquer átomo do mundo que havia sido, nem mesmo a memória da natureza ou das coisas do homem, um lugar que não podia ser chamado de lugar, que era mais precisamente uma condição. Aqui não havia esperança de passado ou futuro, não havia esperança pelo mundo como fora ou como poderia ser.

Eu não estava *tendo* uma premonição. Em vez disso, estava andando pela noite que se *tornara* uma premonição. O preto é a combinação de todas as cores e o branco é a total ausência delas. O nevoeiro predizia a nulidade do não ser, um vazio dentro do vácuo, o fim da história após a aniquilação final.

A morte se aproximava para trazer o fim das mortes, a destruição tão absoluta que nada poderia escapar de ser destruído. O terror que o rabo do cachorro afastara brevemente de mim voltou para não mais se dissipar.

Por um tempo, permaneci consciente de proceder do nada para o nada, minha mente como um poço profundo de dentro do qual eu tentava gritar. Mas, como os mortos que vinham até mim pedir ajuda, eu não era capaz de emitir qualquer som.

Só me restava rezar em silêncio, e rezei para ser levado a um abrigo, um lugar com forma e cor, cheiro e som, um refúgio contra esse nada terrível, onde pudesse me livrar desse terror e fosse capaz de *pensar*.

Como um sonhador consciente de estar sonhando, consegui perceber uma forma geométrica que se erguia acima das nuvens amorfas. E estava consciente de fazer esforço para subir uma escada, embora não pudesse ver os degraus.

Devo ter chegado até a pesada porta e a empurrado, mas mesmo depois de ter cruzado a fronteira para dentro das sombras e luzes, com o golden retriever ainda ao meu lado, e mesmo depois de ter fechado a névoa do lado de fora, não me dei conta de imediato da natureza do refúgio ao qual eu tinha sido levado pela providência canina.

Depois daquela brancura que embaralhava todos os sentidos, as fragrâncias da madeira polida e das velas de cera eram tão pungentes que provocaram lágrimas em meus olhos.

Passei por uma sala de teto baixo, com paredes de madeira que davam para um espaço muito maior e mais claro, quando finalmente percebi que passara pelo nártex até a nave de uma igreja.

Ao meu lado, o cão ofegava de ansiedade, sede ou ambos.

Os corredores laterais eram suavemente iluminados, mas o corredor principal se mostrava mais sombrio enquanto eu avançava.

Embora tivesse a intenção de sentar no banco da frente até que meus nervos relaxassem um pouco, acomodei-me no chão, porque o cão precisava que eu acariciasse sua barriga. Ele merecia todo o carinho — e muito mais — que eu pudesse dar, em meu estado mental perturbado.

Quando me sinto agredido e oprimido pelo mundo que a humanidade criou — muito diferente do que lhe foi dado —, minha primeira defesa, o que me dá consolo, é pensar no absurdo desse mundo.

O mundo que nos foi dado é deslumbrante em sua maravilha, em sua poesia, em seus propósitos. O mundo construído pelo homem, por outro lado, é um reino perverso de egos e invejas, onde cínicos loucos e poderosos se tornam falsos ídolos e onde os mansos não têm posses, porque as entregam de bom grado, não em troca de glória duradoura, mas de um desfile ocasional, não de pão, mas da promessa do pão.

Uma espécie que pode fechar os olhos para a verdade, que pode mergulhar tão entusiasticamente em estradas que levam a um só lugar, à tragédia, pode ser algumas vezes divertida em sua imprudência, tão divertida quanto os filmes de grandes comediantes como Buster Keaton, o Gordo e o Magro e muitos outros que entendiam que prender um pé num balde é engraçado, enfiar a cabeça num balde é ainda mais engraçado, e que tentar teimosamente transportar um piano de cauda por escadas evidentemente muito íngremes e estreitas para permitir o sucesso do intento é destilar de forma hilariante a experiência humana.

Rio com a humanidade, não dela, porque sou tão idiota quanto qualquer um, e mais idiota até do que a maioria. Eu me distingo como paladino dos vivos e dos mortos que não se foram, mas já estive com o pé preso em muitos baldes.

Mas, naquele momento, parado com o cão na igreja recordando os cadáveres no banheiro do bangalô, preocupado com o significado da premonição de destruição total que tivera, eu não conseguia sorrir.

Sentia que poderia entrar em depressão, mas a experiência me ensinara que a qualquer momento outra situação de pé no balde poderia se apresentar.

Como mesmo depois de alguns minutos o cão continuava a ofegar, ordenei-lhe que ficasse parado e fui procurar água.

Olhei de relance para a porta da igreja e confirmei que não havia uma fonte de água benta por ali.

Atrás do altar ficava uma grande escultura abstrata que podia ser interpretada como um espírito alado subindo aos céus ou, se você inclinasse a cabeça para a esquerda, podia lembrar também o Garibaldo da *Vila Sésamo*.

Abri o portão para o altar e entrei na capela do santuário.

À direita, havia uma pia batismal de mármore. Ela estava seca.

Refletindo melhor, percebi que seria inapropriado dar água benta para um cão sedento. Podia ser um desrespeito, até mesmo um sacrilégio.

Continuei caminhando pela capela, em direção a uma porta que imaginei que levaria à sacristia, onde eram guardadas as roupas para que o padre se preparasse antes da missa. Na igreja de São Bartolomeu, em Pico Mundo, onde o tio de Stormy Llewellyn era padre, a sacristia tinha um pequeno banheiro com pia.

Quando abri a porta, dei de cara com um homem na casa dos 50 anos que parecia estar arrumando o conteúdo de um armário. Cheinho, mas não exatamente gordo, bem-barbeado, mas não de forma afetada, rápido nos movimentos, mas não tão bom no equilíbrio, ele se assustou comigo, pisou no próprio pé e caiu de bunda.

Pedi desculpas por assustá-lo, e ele se desculpou por ter usado linguagem chula, mas o palavrão deve ter sido dito mentalmente, porque não ouvi nada além de "ops".

Eu o ajudei a ficar de pé, depois de ele quase me derrubar duas vezes. Expliquei que estava à procura de água para meu cachorro e ele se identificou como reverendo Charles Moran. Seus olhos eram vivos e, quando ele me garantiu que sua queda não fora tão terrível quanto a de Satanás, vi que ele era bem-humorado e simpatizei com ele.

Ele pegou uma garrafa d'água de um frigobar e um prato raso de dentro do armário. Juntos, fomos até o golden retriever, que esperava obedientemente diante do altar.

O reverendo Moran não me chamou a atenção por ter trazido o cachorro para dentro da igreja, apenas perguntou seu nome. Eu não sabia o nome do bicho e não queria explicar como ele tinha vindo parar na igreja junto comigo, então falei que o nome dele era Raphael.

Naquela hora, não consegui entender por que eu escolhera Raphael em vez de Fido. Mais tarde, iria saber o que havia inspirado o nome.

Quando ele me perguntou o *meu* nome, disse que me chamava Todd.

Não era exatamente uma mentira. Meus pais sempre me disseram que queriam que eu me chamasse Todd, mas havia ocorrido um erro em minha certidão de nascimento — o que não explicava bem por que eles continuaram me chamando de Odd para sempre.

Além disso, quando conto que meu nome é Odd, uma série cansativa de mal-entendidos e explicações se segue. E, depois de minhas aventuras desde o fim da tarde, eu não estava com paciência de explicar a origem do meu nome verdadeiro para o padre.

Nos ajoelhamos ao lado do cão enquanto ele bebia a água, e o reverendo Moran perguntou se eu era novo na cidade.

Disse que tinha chegado há cerca de um mês, e ele perguntou se eu estava procurando uma igreja para frequentar. Contei que tinha parado na igreja para rezar, porque minha vida tomara um rumo complicado.

O reverendo se revelou discreto o suficiente para não me pressionar a revelar a natureza dos meus problemas, confiando que suas habilidades de aconselhamento me fariam contar toda a minha história por meio de uma conversa banal.

Embora tivesse vindo para Magic Beach sozinho — só com Boo e Frank Sinatra —, sentia-me incompleto sem minha família, formada por meus amigos próximos. Não funciono bem sozinho. Preciso de laços de afinidade, confiança, risadas compartilhadas e pessoas que dependem de mim tanto quanto dependo delas.

Hutch era muito autocentrado para que eu pudesse considerá-lo algo mais do que um amigo casual. E eu não conhecia Flora Rosedale o suficiente para compartilhar as coisas com ela.

À vontade no chão, ao lado do cachorro, o reverendo estava descontraído e parecia ter o coração aberto. Falar com ele por alguns minutos fez eu me sentir menos sozinho.

Eu não disse mais nada sobre mim mesmo, mas, por alguma razão, chegamos ao assunto do apocalipse. Isso não era tão surpreendente. Hoje em dia, o dia do juízo final parece estar presente nas conversas das pessoas com grande frequência.

O reverendo Moran perguntou se Raphael estava tão faminto quanto com sede, e eu disse que talvez sim, mas que não queria incomodá-lo. Ele disse que não era incômodo, que também tinha um cachorro, e saiu para pegar alguns biscoitos da despensa da casa paroquial.

A companhia de Charles Moran tinha aliviado o medo que minha premonição de destruição total disparara de forma agressiva em mim.

O cachorro pedia atenção, e eu respondia com prazer, porque na relação homem-cão ambos funcionam como terapeutas.

Depois de alguns minutos, no entanto, Raphael ficou de pé, suas orelhas tão eretas quando possível para um golden retriever. Estava alerta, olhando para a porta da sacristia, na parte de trás do altar.

Presumi que o reverendo Moran provavelmente estava retornando com biscoitos e que o cão tinha sentido o cheiro deles a distância.

Mas quando Raphael voltou sua atenção para o fundo da igreja, olhando para a direção do nártex, onde ficava a porta principal pela qual havíamos entrado, levantei-me do chão.

AQUI TODOS SÃO VIZINHOS E TODOS OS VIZINHOS SÃO AMIGOS.

Talvez o lema da comunidade não se aplicasse aos recém-chegados até que tivessem completado um ano na cidade. Eu não prestara atenção às letras miúdas que deveriam estar impressas na placa que dava boas-vindas aos visitantes. Talvez durante seu primeiro ano você estivesse à deriva.

A vida não me ensinara a duvidar de padres, mas me ensinara a nunca duvidar dos cães.

Fui até a terceira fila de bancos à direita. Uma longa ripa de madeira na parte de trás dos bancos da segunda fileira continha os hinos para que quem sentasse na terceira fileira pudesse acompanhar a missa.

Tirei a carteira de Sam Whittle do meu bolso esquerdo — a posse dela serviria como prova de acusação, agora que ele estava morto numa banheira. Os hinários estavam alinhados lado a lado, mas havia espaços entre eles. Deixei a carteira em uma dessas brechas.

Nada poderia ser descoberto a meu respeito, a não ser que eu me chamava Todd. Deixei minha carteira ao lado da de Whittle.

Voltei para a companhia do cachorro e fiquei com ele, olhando da porta da sacristia para a porta principal.

Os dois primeiros policiais chegaram pela entrada principal, atravessaram o nártex e entraram na nave. Eles não estavam com as pistolas em punho, mas se aproximaram pelo longo corredor central com as mãos sobre as coronhas das armas.

Um policial saiu da sacristia e se aproximou pela plataforma do altar. Ele parecia estar em seus 40 anos e era uma década mais velho que os dois policiais do corredor central. Seu cabelo prematuramente branco era cortado muito curto dos lados da cabeça e tão plano no alto que parecia uma escova de cerdas.

Ele tinha um ar de autoridade que nada tinha a ver com o uniforme. Se você o encontrasse de cuecas, ainda assim o chamaria de senhor e faria o que ele mandasse, ou teria de se preparar para pagar um alto preço pela desobediência.

O reverendo Charles Moran vinha atrás do Escova de Cerdas. Seus olhos encontraram os meus e ele não desviou o olhar, embora agora não tivesse uma expressão tão viva quanto anteriormente.

Perguntei e ele por quê, e, quando não me respondeu, perguntei novamente, mas o reverendo parecia não me ouvir e não querer falar comigo — embora ambos estivéssemos vivos e não pesasse sobre nenhum de nós a lei do silêncio que se impõe sobre os mortos que não vão embora.

VINTE E CINCO

Eu já havia andado em uma viatura antes, em Pico Mundo. E, embora aquela não tivesse sido minha primeira vez, ainda assim era uma experiência legal.

A sede da polícia — que abrigava uma pequena cadeia — ficava em um edifício de estilo grego ao lado do tribunal, no parque, num dos bairros mais pitorescos da cidade. Agora, o prédio parecia tomado pela névoa como uma fortaleza medieval.

A mesa da recepcionista, os postos de atendimento, tudo ficava no andar principal na frente do edifício. Mas os dois jovens policiais estacionaram num beco atrás do prédio e me levaram para dentro pela porta de trás.

Ainda na igreja, eles me revistaram à procura de armas. Aqui, esperava que eles retirassem meu relógio e o pingente de prata e me pedissem para assinar um recibo reconhecendo que não haviam confiscado outros itens de valor.

Também imaginava que eles iriam colher minhas digitais e tirar uma foto. E, até onde eu sabia, eles eram obrigados a me deixar ligar para um advogado e até agendar uma aparição em um programa de TV.

Em vez disso, eles me acompanharam por um longo e deprimente corredor de linóleo azul salpicado e paredes cor de catarro de tuberculoso, até chegar a uma porta, onde descemos dois lances de escada e saímos em outro corredor, cujo chão de concreto estava manchado, e seguimos até outra porta, que dava para uma sombria sala sem janelas com cheiro de desinfetante de pinho forte o suficiente para matar asmáticos e, também, sutilmente, provocar vômitos.

A sala media cerca de 3,5 por 4,5 metros. O piso de concreto, as paredes de concreto e o teto baixo de concreto ofereciam poucas possibilidades, mesmo para o mais talentoso designer de interior.

Uma mesa de metal quadrada e duas cadeiras estavam posicionadas no centro da sala.

Uma terceira cadeira tinha sido colocada em um canto. Talvez esse fosse o lugar reservado para mim, caso eu não me comportasse.

Um dos policiais puxou uma cadeira para mim, o que me deu esperança de que eles eram respeitosos para com a dignidade humana de um prisioneiro.

Mas, então, o outro rapaz acorrentou meu tornozelo direito a um anel preso a uma das pernas da mesa. Embora não o tenha feito de forma bruta, ele parecia me desprezar.

Sem me informar de qual o crime eu era suspeito, e sem se preocupar em me explicar como funcionava o sistema caso eu quisesse pedir um lanche, saíram e fecharam a porta, deixando-me sozinho.

Quando entramos na sala, reparei que a porta era tão grossa que só podia ter sido projetada por um paranoico. E ela se fechava com o clique sólido de muitos quilos de aço.

Eles haviam me deixado sem opções, a não ser contemplar a possibilidade de suportar a dor e a minha mortalidade, o que provavelmente era a intenção deles.

A mesa na qual eu havia sido preso parecia pesada, mas não impossível de mover. Tinha certeza de que poderia arrastá-la pela minha prisão sem janelas, mas, como não havia nada para ver ou fazer na sala, permaneci sentado.

Ao olhar para baixo da mesa, reparei num ralo de 20 centímetros de diâmetro. Como Magic Beach não tinha histórico de inundações, supus que a ideia era facilitar o escoamento da sala se ocorresse algum infeliz acidente.

Essa era uma daquelas preocupantes circunstâncias em que minha imaginação superaquece tanto que, se não fico atento, sou capaz de derreter uma parte do meu cerebelo e pôr fogo em meu cabelo. Disse a mim mesmo que estava nos Estados Unidos, não em Cuba, Venezuela ou mesmo Mordor.

Consultei meu relógio: 8h56. Ainda faltavam três horas e alguns minutos para salvar o mundo, ou uma parte significativa dele. Sem problemas.

Como tinha um firme controle sobre mim mesmo, não me preocupei quando nada aconteceu às 8h57 ou às 8h58, mas a segundos de produzir gritos estridentes pedindo justiça quando a porta finalmente se abriu, às 8h59.

Apenas um homem entrou na sala, mas sua presença era mais do que suficiente para preencher todo o recinto. Na igreja, eu o havia apelidado de Escova de Cerdas, mas agora já sabia que ele se chamava Hoss Shackett, e que era o chefe de polícia.

Hoss provavelmente era a forma abreviada de um nome mais longo, mas eu não fazia ideia de que nome poderia ser.

Tinha tentado perguntar aos oficiais mais jovens no carro, mas eles se recusaram duas vezes a responder e, na terceira vez que perguntei, aconselharam-me a fazer um ato de reprodução humana comigo mesmo.

Depois de fechar a porta à prova de balas — do tipo das que Norman deveria ter em seu silo de mísseis da Guerra Fria, em Nebraska —, o chefe veio até a mesa e ficou olhando para mim. Não disse nada. Só ficou olhando.

Eles sorriu e eu esbocei um cumprimento. Ele não respondeu.

Depois de gastar algum tempo encarando minhas próprias mãos e me perguntando como elas ficariam depois de serem esmagadas em uma roda de ferro, o chefe puxou a outra cadeira e sentou-se na minha frente.

Quando olhei para cima, pronto para responder suas perguntas, ele permaneceu em silêncio. E continuou a olhar para mim.

Ele tinha olhos verdes horríveis e gélidos que lembravam os de uma cobra, embora eu jamais fosse ter coragem de fazer uma observação como essa em voz alta a menos de 100 quilômetros de sua jurisdição.

Não sou fã da etiqueta social, mas achava que não era eu quem deveria começar a conversa.

Depois de um tempo, não conseguia mais suportar olhar para aqueles olhos peçonhentos. Ou desviava o olhar, o que ele tomaria como um sinal de fraqueza, ou dizia qualquer coisa que o obrigasse a falar.

— Acho — eu disse, com uma afabilidade relaxada que me surpreendeu — que vocês me confundiram com outra pessoa.

Ele não respondeu e também não quebrou o contato visual.

— Nunca tive problemas com a lei — falei.

Seu olhar permanecia tão fixo em mim que ele parecia não respirar, e tenho dúvidas de que ele respirava, ou se precisava respirar.

Se houvesse uma Sra. Hoss, ela provavelmente era uma perturbada psicológica ou uma mãe muito dura.

— Bem — eu disse, mas não conseguia pensar em nada para acrescentar.

Por fim, ele piscou. Foi um piscar lento, como se fosse uma iguana atordoada pelo sol do deserto.

Ele estendeu a mão direita e disse:

— Segure na minha mão.

Eu sabia o que ele queria, e não desejava fazer parte disso.

Sua mão ficou sobre a mesa, palma para cima. Ele tinha mãos grandes o suficiente para jogar basquete profissionalmente, embora a coisa mais esportiva que devia fazer fosse bater as cabeças dos suspeitos uma contra a outra.

Ao longo dos anos, eu tinha lido histórias policiais em que os autores escreviam coisas como "o ar estava carregado de violência" e "a violência pairava sobre a cena como nuvens negras". Eu sempre considerara essa forma meio desajeitada de descrever, mas agora achava que esses autores mereciam os prêmios Nobel e Pulitzer.

— Segure na minha mão — repetiu Hoss Shackett.

— Já estou comprometido — respondi.

— Qual é a vantagem de estar comprometido se seu pau for quebrado?

— É uma relação platônica, de qualquer maneira.

Minhas mãos estavam cruzadas sobre a mesa. Rápido como uma serpente, ele atacou, agarrando minha mão esquerda e tentando abri-la com tanta força que cheguei a pensar que meus dedos tivessem sido removidos cirurgicamente.

A célula sombria de concreto desapareceu, e eu estava mais uma vez na Praia do Armagedom, em uma tempestade de luz vermelha.

O chefe Hoss Shackett não era um homem que revelava facilmente o que estava pensando ou sentindo. Mas, quando soltou minha mão, voltando à realidade, recostou-se na cadeira, e eu percebi, pelo ligeiro dilatar de suas pupilas, que ele tinha compartilhado minha visão do pesadelo.

— Então — eu disse —, o que foi isso?

Ele não respondeu.

— Porque — eu disse — isso só aconteceu comigo uma vez antes, e estou assustado.

Ele tinha o tipo de rosto duro e forte que Stalin teria invejado. Os músculos de sua mandíbula eram tão apertados nos cantos que pareciam capazes de quebrar nozes entre os dentes.

— Nunca aconteceu de eu conseguir compartilhar um sonho antes — assegurei a ele. — É tão estranho para mim quanto para você.

— Compartilhar um sonho.

— Eu sonhei com isso, e agora as pessoas me tocam e eu sou jogado diretamente de volta para o sonho. O que é isso, um episódio de *Além da imaginação*?

Ele se inclinou para a frente, num movimento curto. Sentia-me como se estivesse num prado jurássico e um tiranossauro rex olhasse para mim casualmente.

— Quem é você? — perguntou ele.

— Eu não tenho a menor ideia.

— Não vou fazer perguntas desse jeito agradável.

— Senhor, agradeço por ter sido gentil. Realmente agradeço. Mas estou falando sério. Eu tenho amnésia.

— Amnésia.

— Sim.

— Isso é patético.

— De fato. Não sei sobre o meu passado, qual é o meu nome, de onde venho, para onde estou indo. É totalmente patético.

— Você disse ao reverendo Moran que seu nome é Todd.

— Senhor, juro, foi apenas para dizer alguma coisa. Poderia ter dito Larry, ou Vernon, ou Rupert, ou Ringo. Poderia ser qualquer um. Eu não sei.

Ele me encarou novamente. De forma tão eficaz quanto da vez anterior. A cada segundo, crescia em mim a sensação de que se eu não contasse tudo sobre mim, ele iria morder meu nariz. Só para começar.

Embora desviar os olhos fosse dar a impressão de fraqueza, eu precisava desviar meu olhar antes que minha alma fosse sugada. Examinei minha mão esquerda para ter certeza de que ele a tinha devolvido com todos os dedos intactos.

Com a solenidade de Darth Vader, o chefe disse:

— Você não está portando nenhuma identificação.

— Sim, senhor. Isso mesmo. Se eu tivesse alguma identificação, poderia saber quem sou.

— Não gosto de gente sem identificação na minha cidade.

— Compreendo, senhor, o senhor é um homem da lei. Eu também não iria gostar se estivesse no seu lugar, mesmo que a Constituição não obrigue as pessoas a carregar identificação.

— Você é um especialista em constituição, é?

— Não. Bem, acho que posso ser. Não tenho como saber até recuperar minha memória. O que acho que aconteceu foi que alguém me assaltou.

Cautelosamente, passei a mão sobre o caroço do lado da minha cabeça, que Whittle causara ao me bater com a lanterna no início da noite.

O chefe me viu esfregar o calombo, mas não disse nada.

— A pessoa que me assaltou e causou essa amnésia deve ter tomado a minha carteira.

— Quando você foi assaltado? Hoje à noite na praia?

— Na praia? Hoje à noite? — Fiz uma careta. — Não, senhor. Acho que deve ter sido muito mais cedo.

— As pessoas não são assaltadas na minha cidade em plena luz do dia.

Dei de ombros.

Ele claramente não gostou da demonstração de indiferença. Mas eu não podia mais voltar atrás.

— Então, você está dizendo que foi assaltado antes de saltar do píer esta tarde?

— Sim, senhor. Na verdade, a primeira coisa de que me lembro é de caminhar pelo calçadão em direção ao píer, tentando descobrir quem sou e onde estou e se já tinha almoçado ou não.

— Por que você saltou do píer?

— Desde que fui assaltado e fiquei com amnésia, senhor, meu comportamento não tem sido totalmente racional.

— Por que você disse a Utgard que um tsunami de vários metros de altura estava se aproximando?

— Utgard?

— Utgard Rolf.

— Isso é o nome de uma pessoa, senhor?

— Você vai se lembrar dele. Um gigante de barbicha.

— Oh, sim. Ele parecia agradável. Excelente gosto na escolha da camisa havaiana. Mas não lembro de ter contado a ele sobre um tsunami. Devo ter sofrido um delírio.

— Utgard colocou uma mão em seu ombro e viu a mesma coisa que vi quando toquei sua mão. Ele a descreveu para mim.

— Sim, senhor. O senhor e ele. Aconteceu duas vezes agora. É o sonho que tive quando fui assaltado e fiquei inconsciente, antes de vagar pelo calçadão em direção ao píer.

— Me conte sobre esse sonho.

— Não há muito a dizer, senhor. O senhor viu. O céu vermelho, o mar cheio de luz, a areia muito brilhante, realmente assustador.

As pupilas dos olhos dele aumentaram, como se ele pretendesse apagar as luzes e me caçar como uma serpente perseguindo um rato.

— Muito assustador — repeti.

— O que você acha que isso significa?

— Significa? O sonho, senhor? Eu nunca tive um sonho que tenha significado alguma coisa. Isso é para aqueles filmes antigos de ciganos.

Finalmente, ele afastou os olhos de mim. Ele olhou tanto tempo para a terceira cadeira, que estava no canto da sala, que me virei para olhar também.

O Sr. Sinatra estava sentado lá. Não sei dizer se ele estava ali há bastante tempo. Ele apontou para mim, como se dissesse: *Está indo bem, garoto.*

Hoss Shackett não viu o Chefão. Ele estava olhando para o espaço vazio, talvez imaginando como fazer minha evisceração.

O chefe dobrou os dedos e observou as unhas bem-cuidadas, como se verificasse se havia algum sangue seco grudado embaixo das unhas depois de sua última sessão de interrogatório.

Ele encarou a porta maciça por um tempo, e suponho que recordava a eficácia com que ela continha os gritos daqueles que haviam sido interrogados na sala antes de mim.

Quando voltou sua atenção para o teto opressivamente baixo, sorriu. Tinha o tipo de sorriso que, se fosse direcionado para o céu, seria capaz de fazer com que os pássaros caíssem mortos em pleno voo.

Ele olhou para o tampo da mesa. Inclinou-se para a frente, observando sua imagem na superfície polida depois de anos de desgaste por uma multidão de mãos suadas.

Seu reflexo não parecia com sua expressão, não parecia com nenhuma. Era uma série de borrões, escuros, irregulares e distorcidos.

Ele parecia gostar dessa imagem, no entanto, porque sorriu mais uma vez.

O chefe Hoss estava me deixando tão aflito que agora eu queria que ele olhasse para mim de novo.

Meu desejo foi atendido. Logo, ele encontrou meus olhos.

— Garoto, o que você acha de sermos amigos? — perguntou ele.

— Seria legal, senhor — respondi.

VINTE E SEIS

O chefe Hoss Shackett passou por uma mudança digna de uma dessas máquinas alienígenas inteligentes do filme *Transformers*, em que um Dodge comum se transforma em um robô gigante com uma centena de vezes a massa do veículo que lhe deu origem.

Não estou querendo dizer que o chefe de repente tomou conta de toda a sala e me deixou sem espaço de manobra. Foi mais uma metamorfose, como se o Sr. Hyde, se este tivesse sido um guarda sádico em um gulag soviético, se transformasse no benigno Dr. Jekyll, se o Dr. Jekyll fosse um xerife folclórico de uma cidade pequena onde o maior crime em vinte anos ocorrera quando Lulamay copiou a receita da geleia de ruibarbo de Bobbijune e a enviou como sendo sua para a competição da feira do condado.

O sorriso de vou-comer-seu-fígado-com-feijão se derreteu em um sorriso de um avô de comercial de TV com criancinhas brincando com filhotes de animais.

Os músculos cerrados em seu rosto relaxaram. A tensão deixou seu corpo. Como se fosse um camaleão, cuja pele acinzentada ficasse cor-de-rosa, um toque de rubor apareceu em seu rosto.

Surpreendentemente, a sombra verde e venenosa de seus olhos mudou, e eles agora eram apenas olhos irlandeses felizes e cheio de satisfação. Os olhos esboçavam um sorriso, os lábios, o rosto inteiro, cada linha e ondulação da sua face formavam uma sublime imagem de boa vontade.

O Hoss Shackett anterior nunca poderia ter se tornado chefe de polícia de Magic Beach, que era um cargo eletivo. Diante de mim estava agora Hoss Shackett, o político.

Fiquei consternado de que não estivéssemos num ano de eleição, porque queria sair imediatamente e trabalhar em sua campanha, colocando cartazes nos bairros, ajudando a pintar seu retrato na parede de uma construção local.

O Sr. Sinatra veio até a mesa para olhar o chefe mais de perto. Ele olhou para mim, balançou a cabeça, espantado com a transformação, e voltou para seu canto.

Afundado em sua cadeira, tão relaxado que parecia poder deslizar para o chão a qualquer momento, o chefe Hoss disse:

— Garoto, o que você quer?

— Como assim, senhor?

— Da vida. O que você quer da vida?

— Bem, senhor, não sei se posso responder a essa pergunta adequadamente, uma vez que, no momento, não sei quem sou.

— Vamos supor que você não tem amnésia.

— Mas, senhor. Olho no espelho e não reconheço meu rosto.

— É apenas seu rosto — assegurou ele.

— Quando olho no espelho, vejo aquele ator, Matt Damon.

— Você não se parece com Matt Damon.

— Então, por que o vejo no espelho?

— Deixe-me arriscar um palpite.

— Ficaria feliz em ouvir seu palpite, senhor.

— Você viu os filmes em que ele está com amnésia.
— Ele atuou em filmes em que tinha amnésia?
— Claro, você não lembraria mesmo.
— Apaguei — concordei. — Apaguei tudo.
— *A identidade Bourne*. Esse foi um deles.
Pensei sobre o que ele dissera. Então:
— Não. Nada.
— Garoto, você é realmente engraçado.
— Bem, gostaria de ser. Mas há uma boa chance de que, ao descobrir quem sou, descubra que não tenho graça nenhuma.
— O que estou dizendo é que estou disposto a assumir que você sofre de amnésia.
— Eu realmente não gostaria de assumir isso, mas não posso fazer nada, senhor.
— Com o propósito de facilitar nossa conversa, aceito sua amnésia, e não vou fazer joguinhos. É justo?
— É justo, certo, mas não poderia ser diferente.
— Tudo bem. Vamos supor que você não tem amnésia. Sei que você tem, eu sei, mas, para que possa responder as perguntas com mais do que tudo apagou, vamos apenas supor.
— Você está me pedindo para usar a minha imaginação.
— Isso mesmo.
— Acho que talvez tenha sido um cara bem imaginativo.
— Você acha isso, é?
— É só um palpite. Mas vou tentar.
Esse novo chefe Hoss Shackett irradiava tanta afabilidade e esplendor que estar em sua companhia por muito tempo poderia apresentar risco de melanoma.
Ele disse:
— Então ... o que você quer da vida, filho?

— Bem, senhor, imagino que a profissão de vendedor de pneus seria interessante.

— Vendedor de pneus?

— Dar às pessoas um novo revestimento de borracha, dar a chance para que se movimentem novamente, depois de a vida lhes ter pregado uma peça. Isso seria satisfatório.

— Entendo seu ponto de vista. Mas já que estamos apenas imaginando, por que não imaginamos algo grande?

— Grande. Tudo bem.

— Se você tivesse um grande sonho na vida, qual seria?

— Acho que, talvez... ter minha própria loja de sorvetes.

— Isso é o mais alto que você pode sonhar, filho?

— Minha garota ao meu lado e uma sorveteria para trabalharmos juntos por toda a vida. Sim, senhor. Isso seria fantástico.

Eu estava falando sério. Isso teria sido ótimo. Eu, Stormy e uma sorveteria. Eu teria adorado essa vida.

Ele me olhou com ternura. Então:

— Sim, entendo, com um filhinho a caminho seria bom ter um negócio sólido.

— Filhinho? — perguntei.

— Um bebê. Sua garota está grávida.

A perplexidade é, para mim, uma expressão natural.

— Minha garota? Você conhece minha namorada? Então você deve saber quem sou. Quero dizer... vou ser pai?

— Você estava com ela esta tarde. Utgard o viu. Antes que você pulasse do píer.

Fiz uma cara de decepção, balancei a cabeça.

— Isso foi uma loucura, pular do píer enquanto falava sobre tsunamis. Mas a moça, senhor, eu não conheço.

— Talvez você apenas não se lembre dela.

— Não, senhor. Quando cheguei ao píer, depois de ser assaltado, e já com amnésia, eu a vi e pensei, bem, que talvez eu fosse frequentemente ao píer e que talvez ela soubesse quem eu era.

— Mas ela não sabia quem você era.

— Não tinha a menor ideia.

— O nome dela é Annamaria — disse ele.

— É um nome bonito.

— Ninguém sabe seu sobrenome. Nem mesmo as pessoas que a deixam viver no segundo andar de sua garagem sem pagar aluguel.

— Sem pagar aluguel? Que pessoas interessantes elas devem ser.

— São idiotas benfeitores — respondeu ele, de maneira simpática, com um sorriso ainda mais caloroso.

— Pobre moça — disse de forma afetuosa. — Ela não me disse que também tinha amnésia. Que coincidência, hein?

— Eu não faria essa suposição. O negócio é o seguinte: no mesmo dia, tenho que lidar com você aqui, sem nome ou sobrenome, e com ela, sem sobrenome.

— Magic Beach não é uma cidade grande, senhor. O senhor pode nos ajudar a descobrir quem somos. Estou certo disso.

— Acho que nenhum de vocês é daqui.

— Ah, espero que o senhor esteja enganado. Se eu não for daqui, como vou descobrir de onde sou? E se eu não conseguir descobrir de onde eu sou, como vou encontrar alguém que saiba quem eu sou?

Quando o chefe estava no modo político e charmoso, seu bom humor podia ser tão inabalável quanto as Montanhas Rochosas. E continuou sorrindo, apesar de ter fechado os olhos por um instante, como se contasse até dez.

Olhei para o Sr. Sinatra para ver como eu estava me saindo.

Ele colocou os dois polegares para cima.

Hoss Shackett abriu os olhos irlandeses calorosos. Encarando-me com afeição, como se eu fosse um duende por cujo encontro ele ansiara durante toda a vida, disse:

— Quero voltar à questão de sonhar grande.

— Ainda seria uma sorveteria para mim — assegurei a ele.

— Gostaria de ouvir o meu grande sonho, filho?

— O senhor já conquistou tantas coisas que acho que seu grande sonho já se tornou realidade. Mas é bom ter novos sonhos.

O chefe Hoss Shackett bonzinho ainda estava ali, e não havia sinal do chefe Hoss Shackett do mal, embora ele tenha me lançado um silêncio e um olhar direto, parecido com o que tinha me presenteado da primeira vez em que entrou na sala.

Mas esse olhar tinha algo diferente em relação ao anterior, que parecia vindo de um crocodilo. O chefe sorriu calorosamente, como naquela antiga canção de Frankie Valli, seus olhos me adoravam, como se ele estivesse olhando para a janela de uma pet shop, contemplando a opção de me adotar.

Finalmente, disse:

— Vou ter que confiar em você, filho. A confiança não é uma coisa fácil para mim.

Assenti, com simpatia.

— Sendo um agente da lei e tendo que lidar diariamente com a escória da Terra... Bem, senhor, um pouco de cinismo é compreensível.

— Vou confiar em você totalmente. Sabe... meu grande sonho é ter 100 milhões de dólares livres de impostos.

— Nossa. Isso é grande, senhor. Não tinha compreendido quando o senhor falou em sonhar *grande*. Sinto-me um pouco bobo agora, dizendo que queria uma sorveteria.

— E meu sonho se tornou realidade. Eu tenho o dinheiro.

— Isso é maravilhoso. Estou tão feliz pelo senhor. Ganhou na loteria?

— O valor total do negócio — disse ele — foi de 400 milhões de dólares. Minha parte foi uma das duas maiores, mas várias outras pessoas aqui em Magic Beach ficaram muito ricas.

— Mal posso esperar para ver o que o senhor vai fazer com o dinheiro, senhor. Aqui todos são vizinhos e todos os vizinhos são amigos.

— Estou adicionando quatro palavras para o mote da cidade: cada um por si.

— Isso é estranho vindo do senhor. Combina mais com o outro chefe Shackett.

Sentado à minha frente em sua cadeira, com os braços cruzados sobre a mesa, quase cintilante em sua bonomia, ele disse:

— Mesmo feliz como eu estou por ser podre de rico, ainda assim não estou livre de problemas, filho.

— Sinto muito em ouvir isso.

Um olhar tão magoado de decepção tomou conta de seu rosto que você teria vontade de abraçá-lo se estivesse lá.

— *Você* é o meu maior problema — disse ele. — Não sei quem você é. Não sei *o que* você é. Esse *sonho*, a visão, essa coisa que você compartilhou comigo e com Utgard.

— Sim, senhor. Sinto muito. É um sonho bastante perturbador.

— Com tanta precisão. É claro que você sabe demais. Poderia matá-lo agora mesmo, enterrá-lo em algum lugar do cânion de Hecate e ninguém iria encontrá-lo por anos.

Em seu momento chefe Hoss Shackett bonzinho, ele tinha trazido à sala tal espírito de camaradagem e boas intenções que o teto de concreto baixo parecia se expandir em um cofre alto e amplo. Agora, de repente, parecia que o teto estava tão opressivo que abaixei um pouco a cabeça.

Mais uma vez, podia sentir o cheiro de vômito sob o desinfetante de pinho.

— Se eu tenho direito a voto, senhor, sou contra a solução matar-e-enterrar-no-cânion-de-Hecate.

— Também não gosto dessa solução. Porque talvez sua namorada falsa grávida esteja esperando que você faça contato.

— Falsa grávida.

— Essa é minha suspeita. É um bom disfarce. Vocês chegam na cidade como dois vagabundos, do tipo que ninguém presta atenção. Você, fazendo o papel de um vagabundo que gosta de praia, ela grávida. Mas vocês trabalham para alguém.

— Parece que o senhor tem alguém em mente.

— Talvez para alguma agência de segurança do país. Ou de inteligência. Existe um monte delas hoje em dia.

— Senhor, quantos anos o senhor acha que eu tenho?

— Vinte. Mas pode ter uma aparência mais jovem do que sua idade, pode ter 23, 24.

— Meio jovem para ser um espião, não acha?

— Nem um pouco. Alguns caras das Forças Especiais, os melhores dos melhores, alguns deles têm 20, 21.

— Não sou um deles. Tenho fobia de armas.

— Sei. Certo.

Eu me inclinara sobre a mesa também. Ele estendeu a mão e bateu no meu braço afetuosamente.

— Supondo que você não faça contato com sua parceira, Annamaria, na hora marcada, e ela avise seus superiores em Washington ou em qualquer outro lugar.

Amnésia não tinha me servido tão bem. Seria melhor passar por um agente frio e mortal do governo. Disse apenas:

— Supondo.

— Em um espírito de total confiança, que eu espero sinceramente que você realmente aprecie, vou contar que o trabalho que me deixou rico, a minha parte nele terminou nesta noite. Em duas semanas, vou estar morando em outro país, sob uma nova identidade tão bem guardada que nunca serei encontrado. Mas, para que o plano dê certo, precisa ser feito com todo o cuidado, e necessito de duas semanas.

— Em que você está vulnerável.

— Então, até onde posso ver, tenho apenas três opções. Uma, tenho que encontrar sua Annamaria rapidinho, antes que ela ponha a boca no mundo, e matar vocês dois.

Olhei para o meu relógio, como se realmente tivesse um horário para fazer contato com minha coagente secreta.

— Você não será capaz de fazer isso.

— Imaginei que não. Opção dois: matar você aqui, agora. Quando você não fizer contato com Annamaria, ela envia o alarme e sua agência invade a cidade. Fico na minha, finjo ajudar. Nunca o vi, não sei o que aconteceu com você.

Eu disse:

— Sinto muito por ouvir isso... porque isso deve significar que o reverendo Moran faz parte dessa sujeira.

— Ele não faz. Ele simplesmente o encontrou na igreja, dizendo que sua vida tomava um rumo ruim. Então, você começou a falar sobre o apocalipse, sobre o fim do mundo, e o deixou nervoso. Você disse que o nome do cachorro era Raphael, mas ele conhece o dono do cão e sabe que seu nome é Murphy.

Eu disse:

— Nossa, um jovem problemático preocupado com o fim do mundo, talvez envolvido com drogas, está com um cão que não é dele... acho que um padre deveria tentar um aconselhamento ou algumas orações em vez de me entregar para a polícia.

— Ele se sente confortável para me chamar mesmo para coisas pequenas, e não finja que não sabe por quê.

— O senhor é membro da paróquia dele? — chutei.

— Sabe que sou.

Hesitei, depois concordei.

— Nós sabemos. — Fiz soar como se oito mil burocratas presos a uma construção quadrada perto da CIA soubessem também. — E, não se esqueça, o reverendo sabe que você me prendeu.

Ele sorriu e afugentou minha declaração com um aceno de mão.

— Isso não importará se antes do amanhecer o reverendo matar a própria esposa e cometer suicídio.

— Pelo que percebi, o senhor não é um membro *ativo* da paróquia.

— Pareço um cristão para você? — perguntou, rindo baixinho, como se considerasse os cristãos sinônimos de trogloditas com morte cerebral, piores do que as pessoas com uma criminalidade implacável como a dele.

— De volta para a segunda opção. Lembra dela? — respondi.

— Mato você agora, idiota, e digo que nunca o conheci.

— Não vai funcionar — eu disse. — Eles sabem que estou aqui agora.

— Eles quem?

— Meus chefes ... a agência.

Ele pareceu estar em dúvida.

— Eles não têm como saber.

— Rastreamento por satélite.

— Você não está carregando um transponder. Nós o revistamos na igreja.

— Cirurgicamente implantado.

Eu podia ver veneno infiltrando-se em seus olhos irlandeses cintilantes.

— Onde?

— É um dispositivo minúsculo, muito eficiente. Poderia estar na minha nádega direita, ou na esquerda. Poderia ser em uma das axilas. Mesmo que você o encontre, arranque-o e o esmague, *eles já sabem que estou aqui*.

Ele se recostou na cadeira e, gradualmente, foi retomando o comportamento político que começara a se quebrar. Tirou um chocolate do bolso da camisa e começou a desembrulhar.

— Quer metade?

— Não.

— Não gosta da marca Almond Joy?

— Você ia me matar.

— Não com chocolate envenenado.

— É uma questão de princípios — respondi.

— Você não aceita doces de homens que ameaçam matá-lo.

— Isso mesmo.

— Bom... sobra mais para mim. — Depois de ter desfrutado de uma mordida do Almond Joy, ele disse: — Então, só me sobra a opção três. Onde imaginei que chegaríamos. Por isso tinha que confiar em você e contar-lhe qual a minha situação. Posso fazer de você um homem rico.

— O que aconteceu com o "Cada um por si"?

— Filho, gosto de você, e percebo que minha melhor saída é cooptá-lo, mas jamais daria uma parte do meu dinheiro a você. Estou surpreso de ter lhe oferecido a metade da barra de chocolate.

— Aprecio sua honestidade.

— Estou confiando em você, então. Você tem um bom motivo para confiar em mim. A partir de agora, somente a verdade entre nós.

Como seu sorriso foi tão sincero, e porque seria rude não retribuir, devolvi a gentileza.

No espírito de franqueza que o chefe encorajou, senti necessidade de dizer:

— Com toda honestidade, não acredito que Utgard Rolf seja o tipo de companheiro generoso que iria partilhar seu quinhão comigo.

— Você está certo, claro. Utgard mataria a própria mãe por mil dólares. Ou talvez por 5 mil.

Ele continuava a comer seu chocolate, enquanto eu digeria a proposta que ele me fizera.

Depois de esperar tempo suficiente para uma reflexão séria, eu disse:

— Bem, acho que tenho um preço.

— Todo mundo tem um preço.

— Quem iria se responsabilizar pela minha parte?

— Os homens por trás desta operação têm um dos bolsos mais fundos do planeta. Eles têm um fundo de contingência. A essa altura, com tanto em jogo, se você se juntar a nós e compartilhar o que a agência já sabe ou suspeita, se disser o motivo pelo qual vocês foram enviados para cá e se alimentá-los com informações, pode se tornar um homem muito rico também, pode viver em algum lugar com um clima maravilhoso onde ninguém saberá seu nome ou poderá descobri-lo.

— O quão "rico"?

— Não sei qual o tamanho do fundo de contingência. Teria que falar com um representante de nossos financiadores, mas acredito que eles se interessariam por você e teriam algo em torno de 25 milhões para você.

— E minha parceira? Annamaria?

— Você tem alguma relação com ela?

— Não. Apenas trabalhamos juntos.

— Então, você pode nos dizer onde ela está e nós a matamos esta noite. Podemos colocar o corpo num moedor de carne, despejá-lo no mar e ela vai sumir para sempre.

— Vamos fazer isso.

— Foi rápido.

— Bem — eu disse —, não vejo alternativa, porque não vou dividir com ela a *minha* parte no negócio.

— Não vejo razão para que você faça isso.

— No lugar certo — eu disse —, esses 25 milhões podem valer uma centena de milhões.

— Pode viver como um rei — concordou o chefe, terminando sua barra de chocolate. — Então, meu novo amigo rico, qual é seu nome?

— Harry Lime — respondi.

Ele estendeu a mão e passei o braço sobre a mesa para apertá-la.

Ao tocá-lo, não fui jogado de volta no sonho. Evidentemente, isso só acontecia no primeiro contato com um dos conspiradores.

O chefe disse:

— Tenho que ir falar com o homem do dinheiro para fechar o negócio. Estarei de volta em cinco minutos. Mas há uma coisa que ele vai querer saber.

— Qualquer coisa. Somos parceiros.

— Como diabos você fez isso?

— Fiz o quê?

— Como passou o sonho para Utgard e para mim? O sonho, a visão, como queira chamá-lo.

— Não sei exatamente como. Vocês provocam a visão, eu acho. Porque vocês são as pessoas que irão torná-la realidade.

Com os olhos arregalados, um terceiro Hoss Shackett estava sentando diante de mim agora, não o sádico durão nem o político encantador. Este chefe possuía uma capacidade de se maravilhar que não era compartilhada pelos outros dois policiais.

Este chefe tinha a capacidade de cometer um ato altruísta ou fazer um carinho descuidado, porque admitia a existência do mistério, e o reconhecimento do mistério do mundo permite a possibilidade da Verdade. Os outros dois provavelmente não permitiam que esse chefe emergisse frequentemente. Fiquei surpreso de não o terem afogado para sempre.

— O que é você, afinal? Algum tipo de vidente? Nunca acreditei em videntes, mas o que você disparou em minha cabeça foi real, com certeza — disse ele.

Sabendo que vivemos em uma cultura na qual tudo que se pareça com uma teoria conspiratória acaba sendo tomado como possível com maior frequência do que a verdade simples e óbvia, tentei tornar mais fácil para Hoss Shackett aceitar a minha alteridade:

— O governo tem uma droga que facilita a clarividência — menti.

— Filhos da puta.

— Ela não funciona com todo mundo — continuei. — É preciso ter uma certa combinação de genes. Não há muitos de nós.

— Você vê o futuro?

— Não exatamente, não diretamente. As coisas vêm em sonhos. E nunca concluídas. Apenas pedaços de um quebra-cabeça. Eu tenho que fazer o trabalho da polícia, assim como você, para preencher o que está faltando.

— Então você viu Magic Beach e as armas nucleares em seu sonho.

Tentando não reagir às palavras *armas nucleares*, eu disse:

— Sim. Sabia o tempo todo.

— Mas no sonho você não viu Utgard ou eu?

— Não.

— O que você colocou na minha cabeça, o mar e o céu vermelhos, fazia parecer que as ogivas seriam acionadas aqui na praia. Não é assim que vai ser.

— Os sonhos são fragmentários, às vezes mais simbólicos do que reais ou cheios de detalhes. Onde é que as bombas seriam detonadas?

— Onde devem estar. Nas cidades. Em poucas semanas. Tudo no mesmo dia. Estamos agora trazendo-as para a terra firme para distribuí-las. Os principais portos e aeroportos do país possuem detectores de radiação.

Além dos espíritos dos mortos que não se foram, algumas vezes vejo outras entidades sobrenaturais, sobre as quais já escrevi no passado. Pretas, sem características faciais distinguíveis e fluidas, elas podem, por vezes, como um gato, passar por um buraco da fechadura ou pela fresta de uma porta.

Acredito que sejam vampiros espirituais e possuam conhecimentos do futuro. Elas aparecem aos montes em lugares onde uma violência extrema ou uma catástrofe natural ocorrerá, como se se alimentassem de sofrimento humano, ao qual reagem com o êxtase frenético.

Agora entendi por que nenhuma dessas criaturas tinha aparecido em Magic Beach. O sofrimento ocorreria em outro lugar. Neste exato momento, legiões de entidades mórbidas devem estar pululando pelas cidades-alvo, saboreando a perspectiva da morte e da miséria por vir.

Shackett se levantou da mesa e eu disse:

— Ter um preço foi uma coisa boa para mim. Parece que dentro de um mês este vai ser um país no qual ninguém vai querer viver.

— E como você se sente em relação a isso?

Eu não conseguia distinguir qual dos três Hoss Shacketts estava me fazendo a pergunta.

Pensando na selvageria do sádico, na megalomania do político e na amargura de ambos, inventei algo crível. Lembrando o conselho que dera a Hutch, esforcei-me para não deixar meu desempenho se tornar exagerado, tentando mantê-lo realista.

— Eles mentiram para mim sobre o efeito da droga. Disseram que facilitaria a clarividência apenas durante 12 a 18 horas. Mas eles sabiam. Uma dose é tudo de que você precisa. Eles sabiam que isso iria mudar minha vida para sempre. Agora, raramente tenho uma noite de sono em que repouso. Tenho visões e pesadelos mais vivos do que a realidade. Há centenas de infernos na Terra que poderiam emergir. Às vezes, não consigo acordar deles. E sofro horas e mais horas de horror. Quando finalmente acordo, minha cama está encharcada de suor, eu praticamente nadando nele. Minha garganta dói de tanto gritar durante o sono.

Enquanto dizia isso, encarava-o diretamente, desafiando-o a ver alguma mentira em meus olhos. Os homens maus são frequentemente fáceis de enganar, pois passam tanto tempo enganando os outros que já não distinguem a verdade da mentira.

Agora eu mirava o teto, como se quisesse imaginar minha vida longe da nação que havia me traído. Frase após frase, minha voz foi ficando mais calma, menos emocional, enquanto as palavras se tornavam ainda mais acusatórias.

— Eles mentiram para mim. Disseram que depois que eu lhes servisse durante cinco anos me dariam o antídoto. Mas não acredito que exista um. Eles mentem por esporte. Cinco anos se tornarão dez. Eles que vão todos para o inferno.

Olhei em seus olhos novamente.

Ele estava em silêncio, não porque suspeitasse de mim, mas porque ficara de fato impressionado.

Ele era, afinal, um homem que iria vender seu país aos terroristas, que conspiravam para assassinar milhões de inocentes em um holocausto nuclear e condenar à morte mais alguns milhões no caos que se seguiria ao dia das detonações. Um homem que acreditava que tal cenário fazia sentido era alguém que podia acreditar em qualquer coisa, até mesmo em meu pequeno exercício de paranoia de ficção científica.

Por fim, ele disse:

— Você é um inimigo valoroso, garoto. Isso ainda vai te levar longe na vida.

— E agora?

— Vou falar com o homem certo para confirmar nosso negócio. Como eu disse, serão cinco a dez minutos no máximo.

— Minha perna está meio dormente. O que acha de me soltar para que eu possa andar por aí enquanto espero?

— Assim que Utgard e eu voltarmos com o polígrafo — ele disse. — Teremos que soltá-lo para isso.

Como se já estivesse esperado que eles quisessem confirmar a sinceridade de versão por qualquer meio disponível, não reagi à palavra *polígrafo*. Detector de mentiras.

— Algum problema com isso? — perguntou o chefe.

— Não. Se estivesse no seu lugar, faria o mesmo que vocês estão fazendo.

Ele deixou a sala e fechou a porta de meia tonelada atrás de si.

O silêncio da tranquilidade é leve como a luz em uma sala, mas este era um silêncio de apreensão, e era pesado o suficiente para me pressionar para baixo na cadeira em uma paralisia completa.

O ar estava tão saturado com o cheiro de desinfetante de pinho que eu podia sentir o gosto do produto químico adstringente quando abria a boca, e o cheiro subjacente do vômito de outros prisioneiros não era propício para acalmar o estômago.

As paredes de concreto não eram feitas de blocos pré-montados. Eram sólidas, feitas com concreto despejado no local sobre uma malha de ferro, como o teto.

Uma fresta, no alto de uma parede, trouxe ar para o quarto e o levou embora. Porém, não havia dúvida de que qualquer som que seguisse o caminho do duto não chegaria a lugar nenhum, uma vez que teria de seguir um longo cano isolado, e seria sufocado completamente antes de chegar a outro lugar.

Quando me virei para olhar para o Sr. Sinatra, ele estava sentado na terceira cadeira, inclinado para a frente, cotovelos nas coxas, o rosto enterrado nas mãos.

— Senhor, estou em apuros — eu disse.

VINTE E SETE

Como meu tornozelo ainda estava preso à mesa, não podia me aproximar do Sr. Sinatra, então ele é que se aproximou. Sentou na cadeira que o chefe Hoss Shackett ocupava, de frente para mim.

No teto, a luminária rebaixada estava protegida por uma película de plástico. Parecia um olho cego.

O único lugar na sala onde poderia haver uma câmera escondida era o duto que fornecia ar fresco. Através das ranhuras da grade de ventilação, eu não via qualquer brilho que revelasse a presença de uma lente.

Considerando os interrogatórios brutais que o chefe com certeza realizara nesta sala, e que logo realizaria mais uma vez, achei que ele não teria uma câmera instalada. Ele certamente teria medo de que, acidentalmente ou com a intenção explícita de denunciar os crimes, uma gravação pudesse levar à sua prisão.

Pela mesma razão, duvidava que a sala fosse equipada com aparelhos de escuta. Além disso, até onde o chefe sabia, eu não tinha ninguém com quem pudesse conversar.

O Sr. Sinatra perdera seu ar arrogante e parecia distraído.

Por toda sua vida, ele fora um patriota, apaixonado pela América tanto pelo que ela representava quanto por seu potencial. O enredo que ele ouvira nesta sala claramente o tinha aborrecido.

Em dezembro de 1941, após o ataque a Pearl Harbor, "A Voz" tinha tentado entrar no exército. Mas, apesar de seu físico, ele foi rejeitado e classificado como reservista porque tinha um tímpano perfurado, resultado de um parto difícil. Posteriormente, ele tentou se alistar mais quatro vezes. Usou todas as pessoas de influência que conhecia, e elas eram numerosas, para fazer com que o exército o reclassificasse, mas nunca conseguiu.

Embora pesasse cerca de 62 quilos naquele tempo, ele era esquentado desde a infância, rápido para se defender ou para defender um amigo, tendo de sobra no coração e no temperamento o que lhe faltava em tamanho. Ele nunca fugia de uma briga e teria dado um bom soldado, embora pudesse ter problemas de comportamento ao longo do tempo.

Eu disse:

— Quando você nasceu, no cortiço de seus pais em Hoboken, você pesava uns 6 quilos. Sua avó Rose, que era uma parteira experiente, disse que nunca tinha visto um bebê tão grande quanto você.

Ele pareceu intrigado, como se questionasse se eu estava tentando fugir do que ouvira de Hoss Shackett.

— O médico que cuidou de sua mãe também disse que nunca tinha visto um bebê tão grande. Sua mãe, Dolly, tinha cerca de 1,50 m, era pequena, e por causa de seu tamanho o médico teve dificuldades para fazer o parto.

Franzindo a testa com impaciência, o Sr. Sinatra fez um gesto de desdém, como que ignorando o assunto de sua chegada ao mundo, e apontou para a porta de aço para focar minha atenção no que importava.

— Senhor, eu quero chegar a um lugar com isso — disse a ele.
Ele não parecia acreditar nisso, mas manteve-se atento.

As circunstâncias de seu nascimento eram uma lenda da família, portanto ele já sabia de tudo o que eu estava dizendo.

— O médico teve que utilizar fórceps, e não o fez da melhor forma. Ele machucou sua orelha, seu rosto e seu pescoço, perfurando o tímpano. Quando finalmente você saiu de sua mãe, não estava respirando.

A avó do Sr. Sinatra o tomou do médico e o levou às pressas para uma pia, segurou-o em água fria corrente até que ele respirasse.

— O médico provavelmente teria atestado que o senhor nascera morto. O senhor chegou ao mundo lutando e nunca mais parou.

Olhei para meu relógio. Tinha muita coisa a fazer em cinco minutos, e o destino do Sr. Sinatra e da minha vida dependia de eu me sair bem.

Como seus pais trabalhavam fora e sua mãe participava do comitê do Partido Democrata, e tivera muitos interesses além da própria família, o garoto Frank precisava se virar sozinho. Aos 6 anos, ele muitas vezes tivera de fazer o próprio jantar, e em algumas ocasiões precisara se virar quando a mãe estava ocupada demais para ir às compras.

Sozinho, às vezes desesperadamente abandonado, ele ia até a casas de outros familiares e amigos. As pessoas costumavam dizer que ele era o garoto mais tranquilo que conheciam, feliz por sentar em um canto e ouvir os adultos.

— Em sua adolescência, sua mãe foi mais presente. E era muito exigente. Estabelecia regras rígidas e tinha uma personalidade dominante.

Ela não apoiava seu sonho de seguir carreira como cantor, e não parecia totalmente convencida, mesmo depois que ele se tornou o cantor mais famoso do mundo.

— Mas o senhor não é como Elvis. O senhor não ficou por aqui por ter medo de encontrar sua mãe no outro mundo.

Uma expressão combativa endureceu suas feições, como se, fantasma ou não, ele pudesse me dar um soco por eu ter pensado que sua amada mãe poderia ser a razão pela qual ele permanecera neste mundo.

— Sua mãe podia ser irritante, contraditória, dogmática, mas era amorosa. Pode até ser que sua capacidade de se levantar por si próprio tenha surgido da necessidade de dar força a seus argumentos em relação a ela.

O Sr. Sinatra olhou para a porta e fez um gesto para que eu me apressasse.

— Senhor, se vou morrer aqui esta noite, pelo menos quero ajudá-lo a ir embora deste mundo para que não fique sozinho.

Isso era de fato o que me motivara à sessão curta de fala sem rodeios. Mas eu também tinha outro motivo.

Embora a dureza de Dolly constantemente os levasse a brigar, o Sr. Sinatra honrou-a e sempre tomou conta dela. Ao contrário da mãe de Elvis, Dolly teve uma vida longa. O Chefão tinha 61 anos quando ela morreu, e ele não tinha razão para lamentar nada no relacionamento deles.

Ele adorava seu gentil pai, Marty, que morreu oito anos antes de Dolly. Se não houvesse outra razão, seu profundo amor pelo pai deveria tê-lo feito correr para a próxima vida.

— Com todo o respeito, preciso dizer que o senhor algumas vezes era difícil, cabeça-dura e até mesmo maldoso. Mas li o suficiente a seu respeito para saber que suas falhas foram mais que compensadas pela lealdade e generosidade.

Na doença e em tempos difíceis, os amigos sempre receberam sua devoção, não só uma significativa contribuição financeira não solicitada como também ligações diárias por semanas para dar apoio emocional. Ele era capaz de se aproximar de um estranho e mudar sua vida com uma generosa doação.

Ele nunca mencionava essas gentilezas e ficava constrangido quando seus amigos falavam sobre o que ele fizera. Muitas dessas histórias vieram à tona após sua morte; e o número de pessoas ajudadas é inspirador.

— Seja lá o que nos espera no outro mundo, senhor, não é nada que o senhor precise temer. Mas o senhor o teme, e acho que sei por quê.

A sugestão de que ele tinha medo do que quer que fosse o irritava.

Ciente do pouco tempo que restava antes que Shackett voltasse, eu disse:

— O senhor quase morreu ao nascer. Morou em um bairro ruim, chamavam-no de mafioso. Para voltar para casa a pé da escola primária, tinha que lutar. Sempre teve que lutar por tudo o que conquistou. Mas o senhor conseguiu tudo: toda a fortuna, fama, elogios, mais do que qualquer outro artista na história. E, agora, o que o mantém neste mundo é o *orgulho*.

Minha declaração agravou a irritação do Sr. Sinatra. Com uma sobrancelha levantada e um gesto ele parecia perguntar: *Então, o que há de errado com o orgulho?*

— Não há nada de errado com o orgulho que se baseia em realizações, e sua vida foi repleta de realizações. Mas o orgulho justificável pode às vezes se transformar em arrogância.

Com a boca cerrada, ele olhou para mim. Mas, em seguida, fez que sim. Sabia que, em vida, algumas vezes fora acusado de arrogância.

— Não estou falando da sua vida, e sim do momento presente. O senhor não quer passar para o outro mundo porque tem medo de que lá não vá ser especial, de que será igual a todos os outros.

Embora resistisse em seguir em frente, ele queria fazer a viagem, como fazem todos os mortos que ficam neste mundo. Portanto, considerou seriamente minhas palavras.

Eu precisava que ele passasse de um estado de consideração ao que eu dissera para uma resposta emocional forte. Lamentava o que estava prestes a fazer, mas sua alma e meu pescoço estavam em risco. Medidas extremas eram necessárias.

— Mas é pior do que isso. O senhor tem *medo* de seguir em frente porque acha que talvez precise começar de novo do zero, sem nada, um ninguém, e toda a luta vai começar de novo. Está tão assustado quanto um garotinho.

Seu rosto se retesou com a ofensa.

— Sua primeira respiração foi uma luta. Será que vai ser de novo? Para ganhar respeito, o senhor teve que lutar. O senhor não consegue suportar a ideia de ser um zé-ninguém novamente, mas também não quer lutar para chegar até o topo como fez a vida inteira.

Ele ergueu os punhos.

— Claro, ameace brigar comigo. O senhor sabe que não posso ferir um fantasma, não é preciso muita coragem para me ameaçar.

Ele se levantou da cadeira e olhou para mim.

— O senhor quer todo o respeito que conquistou neste mundo, mas não tem coragem para conquistá-lo novamente.

Nunca pensei que aqueles olhos azuis calorosos poderiam produzir um olhar tão frio quanto o que ele me lançou.

— O senhor sabe o que se tornou depois de morto? Um garoto assustado como nunca foi em vida.

Com raiva, os punhos cerrados, ele se afastou de mim.

— Não é fácil lidar com a verdade, né?

Tratá-lo com tal falta de respeito, quando na verdade eu o respeitava, era difícil, e comecei a ter medo de revelar a fragilidade do meu desprezo ao usar a palavra "senhor".

Acreditava que tinha, de fato, chegado à razão pela qual ele permanecia neste mundo, mas não o desprezava por isso. Em outras circunstâncias, eu o teria levado gentilmente a aceitar a verdade e ver que seus receios eram infundados.

Certo de que Hoss Shackett entraria pela porta a qualquer momento, falei em tom arrasador:

— Chefão, Olhos Azuis, A Voz, e agora o senhor é só mais um garoto vagabundo e covarde de Hoboken.

Ele se virou para mim uma vez mais.

Seu rosto pálido, seu olhar frio, os lábios apertados e dentes cerrados, ele mantinha a cabeça baixa como a de um touro prestes a enfrentar uma centena de capas vermelhas: no que se refere a espíritos que ficam neste mundo, o Sr. Sinatra estava mais chateado do que qualquer outro que eu já tinha visto.

A porta de aço abriu.

O chefe Hoss Shackett entrou. Utgard Rolf seguiu-o, trazendo um carrinho no qual estava o polígrafo.

VINTE E OITO

Naquela ocasião, em meu quarto na casa do Hutch, em que o Sr. Sinatra fizera todas as biografias a seu respeito levitar e as fizera girar lentamente ao redor da sala, fora do meu alcance, ele mostrara um potencial poltergeist.

Em minha experiência, apenas os espíritos profundamente maléficos são capazes de evocar a energia negra necessária para causar estragos. O Sr. Sinatra tinha seus defeitos, mas não possuía a maldade verdadeira.

A julgar pelas evidências de sua vida, no entanto, ele era um espírito poderoso capaz de quebrar regras estabelecidas.

A injustiça sempre acendera o pavio curto do Sr. Sinatra. Nos primeiros anos de sua carreira, quando ainda era um cantor desconhecido, ele se desgostava da intolerância e correra grandes riscos para abrir portas e oportunidades a músicos negros, numa época em que muitos artistas brancos estavam confortáveis com o status quo.

O ataque que eu lançara contra ele, chamando-o de vagabundo e covarde, podia certamente ser qualificado como injusto. Minha primeira esperança era que ele se sentisse tão irritado ao ser alvo de uma injustiça quanto nas vezes que vira outras pessoas sofrerem essa agressão.

A segunda esperança era que ele não explodisse de forma tão rápida e forte quanto o Vesúvio, enquanto eu ainda estava atado à mesa.

Quando Utgard Rolf fechou a porta de aço, arrastando o polígrafo atrás de si, o Sr. Sinatra desviou seu olhar furioso de mim para o grandalhão de barbicha.

— Falei com o homem — disse o chefe Shackett. — O dinheiro será seu assim que a máquina comprovar que você está falando a verdade.

O chefe sabia que me manter algemado à mesa elevaria meus níveis de estresse e afetaria a leitura da máquina, portanto cumpriu a promessa e me libertou. A algema caiu para longe do meu tornozelo.

Enquanto Utgard preparava o polígrafo e o chefe se posicionava do outro lado da mesa, perguntei:

— O que o senhor acha de Sinatra?

— Acho do quê? — perguntou o chefe.

Ficando em pé, eu disse:

— Sinatra, o cantor.

O tom de voz grave de Utgard pareceu sugerir que ele não gostava de mim, não confiava em mim e não me queria no jogo, independentemente do quanto eu pudesse revelar sobre o serviço de inteligência secreta:

— Que diabos importa o que pensamos?

— Sinatra — disse o chefe, com desdém. — Quem ouve essa porcaria hoje em dia?

"A Voz", sem voz desde sua morte, voltou-se para Shackett.

— Eu tinha uma namorada — eu disse — que era louca por Sinatra, mas para mim ele sempre foi apenas um vagabundo covarde.

— Todos eles são vagabundos — disse o chefe. — E é fato que são todos maricas.

— O senhor acha? — perguntei.

— Claro. As grandes estrelas do rock, os idiotas do heavy metal, os bobalhões como Sinatra, todos agem como valentões, querem que a gente acredite que são espertos e que se fizeram sozinhos, mas são todos uns preguiçosos insolentes.

Ele tinha sido perfeito: o desprezo, a intolerância e o insulto. Tudo servido em um prato fumegante. Eu estava tão grato ao chefe que quase chorei.

— Na Segunda Guerra Mundial — disse a Shackett —, Sinatra conseguiu se esquivar.

O Sr. Sinatra virou a cabeça em minha direção tão rápido que, se estivesse vivo, teria quebrado o pescoço. Ele sabia que eu *sabia* que isso era mentira, o que tornava meu ataque a seu caráter particularmente injusto. Seu rosto se contorceu tanto que transparecia espanto e raiva ao mesmo tempo.

— É claro que ele se esquivou — disse o chefe. — O que teria feito se ficasse cara a cara com os nazistas? Jogaria seu lenço perfumado neles?

Anéis concêntricos de energia, visíveis apenas para mim, começaram a irradiar dos punhos do Sr. Sinatra.

— Então — eu disse a Hoss Shackett, enquanto ele, em sua feliz ignorância da tempestade que se abateria sobre o edifício, se instalava em sua cadeira —, acha que ele e Dean Martin eram mais que apenas amigos?

Utgard Rolf levantou o rosto do polígrafo, carrancudo.

— Do que você está falando?

No canto, a terceira cadeira começou a balançar lentamente, impulsionada pela energia perturbadora do Sr. Sinatra.

— Só estou dizendo que ele era um vagabundo covarde — respondi, tentando pensar em um *novo* insulto.

— De qualquer forma — o chefe continuou —, aquele tipo de música, Rod Stewart canta melhor.

— Isso deve funcionar direitinho — eu disse.

Agora, os olhos amarelos de Utgard não chegavam ao pés dos olhos azuis do Sr. Sinatra. Olhando para mim, ele disse:

— Por que não cala a boca?

— Por quê? Você é um grande fã de Rod Stewart ou algo assim?

Ele era um pacote tão sólido de ossos e carnes que provavelmente grande parte dos socos que já levara na vida resultou em problemas para as mãos que desferiram os golpes.

Como se fosse um urso com dor de dente, ele rosnou:

— Sente-se.

— Ei, amigo, vá com calma, OK? Queremos a mesma coisa. Você não quer que esta bosta de país se exploda?

Talvez um dos gorilas da vovó Melvina Belmont Singleton tivesse sido um ancestral de Utgard, porque os instintos do grandalhão estavam mais próximos de um selvagem do que os do seu chefe. Ele sabia que havia algo errado e se atirou sobre mim.

Utgard me atingiu no rosto tão rapidamente que mal vi seu braço se mover, e com tanta força que os gorilas da África ainda estariam olhando para cima em busca de bananas quando o estalido os atingisse na velocidade do som.

Pensei que aquele soco não tivesse tirado meu equilíbrio, mas, quando tentei correr, descobri que estava estatelado no chão.

Lambendo meus lábios, sentindo o gosto do sangue, gritei para o Sr. Sinatra:

— Deus abençoe a América!

Por não ter tido a possibilidade de lutar por seu país na Segunda Guerra Mundial, o velho "Olhos Azuis" aproveitou a oportunidade. E ficou furioso.

Abriu os braços e esticou os punhos, com as mãos espalmadas, como palmeiras arreganhadas. Ondas de energia, em anéis azul-claros, saíam dele.

No canto, a terceira cadeira começou a girar em um pé, batendo no concreto como um estalido estridente de uma broca.

Em vez de decorar o meu rosto com as marcas de suas botas, Utgard voltou-se para a cadeira que girava.

O chefe Hoss Shackett, prestes a enfrentar as consequências de comparar Rod Stewart com o Sr. Sinatra, em detrimento deste último, se levantou da cadeira espantado.

Dando um primeiro passo estratégico em direção à porta, em direção à liberdade, em direção à esperança de viver para comer outro cheeseburger com bacon, arrastei-me para baixo da mesa na expectativa de um abrigo temporário, enquanto calculava meus próximos passos.

A cadeira subiu girando e bateu no teto, ricocheteou no concreto e caiu sobre a mesa com um bum! que me fez sentir como se estivesse refugiado no interior de um tambor.

Um barulho ainda maior se iniciou, e percebi que as três cadeiras deviam agora estar rodando ao redor da sala — uma quantidade preocupante de mobília enlouquecida para um espaço tão pequeno.

Hoss Shackett xingava, mas Utgard o superou na competição do maior boca-suja. Um gemido de dor vindo do chefe se seguiu aos palavrões, o que me fez pensar que a justiça algumas vezes é feita neste mundo, afinal.

Quando a mesa de metal começou a levitar, afundei minhas mãos entre os joelhos e, no instante seguinte, a mesa também começou a girar tão rapidamente que cortava o ar com um zumbido digno de uma praga de gafanhotos.

Abandonei meu plano de tentar alcançar a porta em estágios cautelosos e rastejei tão rápido como uma barata, ansioso para escapar antes que a mesa pesada e o polígrafo em seu carrinho de rodas me atingissem com entusiasmo letal.

Atrás de mim, o chefe berrava xingamentos tão surpreendentes e imaginativos que seria impossível lembrá-los com precisão, e Utgard Rolf gritava uma bizarra combinação de sílabas que eu nunca tinha ouvido antes, mas soube de imediato que também não eram apropriadas para serem escritas aqui. Havia menos raiva e mais terror em seus xingamentos.

Quando cheguei à porta, algo bateu na luminária de plástico que protegia a lâmpada no teto. A luminária rachou e a coisa que havia batido nela fez as lâmpadas se quebrarem, e a sala de interrogatório ficou às escuras.

Agarrando-me à placa de aço, achei o trinco, puxei-o para baixo e empurrei a porta. Dobradiças de rolamento faziam com que o grande peso da porta fosse fácil de empurrar, e abri apenas o suficiente para escorregar até o corredor do porão.

Eu tinha alguma compaixão por Hoss e Utgard, mas não o suficiente para deixar a porta aberta para eles. Na verdade, inclinei-me sobre a barra de metal que a atravessava para fechá-la bem rápido, prendendo-os naquele escuro perigoso. Eu teria trancado a porta, mas isso só podia ser feito pelo lado de fora, e com o recurso de uma chave.

Apesar dos cuidados que o chefe tinha tomado para isolar os ruídos de dentro da sala, a saraivada de móveis cresceu até se tornar um estrondo, especialmente quando uma cadeira ou a mesa, não tinha como saber, bateu na porta de aço. Podia ouvir os dois homens gritando porque, claro, nenhum deles tinha uma mordaça ou uma fita adesiva nos lábios, como teria acontecido comigo, quando falhasse no teste com o detector de mentiras.

O corredor do porão, com seu chão de concreto manchado, não era um lugar onde eu gostaria de ser descoberto por quem quer que aparecesse para ver o que estava acontecendo na sala de interrogatório. Corri em direção à escada pela qual os dois jovens oficiais haviam me trazido.

VINTE E NOVE

Quando cheguei à escada que levava ao porão da delegacia, o barulho abafado da sala de interrogatório irrompeu em uma cacofonia a todo vapor. A porta de aço fora aberta.

Olhando para trás, não vi Hoss Shackett nem Utgard Rolf. Tampouco o Sr. Sinatra.

Pela porta aberta, pude ver uma coleção de bens públicos seriamente danificados pelos quais o departamento de polícia teria que responder quando apresentasse sua solicitação de orçamento para o ano seguinte: uma cadeira de metal mutilada e peças de outras mobílias dobradas e torcidas, pedaços de plástico, a mesa de metal dobrada ao meio como se fosse uma fatia de pão...

O turbilhão de lixo rodopiou entre os muros do corredor, permanecendo fora da sala de interrogatório por um momento para, em seguida, vir na minha direção.

Gritando para o furacão, declarei:

— Eu não falei Rod Stewart. Foi *ele* quem falou Rod Stewart.

Percebendo a insensatez de tentar me defender de um ciclone de detritos, rapidamente corri pelos dois lances de escadas.

Eu tinha feito tanto exercício, correndo, pulando, rastejando, esquivando-me, escalando, nadando, que meu corpo doía da cabeça aos pés e senti uma queda bruta de energia.

Durante a noite, desenvolvi uma considerável admiração por Matt Damon. Apesar de sua amnésia e de ser perseguido por vários capangas nefastos do governo, que contavam com recursos infinitos, ele passava pelos esquadrões de assassinos impiedosos, matando-os ou, às vezes, até deixando-os vivos, mas sempre fazendo com que desejassem jamais terem se dedicado a ideologias fascistas, e ele seguia em frente, indomável e sem perder a energia.

E aqui estava eu, numa patética tentativa de paladino, queixando-me de exaustão quando não tinha sequer sofrido um acidente de carro. Matt Damon já teria passado por seis a essa altura.

Ao me aproximar do topo da escada estreita, um feroz ruído vindo de baixo indicava que os móveis do Escritório da Morte se aproximavam. O estalido da tempestade de sucata que aumentava gradativamente sugeria um *poder* sobrenatural tão furioso que só poderia ter sido causado por um astro de Las Vegas.

A porta para as escadas não havia sido trancada quando eu fora conduzido ao portão, e permanecia da mesma forma. Entrei pelo corredor principal e segui para o térreo.

Embora não conseguisse lembrar por qual porta eu havia sido trazido, me parecia que tinha sido pelo lado direito. Abri a primeira porta que vi e dei de cara com uma despensa. A segunda se revelou um escritório vazio.

Reagindo ao tumulto que já podia ser ouvido na frente do edifício, ou a uma ligação do celular de Hoss Shackett, dois policiais uniformizados apareceram no final do corredor. Nunca os tinha visto antes, mas eles perceberam de imediato que eu não devia estar ali, provavelmente porque eu estava fugindo e parecia aflito.

Um deles gritou para mim perguntando quem eu era e o que estava fazendo na delegacia.

— Procurando o banheiro masculino — respondi.

Eles não acreditaram na minha resposta, antes mesmo que eu tivesse chance de completá-la. Um deles sacou a arma e o outro gritou para eu ficar onde estava e deitar de bruços. Matt Damon nunca se deitaria num chão azul que parecia sujo, nem em nenhum outro piso, só porque um cara com uma arma mandou.

Felizmente, não precisei improvisar uma arma mortal a partir de meu relógio de pulso ou de um dos meus sapatos porque, tão logo o policial me mandou deitar, a porta atrás de mim se abriu. Nem precisei olhar para trás para saber que os destroços da sala de interrogatório tinham saído das escadas como obras de arte moderna motorizadas feitas por um desses escultores que regularmente ganham espaço nos museus para ali depositarem o conteúdo de um latão de lixo.

Com a atenção dos oficiais desviada, atrevi-me a avançar, mantendo-me colado à parede e procurando a porta seguinte.

Um novo som, que era como um barulho terrível de algo que se rasgava e deslizava, cresceu em volume tão rapidamente que minha curiosidade foi maior do que meu juízo. Olhei para trás e vi que, pelo corredor, avançava o Polterfrank.

Das suas mãos irradiavam ondas de energia que arrancavam o piso de linóleo azul do chão, girando-o no ar exatamente como o vento faz com as folhas de outono. As placas do piso, em sua valsa selvagem, sussurravam e batiam umas contra as outras.

Como os policiais não podiam ver o Sr. Sinatra, o que os mantinha paralisados eram apenas a surpresa e o susto diante de um espetáculo daqueles. Eles só não entraram em estado de choque porque não conseguiam apreciar o fenômeno em sua terrível plenitude. Se tivessem sido capazes de ver o cantor em sua ira gloriosa, teriam jogado as armas em sinal de rendição e fugido correndo para suas mães.

Aí vinha ele, e seu tímpano perfurado deixara de ser um obstáculo para que ele servisse a seu país. Estava mal-humorado como Angelo Maggio em *A um passo da eternidade*, durão como Tom Reynolds em *Quando explodem as paixões*, corajoso e determinado como Joseph Ryan em *O expresso de Von Ryan*, e correto como Sam Loggins em *Só ficou a saudade*, mas, acima de tudo, ele era o Sr. Francis Albert Sinatra, um homem com um incontrolável impulso de exterminar os inimigos de seu país e os críticos ignorantes de seu canto impecável.

Os móveis de metal e as peças do mobiliário que giravam no ar pareciam ser o maior perigo do furacão, já que o piso era demasiado flexível e macio para infligir danos graves. Por outro lado, os pedaços do piso tinham sido arrancados com o cimento que os mantinha colados ao chão e, quando numa velocidade crítica, as bordas de cada pedaço do piso podiam se tornar uma lâmina dilacerante.

Como uma onda, o piso arrancado do chão vinha na minha direção, e o tsunami potencialmente letal de linóleo era como mil facas afiadas que podiam dilacerar qualquer coisa.

Apavorados, os policiais fugiram pelo corredor de onde tinham vindo.

A porta mais próxima à direita levava ao banheiro masculino. A tempestade que se aproximava não me deu tempo de pensar em mais nada.

Entrei no banheiro e me afastei da porta, que se fechou entre mim e a assombração de Hoboken.

Enquanto a onda de pedaços de piso e metal passava pela porta, o barulho se tornou tão ensurdecedor que tive que tapar ouvidos com as mãos.

Embora o Sr. Sinatra pudesse estar com raiva de mim por tê-lo provocado a tal desabafo, confiei que sua inteligência o levaria a perceber que eu não estava falando sério e que agira por desespero. No entanto, fiquei aliviado quando a tempestade de destroços passou pelo corredor.

Uma janela no banheiro me ofereceu uma rota de fuga, mas não saí imediatamente. Primeiro, precisava fazer xixi.

E aí está outra diferença entre mim e o incansável Matt Damon. Ele nunca tem tempo ou vontade de ir ao banheiro, a menos que lá dentro vá se envolver em uma luta mortal com um agente conspirador fascista.

Depois de lavar as mãos, saí pela janela para o beco atrás da delegacia. Pelo que podia distinguir no nevoeiro, estava sozinho.

Caminhei para o leste por uns 70 metros e virei para o sul, na direção de uma calçada iluminada e com marquise, entre o departamento de polícia e o tribunal, e onde a neblina não encobria tudo. Apressei-me, porque não tinha certeza de quanto tempo a fúria do Sr. Sinatra poderia durar.

Ninguém, a não ser a equipe de limpeza, estaria trabalhando no tribunal àquela hora, e os policiais do edifício adjacente estavam ocupados demais lidando com seu momento *Arquivo X* para que um deles fosse na rua para fumar um cigarro.

Corri pela calçada até o Parque do Centro Cívico, que, ao contrário da tradição de Magic Beach, realmente era cercado por edifícios do governo, o que justificava seu nome.

As folhagens de enormes sempre-vivas pingavam névoa condensada. Pinhas caídas no chão estalavam sob meus pés, e algumas raízes quase me derrubaram no chão.

Os bancos de concreto apareciam periodicamente, como caixões em uma procissão funerária, forçando-me a me esquivar para a esquerda e para a direita.

Algumas janelas explodiram no prédio do qual eu havia fugido. Uma, duas, três, meia dúzia delas. O tilintar do vidro caindo no chão de alvenaria era tão charmoso quanto uma orquestra de sinos de fadas, mas eu só era capaz de desfrutar do espetáculo porque tinha chegado em segurança a uma área fora da zona em que a chuva de cacos caía.

Uma gritaria chamou minha atenção lá na frente, onde, mesmo com o nevoeiro, pude distinguir vagamente figuras que desciam às pressas um amplo e iluminado conjunto de escadas que acabava na praça pública. Embora não fosse um espião médium e vidente criado por cientistas loucos e contratado por uma agência de inteligência obcecada por poder, de alguma maneira eu sabia que essas pessoas eram agentes da polícia que escapavam de sua sede.

Ao longe, era possível ouvir sirenes de viaturas, certamente, mas talvez também de bombeiros ou ambulâncias.

Apesar da escuridão assustadora, corri mais rápido, desejando que pudesse ter o golden retriever ao meu lado com seu instinto canino. Poucos minutos depois, tendo colocado distância suficiente entre mim e o Parque do Centro Cívico, desacelerei e caminhei por mais duas quadras.

Só então pensei em verificar meu relógio de pulso: eram 9h38.

À meia-noite, ou até antes, o chefe Hoss Shackett e Utgard Rolf pretendiam trazer armas nucleares para solo americano pelo porto de Magic Beach.

Se o chefe e o grandalhão estavam mortos ou, pelo menos, machucados pelo caos na delegacia, talvez seu plano pudesse entrar em colapso. Mas eu não podia contar com isso. Se mais de 400 milhões de dólares haviam sido destinados só para os subornos, essa operação devia ter pelo menos mais de um único plano de contingência.

Supondo que dois relógios parados indicavam um presságio, meu palpite era de que as armas nucleares não seriam entregues no porto nem um minuto antes meia-noite, mas teriam de ser resgatadas do mar antes dessa hora. Os números mostrados nos relógios provavelmente significavam o último minuto em que o plano poderia ser frustrado: o momento em que as bombas seriam retiradas do porto e colocadas a bordo de um caminhão, ou de vários, para deixarem Magic Beach e serem posteriormente transferidas para outros veículos com destino às cidades condenadas — e desconhecidas.

TRINTA

Desde meu primeiro encontro com Utgard e com os criminosos ruivos no píer, tanta coisa havia acontecido que me restara pouco tempo para pensar. Mal conseguira fazer face à torrente de acontecimentos, permitindo-me ser guiado em grande parte pelo instinto e por aqueles dons paranormais que orientam minha jornada por essa vida tão interessante, tão complicada e, às vezes, tão devastadora.

Precisava de 15 minutos para deliberar com calma, um quarto de hora durante o qual nem minha vida nem a vida de alguém que dependesse de mim estivessem em perigo imediato. Naquela noite, haviam acontecido coisas que eu nunca tinha experimentado antes, momentos sobrenaturais que tinham me surpreendido. Era necessário um tipo de reflexão que eu não poderia fazer enquanto tentava escapar de uma ameaça mortal ou de uma esgrima verbal com um chefe de polícia sádico em uma sala sem janelas que parecia um matadouro.

Diminuindo o passo de minha caminhada, gradualmente fui recuperando o fôlego e comecei a procurar um lugar para descansar, onde não pudesse ser perturbado. Normalmente, teria escolhido uma igreja, mas não agora, depois do reverendo Moran.

Meu lábio inferior parecia inchado no canto direito da boca. Quando o explorei cautelosamente com a língua, senti um machucado dolorido e prudentemente decidi não o lamber novamente. O sangramento parecia ter estancado.

Considerando a força do golpe que recebi de Utgard, tive sorte de não ter cuspido um dente ou dois.

A névoa ofuscante transformava até mesmo bairros familiares em recintos estranhos. Envoltos em bruma, os objetos não se pareciam com o que eram, e sim com uma flora sobrenatural de estruturas alienígenas em um planeta que circulava ao redor de uma estrela diferente da nossa.

Percebi que chegara a um bairro comercial que não conhecia, não aquele perto do píer ou o que circundava o porto, e também não estava perto do Centro Cívico.

Os antigos postes de ferro fundido pareciam pertencer à era da luz de gás, tendo sido convertidos em postes elétricos posteriormente. Os vidros derramavam uma luz amarela azeda nada romântica, que parecia aliás pertencer a uma zona industrial, transformavam a neblina em fumaça e emprestavam a cada sombra um caráter de uma nuvem de fuligem.

A calçada de concreto estava rachada, inclinada e cheia de lixo — o que nossas cidades turísticas normalmente não toleram. Na noite pungente, os maços de papel amassados ocasionalmente lembravam cadáveres de aves, e os vestígios menores lembravam-me insetos mortos.

Uma hora dessas as lojas já deviam estar fechadas. A maioria das janelas oferecia apenas escuridão, embora algumas soletrassem seus nomes ou serviços em letras coloridas de néon.

Azul, verde, vermelho — por algum motivo o néon não animava. As cores pareciam equivocadas, induzindo dispepsia e fomentando pensamentos luxuriosos de baixo nível ou espetáculo de mau gosto.

Algumas fachadas esfarrapadas alojavam empresas que eu estava surpreso de encontrar em Magic Beach — empresas que, na maioria das vezes, não davam certo em cidade de luxo do litoral. Uma casa de penhores aqui, outra acolá. Aqui, um estúdio de tatuagem falido, ali uma loja com janelas sujas que oferecia empréstimos.

Atrás da vitrine de uma loja de roupas de segunda mão, que anunciava ofertas a partir de 1 dólar, oito manequins — tão de segunda mão quanto as roupas que vestiam — observavam a rua com olhos sem vida e rostos tristes.

O tráfego era tranquilo em outras partes da cidade. Mas neste bairro nenhum veículo percorria as ruas. Não havia nenhum pedestre ou um comerciante trabalhando até tarde.

Nos apartamentos que ficavam acima das lojas, poucas luzes brilhavam. Mas não se podiam distinguir rostos, nem nas janelas escuras, nem nas iluminadas.

Quando cheguei a um ponto de ônibus, sentei-me no banco para pensar. Se ouvisse um barulho de motor ou visualizasse faróis de carros, podia me retirar para uma ruela entre os edifícios e esperar até que o veículo tivesse passado.

Adoro romances sobre viagens, sobre personagens que saem de suas vidas, entram num ônibus ou num carro e simplesmente vão embora. Simples assim. Deixam o mundo para trás e encontram algo novo.

No meu caso, essa solução nunca funcionaria. Não importa quão longe eu estivesse, ou quanto tempo ficasse afastado, o mundo iria a meu encontro.

No pior dia da minha vida, feri um homem e matei outro que iniciara um tiroteio planejado em minha cidade natal, Pico

Mundo. Antes que eu conseguisse parar o segundo atirador, ele feriu 41 pessoas e matou 19.

Eles tinham colocado um caminhão-bomba no estacionamento do shopping como ato final de sua fúria. Mas eu o encontrei e impedi que a bomba detonasse.

A imprensa me chamou de herói, mas eu não concordava com isso. Um herói salvaria todas as pessoas. Todas. Um herói teria salvado a única pessoa no mundo que realmente importava para ele e que confiava inteiramente nele.

Na ocasião do massacre, eu era apenas um chapeiro de lanchonete com ideias fritando na cabeça. Quase um ano e meio depois, em Magic Beach, ainda era um cozinheiro e minha cabeça ainda fritava.

Agora mais do que nunca.

Wyatt Porter, o chefe de polícia em Pico Mundo, era mais que um amigo, era também uma das figuras paternas da minha vida. Ele me ensinou a ser um homem quando meu pai biológico se mostrou incapaz de ser um, incapaz de mostrar a um filho o melhor caminho. Eu ajudara extraoficialmente o chefe Porter em vários casos difíceis, e ele sabia sobre meus dons paranormais.

Se eu o chamasse e lhe contasse sobre o que tinha acontecido, ele acreditaria em tudo. Suas experiências comigo lhe tinham ensinado que, independentemente de quão improvável uma história soasse, ela acabaria sendo verdadeira em cada detalhe.

Eu duvidava que todos os policiais de Magic Beach fossem corruptos. A grande maioria deveria ser de homens de bem, que faziam um ótimo trabalho, seres humanos com defeitos, é claro, mas não monstros. Hoss Shackett devia ter contratado uma célula de traidores muito pequena para o trabalho, garantindo-se assim contra vazamentos.

Wyatt Porter viva a uma enorme distância daqui. Ele não conhecia nenhum dos policiais de Magic Beach. Não teria como identificar com uma seta os que não eram corruptos no departamento de polícia local.

Ele poderia contatar o FBI e enviar um relatório sobre a remessa de armas nucleares no porto de Magic Beach, mas os agentes federais demorariam para levar a sério a polícia de uma cidade pequena. E, quando Wyatt tivesse que identificar a fonte de seu relatório como sendo seu jovem amigo com um dom sobrenatural, perderia toda a credibilidade.

Além disso, faltavam apenas pouco mais de duas horas para que o negócio estivesse terminado. As bombas seriam descarregadas e enviadas para vários pontos do país. Parecia que o terceiro Ato estava se iniciando, e eu tinha a sensação de que Deus havia pressionado o botão FAST FORWARD.

Aos poucos, percebi um murmúrio contínuo, como o suave som de um fluxo de água deslizando sobre uma superfície levemente texturizada.

Examinei as lojas sombrias atrás de mim. Não havia uma origem evidente para o som.

Os manequins continuavam parados na vitrine da loja de roupas usadas. Logo que pensei sobre isso, me perguntei por que esperava que eles tivessem se mexido.

Os toldos da loja estavam rasgados e meio frouxos. Pendiam como filetes, mas não estava pingando água deles.

O som misterioso cresceu e agora parecia que havia vozes sussurrantes ecoando num espaço cavernoso.

Embora a neblina impedisse uma visão clara das lojas, eu tinha certeza de que o ruído vinha de algum lugar mais perto.

Em minha frente, na sarjeta, uma luz ondulava da direita para a esquerda, da direita para a esquerda novamente: era como se fosse dia das bruxas em pleno janeiro e uma vela refletisse sua luz alaranjada bruxuleante de dentro da cabeça esculpida e oca de uma abóbora.

O ditado diz que a curiosidade matou o gato, e eu já vira felinos mortos nas estradas o bastante para confirmar o diagnóstico. No entanto, levantei-me do banco e dei um passo para o meio-fio.

Na calçada, uma grande grade retangular cobria um bueiro. Típica de uma época em que até mesmo as obras públicas tinham algum estilo. As barras de ferro paralelas eram unidas por um círculo de ferro de quatro polegadas, bem no centro do retângulo. Do centro do anel, vinha o raio de luz que se movia da direita para a esquerda.

Os murmúrios vinham da grade. Embora tivesse encontrado a origem no bueiro, o som já não sugeria água em movimento. Agora, também não parecia pessoas cochichando, e sim o arrastar de muitos pés.

A elegância do raio que saía do círculo do bueiro era interessante, e eu queria saber se ela revelaria algo diferente do logotipo do fabricante, que deveria estar gravado na tampa do bueiro.

A luz que parecia a de uma abóbora sorridente tremulava abaixo da tampa de ferro que cobria o escoamento sob a rua. E, por um minuto, a tampa pareceu a porta perfurada de um forno.

De pé, eu estava muito afastado da grade para conseguir discernir a origem dos espasmos rápidos de luminosidade. Então, desci da calçada e me ajoelhei ao lado do buraco.

Botas de couro deslizando no concreto fariam um som como esse, se houvesse um pelotão de soldados cansados arrastando os pés pesados lá embaixo, caminhando de uma batalha para outra, se essa fosse uma zona de guerra e os soldados tivessem o hábito de se deslocar pelo subsolo.

Aproximei ainda mais meu rosto da grade.

Um vento frio veio lá de baixo e trouxe consigo um cheiro, nenhum que eu recordasse já ter sentido antes. Não era um cheiro ofensivo, mas peculiar. Estranho. Um cheiro curiosamente seco, considerando de onde saía. Respirei profundamente três vezes para tentar identificar a fonte, e senti que o cheiro fazia os cabelos finos da minha nuca ficarem arrepiados.

Quando a luz alaranjada apareceu pela terceira vez, tentei ver se alguma coisa se mexia no bueiro. Mas cada pulsar da luz lançava sombras distorcidas nas paredes curvas, e os fantasmas feitos pela sombra confundiam meus olhos, obscurecendo o que provocava as sombras.

Talvez, inconscientemente, eu tivesse passado a língua nos meus lábios machucados ou talvez os tenha mordido. Embora o sangramento tivesse parado, uma gota de sangue fresco caiu sobre as costas da minha mão direita, que repousava ao lado da grade que cercava a luz.

Outra gota passou pelo fosso e caiu no bueiro escuro.

Minha mão parecia ter encontrado seu caminho pela grade sem que eu a comandasse conscientemente.

Mais uma vez a luz pulsou lá embaixo, uma rápida sístole e diástole, e as sombras grotescas pareceram aumentar e ficar mais agitadas, embora sua proveniência permanecesse escondida.

Quando a luz deu lugar à escuridão mais uma vez, vi que meus dedos da mão direita estavam se esforçando para alcançar algo através da grade.

Percebi o fato com preocupação, mas me senti impotente para retirar a mão dali. Algo maior do que uma simples curiosidade me atraiu, e me senti como uma mariposa que bate as asas atraída pela luz que irá acabar por destruí-la.

Enquanto pensava em apoiar minha testa contra o ferro para tentar ver a verdade escondida no bueiro, outra onda de luz se aproximou e ouvi o som de freios. Um carro, para o qual eu não estivera atento, parou na rua, exatamente atrás de mim.

TRINTA E UM

Como se estivesse saindo de um transe, levantei-me do bueiro e olhei para trás, esperando uma viatura e uma dupla de policiais com cassetetes e sorrisos nada amistosos.

Em vez disso, diante de mim estava um sedã Cadillac DeVille 1959 que parecia ter saído do showroom uma hora antes. Enorme, preto, cheio de detalhes cromados, estilo rabo de peixe, que parecia adequado tanto para uma viagem interestadual quanto para uma interestelar.

A motorista olhou para mim pela janela da frente, do lado do passageiro, que acabara de abrir. Ela parecia ser tão antiga quanto o carro, corpulenta, com olhos azuis, faces rosadas e enormes seios de cantora de coral. Usava luvas brancas e um pequeno chapéu cinzento, enfeitado com uma fita e algumas penas amarelas.

— Está tudo bem, filho? — perguntou ela.

Inclinei-me na janela aberta.

— Sim, senhora.

— Você perdeu algo no bueiro?

— Sim, senhora — menti, porque não tinha ideia do que estava acontecendo ou do que poderia acontecer. — Mas não era nada de importante.

Ela inclinou a cabeça, observando-me por um momento, e disse:

— Não era desimportante, tampouco. Você parece um garoto que precisa de um amigo.

Por baixo da grade, o bueiro permanecia na escuridão.

— O que aconteceu com seu lábio? — perguntou.

— Uma discordância sobre cantores. Rod Stewart ou Sinatra.

— Sinatra — disse ela.

— Essa foi também minha posição, senhora. — Dei uma olhada para a casa de penhores e, em seguida, para os manequins da loja de roupas de segunda mão. — A neblina me confundiu. Não reconheço esta parte da cidade.

— Para onde você vai?

— Para o porto.

— Estou indo para lá — disse ela. — Quer uma carona?

— Não se deve pegar carona com estranhos, senhora.

— Todo mundo que conheço tem carro. A maioria não vai a pé até o fim do quarteirão nem para ver um desfile de elefantes. Se não dou carona para estranhos, então, quem eu vou levar?

Entrei no carro, fechei a porta e disse:

— Quase fui pisoteado por um elefante, certa vez.

Levantando o vidro da janela, ela respondeu:

— Eles enlouquecem às vezes. Assim como as pessoas. Embora não saiam atirando em salas de aula e deixando vídeos loucos para trás.

— Não foi culpa do elefante — eu disse. — Um homem mau injetou drogas no Dumbo para enfurecê-lo e, em seguida, trancou nós dois em um celeiro.

— Conheci alguns homens maus no meu tempo — disse ela —, mas nenhum que tenha planejado um homicídio com um elefante. Por que o nome dos elefantes é sempre Dumbo?

— Devido a uma lamentável falta de imaginação das pessoas do circo, senhora.

Ela tirou o pé do freio e o carro começou a se movimentar.

— Meu nome é Birdena Hopkins. As pessoas me chamam de Birdie. Do que as pessoas o chamam?

— Harry. Harry Lime.

— Um nome simples e bom. Vivo. Conjura pensamentos agradáveis. Prazer em conhecê-lo, Harry Lime.

— Obrigado, Birdie. Digo o mesmo.

De ambos os lados da rua, as lojas pareciam recuar no nevoeiro, como se fossem navios saindo de Magic Beach em busca de lugares ainda mais estranhos.

— Você é daqui? — perguntou Birdie.

— Só estou de visita, senhora. Achei que poderia ficar. Mas agora não tenho tanta certeza.

— Não é uma cidade ruim — disse ela. — Embora fique meio cheia de turistas durante o festival da colheita da primavera.

— Eles colhem alguma coisa aqui na primavera?

— Não. Havia dois festivais, que se combinaram em um. Agora, a cada primavera, quando é tempo de plantar, eles comemoram a colheita que virá no outono.

— Não sabia que aqui era uma área rural.

— E não é. O que fazemos é celebrar o *conceito* de colheita, o que isso significa. Esta cidade sempre foi dirigida por um bando de tolos puristas e famílias tradicionais.

Os prédios haviam navegado para além da visão. Aqui e ali, uma luz de néon ainda era visível, mas os letreiros eram incoerentes agora, pois suas palavras se quebravam em sílabas sem sentido de cores nebulosas.

Birdie disse:

— No que você trabalha, Harry?

— Sou cozinheiro, senhora.

— Me apaixonei por um cozinheiro certa vez. Beans Burnet, um talento. Um sonho, aquele homem.

— Nós cozinheiros tendemos a ser românticos.

— No caso de Beans, não muito. Ele amava suas panquecas e batatas fritas mais do que amava as mulheres. Trabalhava o tempo todo.

— Em defesa dele, Birdie, digo que essa é uma profissão encantadora. Você pode se perder nela.

— Eu gostava do cheiro dele.

— Gordura da carne e gordura de bacon — eu disse.

Ela suspirou.

— Cebolas fritas e pimentões verdes. Você não chega aos pés do Beans no que se refere ao cheiro, Harry.

— Trabalhei numa atividade um pouco diferente no mês passado, senhora. Mas acho que voltarei para um restaurante em breve. Tenho saudade.

— Então, conheci Fred, meu companheiro de toda a vida, e esqueci completamente o cozinheiro. Sem ofensas.

Birdie mudou de rua em um cruzamento que eu não tinha conseguido enxergar até ela virar o volante para a direita.

Tendo sido projetado para proteger o motorista dos estragos do asfalto, o carro andava como um barco. As ondas espessas do nevoeiro reforçavam a percepção de que, com as rodas retraídas, o Cadillac flutuava pelos canais de Veneza.

Embora Birdie Hopkins dirigisse abaixo do limite de velocidade, ainda assim estávamos rápido demais para que fosse possível visualizar qualquer coisa.

— Senhora, devemos realmente dirigir assim sem enxergar nada?

— Você pode pensar que estou andando às cegas, garoto, mas estou dirigindo com a confiança que teria em um dia de sol. Ando por esta cidade há quase sessenta anos. Nunca sofri um acidente. Quando o tempo está assim, tenho as ruas só para mim, e me sinto ainda mais segura. Quando doentes e necessitados precisam de mim, nunca digo para esperarem até de manhã ou até que a chuva pare.

— A senhora é enfermeira?

— Nunca tive tempo para estudar. Eu e Fred sempre estivemos no lixo.

— Sinto muito.

— Na coleta, quero dizer. Começamos com dois caminhões e sem medo de sujar as mãos. No fim, conseguimos montar uma frota e contratos para seis cidades ao longo da costa. O lixo é como o nascer do sol, nunca falha.

— Verdade.

— Você pode ficar rico fazendo um trabalho que outros não querem fazer. O lixo é ouro.

— Muitas vezes — eu disse —, quando um restaurante está muito cheio, é bastante estressante ser um cozinheiro.

— Não duvido disso nem por um segundo.

— Já pensei em trabalhar com venda de pneus ou sapatos. O negócio do lixo é estressante?

— Para quem gerencia, às vezes sim. Já para o motorista é a mesma coisa dia após dia, chega a ser como meditação.

— Meditação, fornecendo um bom serviço. Parece muito legal.

— Fred morreu há sete anos e passei o negócio dois anos depois. Mas se quiser, filho, ainda posso abrir algumas portas no mundo do lixo.

— É muito generoso da sua parte, senhora. Quem sabe eu a procure algum dia.

— Você seria um bom motorista. Não é possível desprezar o trabalho e ser bom nele. Acho que você não desprezaria nada.

— Obrigado por dizer isso. A razão por que imaginei que a senhora fosse uma enfermeira é que, antes de falar do lixo, a senhora mencionou os doentes e os necessitados.

Como se estivesse recebendo instruções transmitidas de um satélite MapQuest para seu cérebro, Birdie virou à esquerda em uma parede branca esvoaçante, e seu Cadillac flutuou em um novo canal.

Ela olhou de relance para mim e depois voltou sua atenção para a rua invisível, colocando uma das mãos para cima de forma a ajustar o chapéu de plumas. Olhou para mim novamente, aproximou-se da calçada e estacionou.

— Harry, há algo em você que é muito diferente. Não vou poder fazer isso da maneira tradicional. Sinto que devo ir direto ao assunto, dizer que não vim até você por acaso.

— Não?

Ela deixou o motor ligado, mas desligou os faróis.

O intenso nevoeiro pressionava a parte de cima do carro, e parecia que estávamos no fundo do mar.

— Vi uma dor antes de ver seu rosto — disse ela. — Pela minha experiência, você podia ser outra Nancy com câncer ou Bodi Booker preparando chocolate quente antes de se suicidar.

Ela esperou que eu respondesse, então finalmente eu disse:

— Senhora, acho que talvez o nevoeiro tenha embaralhado minhas ideias. Não vejo nenhum sentido no que a senhora acabou de me dizer.

— Eu acho — disse ela — que seus problemas são bem mais sérios do que os de um Swithin cujo romance foi um fracasso.

TRINTA E DOIS

Birdie Hopkins tirou as luvas brancas. Colocou uma delas sobre o câmbio de marcha e a outra em cima da alavanca do pisca alerta, de modo que o Cadillac parecia estar acenando para mim.

— Tenho 78 anos e em alguns momentos ainda me sinto viva. Mas sofri uma lenta mudança na minha história de vida. Já fiz o que tinha que fazer há bastante tempo. Mas ainda sinto dor.

Da grande bolsa que estava no banco entre nós, Birdie retirou um leque japonês, desdobrou-o e abanou o rosto rechonchudo.

— Fred morreu — começou ela.

— Sete anos atrás — eu disse.

— Você ama alguém desde os 19 anos. Um dia, ele está tão bem como sempre, no dia seguinte está morto. Tantas lágrimas que parecem lavar algo de você, e deixam esse vazio.

— A perda é a coisa mais difícil que existe — eu disse. — Mas também é uma lição realmente difícil de ignorar.

A mão que estava abanando o leque parou. Ela me olhou com uma expressão que imaginei ser algo entre surpresa e concordância.

Como Birdie parecia esperar que eu esclarecesse o que havia dito, tentei falar o que achava que ela poderia querer ouvir:

— A tristeza pode destruí-lo, ou ajudar a encontrar um foco. Você pode acreditar que um relacionamento foi tudo em sua vida e acabou em nada, deixando-o sozinho. Ou você pode perceber que cada momento desse relacionamento teve mais importância do que você ousaria reconhecer na época, tanta importância que o assustou. Assim, você apenas viveu, apenas se deixou levar pelo amor e pela alegria de cada dia, e não se permitiu ver o aspecto *sagrado* daquele relacionamento. Mas, quando tudo acaba e você está sozinho, começa a ver que não foi apenas um filme a que assistiram juntos, ou um jantar, ou um pôr de sol, não foi apenas cuidar da casa ou lavar a louça juntos, ou se preocupar com a conta de luz que veio muito alta. Foi tudo, foi a *razão* da vida, cada instante e cada precioso evento dela. A resposta para o mistério da existência é o amor que você compartilhou, por vezes tão imperfeitamente. E quando a perda nos desperta para a beleza profunda disso, para seu aspecto sagrado, você não consegue se levantar por um bom tempo, e tem vontade de ficar de joelhos não por causa do peso da perda, mas por gratidão àquilo que a precedeu. A dor estará sempre lá, e não o vazio, pois alimentar o vazio para se consolar com ele é desrespeitar o dom da vida.

Depois de um momento, ela abanou o leque no rosto novamente e fechou os olhos.

Olhei através do para-brisa para a neblina, para o vazio de um tempo antes do tempo, quando a humanidade não existia, nem qualquer animal, e quando só havia trevas sobre a face do abismo.

Birdie disse:

— O que você disse, tudo isso. Sinto o mesmo. Então, um dia, meu vazio foi preenchido. Primeiro veio uma pontada. Foi numa terça-feira à tarde, em maio. Não uma pontada física. Apenas um sentimento, algo como "por que não dirijo por uma das antigas rotas de coleta de lixo?". Acabei na casa de Nancy Coleman, ex-funcionária nossa. O marido a deixara há um ano. Quatro horas antes de eu aparecer, ela descobrira que estava com câncer. Estava assustada, sozinha. Durante aquele ano, eu a levei para a quimioterapia, para seus compromissos médicos, fomos comprar peruca, passamos muito tempo juntas, nos divertimos e rimos mais do que qualquer uma de nós poderia ter imaginado.

Ela fechou o leque e guardou-o novamente na bolsa.

— Em outra ocasião, precisava dirigir e acabei na casa de Bodi Booker. Um corretor de seguros que fora solteiro a vida inteira. Ele disse que estava ocupado, mas entrei assim mesmo. Ele estava fazendo chocolate quente. Então, começamos a falar de Fred. Ele e Fred costumavam jogar boliche juntos, iam pescar, ele era como o filho que eu e Fred não pudemos ter. Meia hora depois, ele me disse que o chocolate quente era para ajudar a engolir um frasco de comprimidos com os quais pretendia se matar. Um ano mais tarde, Nancy Coleman estava curada do câncer. Ela e Bodi se casaram.

Ela pegou as luvas brancas e recolocou-as.

— E quem foi Swithin cujo romance foi um fracasso? — perguntei.

— Swithin Murdoch. Um bom homem que foi feito de bobo por uma garota. Leanna limpou suas contas bancárias, acabou com tudo. Swithin quase perdeu a casa, a empresa, o trabalho. Eu lhe arranjei um empréstimo e ele me pagou cada centavo. Então, por que você, Harry Lime?

— Acho que algo ruim poderia ter acontecido comigo naquele bueiro se a senhora não tivesse aparecido.

— Como assim ruim?

Embora sua jornada desde que perdera Fred tivesse lhe mostrado que sob o aparente caos da vida há uma ordem estranha, explicar a Birdie a verdade sobre mim levaria mais tempo do que faltava para chegarmos ao porto.

— Eu não sei, senhora. É apenas um sentimento que eu tenho.

Ela ligou os faróis e andou com o carro.

— Não sabe mesmo?

Independentemente do que estivesse acontecendo no bueiro, certamente era algo relacionado ao comportamento peculiar dos coiotes e ao balanço da varanda, que se mexera sozinha. Eu não sabia o que poderia ligar esses três eventos, nem que poder ou propósito estava por trás deles, por isso considerei que estava respondendo honestamente.

— Não — assegurei a Birdie. — Estamos longe do porto?

Dirigindo o Cadillac pelo nevoeiro da rua totalmente branca, ela disse:

— Mais três ou quatro minutos.

Meu relógio de pulso e o relógio do carro marcavam 9h59. Depois de um momento de silêncio, Birdie disse:

— O que é tão diferente em você, filho?

— Eu não sei, senhora. Talvez... como passei sete meses como convidado em um mosteiro... a serenidade dos monges tenha grudado em mim.

— Não é nada que grudou em você. É algo seu.

Qualquer coisa que eu dissesse seria uma mentira ou uma evasiva e, como ela salvara minha vida, eu não queria mentir mais do que o necessário.

Birdie disse:

— Você, algumas vezes, sente que algo grande está vindo?

— Grande como o quê?

— Tão grande que mudaria o mundo.

— Ver muito noticiário pode deixar as pessoas loucas — falei.

— Não estou falando do tipo de baboseira alarmista do noticiário. Não estou falando de uma guerra ou de uma peste, ou que a água pode transmitir câncer ou que vem por aí uma nova idade do gelo.

— Então, de que tipo de coisa você está falando? — perguntei.

— Alguma coisa que ninguém poderia esperar.

Pensei no vazio absoluto em que estivera com o golden retriever. Se isso tinha sido mais do que apenas um evento climático, e também um pressentimento, eu não sabia o seu significado.

— Posso ainda não ter feito tudo que preciso fazer por você — disse Birdie.

— Obrigado pela carona.

— Não fui tirada da minha aconchegante casa apenas para servir de táxi. Do que você precisa, meu filho?

— De nada, minha senhora. Estou bem.

— Um lugar para ficar?

— Vivo onde trabalho. E tenho um quarto com vista para o mar.

— Um advogado?

— Não tenho nada contra eles, mas não preciso de um.

— Tenho uma sensação ruim por você.

— Vou ficar bem.

— Você precisa de alguma coisa. Sinto isso.

Considerando Hoss Shackett, Utgard Rolf e o tipo de homens que estariam ligados a eles, eu tinha uma longa lista de coisas das quais precisava, começando por um pelotão de fuzileiros navais.

— Dinheiro? — perguntou ela.

— Não, senhora.

Solenemente, calmamente, ela disse:

— Uma arma?

Hesitei antes de responder.

— Não gosto de armas.

— Pode não gostar delas, mas vai precisar de uma.

Sentindo que tinha falado demais, me calei.

— Na bolsa — ela me disse.

Olhei para ela, mas ela estava atenta à rua, onde os faróis pareciam assar a massa de neblina em um bolo sólido.

— Por que você tem uma arma? — perguntei.

— Uma velha num tempo como o nosso precisa tomar certas precauções.

— Você a comprou legalmente?

— Pareço com Bonnie ou Clyde para você?

— Não, senhora. Só quis dizer, qualquer coisa que eu fizer com ela pode fazer com que a polícia chegue até a senhora.

— Em alguns dias, vou fazer uma queixa de roubo dela.

— E se eu roubar um banco com isso?

— Você não vai.

— Você não pode ter certeza. Você mal me conhece.

— Filho, você ouviu o que falei?

— Sim, senhora.

— O que aconteceu com Nancy Coleman?

— Bem... Ela tinha câncer.

— E com Bodi Booker?

— Planejava suicidar-se.
— Swithin Murdoch?
— Quase faliu por causa de uma garota.
— Poderia citar mais casos. Nunca precisei ajudar ninguém que queria assaltar um banco. Só gente boa que está em apuros. Você acha que eu seria capaz de passar para o lado negro?
— Nem por um minuto.
— Você é uma boa pessoa que está em apuros. Confio em você.
— Isso é mais do que confiança — eu disse.
— Pode ser. Pegue a bolsa.
A arma era uma pistola. Examinei-a.
— Não está travada — disse ela. — É de dupla ação. São dez tiros no pente. Você sabe como usar uma coisa dessas?
— Sim, senhora. Não sou Bonnie nem Clyde, mas não dou tiro no pé.

Pensei em Annamaria dizendo que não trabalhava, e que as pessoas lhe davam um lugar de graça para morar e até mesmo dinheiro quando ela precisava.

Agora, uma arma tinha vindo até mim quando eu mais necessitava de uma.

Havia algo mais em Magic Beach do que apenas um plano para contrabandear armas nucleares para dentro do país e minha tentativa de acabar com ele.

Este lugar era o ponto central do mundo que girava, e esta noite é um ponto central entre o passado e o futuro. Senti que forças monumentais se encontravam, e que ainda não as podia compreender, ou estava com medo de contemplá-las.

A parte amaldiçoada da minha vida, a parte abençoada dela, minhas lutas com as graves perdas que sofri, meus esforços para compreender tudo isso muitas vezes me pareceram um caminho aleatório, como o de uma bolinha de pinball sendo jogada e batendo de alavanca em alavanca, passando por todos os obstáculos do caminho.

Mas não era isso, o tempo todo, desde a infância eu estava trilhando um caminho que me levaria a Magic Beach e ao momento em que, tendo total livre-arbítrio, assumiria um enorme fardo, ou me desviaria dele. Ainda não sabia que fardo era esse, mas já podia sentir seu peso descendo sobre mim. Meu momento de decisão se aproximava.

Cada coisa a seu tempo.

Birdie Hopkins aproximou o Cadillac da calçada e estacionou mais uma vez.

Apontando com o dedo, ela disse:

— O porto fica a um quarteirão daqui. Talvez você prefira ir andando até lá para fazer essa última parte... Seja lá o que for fazer.

— Vou usar a arma apenas para me defender.

— Se eu achasse outra coisa não lhe teria dado a arma.

— Ou para defender a vida de um inocente.

— Quieto, agora. É como você disse.

— O que eu disse?

— Isso é mais do que confiança.

O nevoeiro, a noite, o futuro pressionavam as janelas.

— Há só mais uma coisa de que eu posso precisar.

— Diga.

— A senhora tem um celular?

Ela tirou o aparelho da bolsa, e eu o aceitei.

— Quando você estiver seguro — disse ela —, você me avisa?

— Sim, senhora. Obrigado por tudo.

Comecei a abrir a porta, depois hesitei.

Os olhos de Birdie estavam cheios de lágrimas.

— Senhora, fiz pouco de algo que a senhora disse. De fato, o que a senhora sente que está para vir não tem nada a ver com assistir a muito noticiário.

Ela mordeu o lábio inferior.

Continuei:

— Algo grande está por vir. Também sinto isso. Acho que senti isso minha vida toda.

— O quê? Filho, o que é?

— Eu não sei. É tão grande a ponto de mudar o mundo, mas, como a senhora disse, é o tipo de mudança que ninguém jamais iria esperar.

— Às vezes tenho tanto medo, principalmente à noite, e Fred não está aqui para me acalmar.

— A senhora não precisa ter medo, Birdie Hopkins. Não uma mulher como a senhora.

Ela estendeu a mão para mim. E segurei a mão dela.

— Cuide-se — disse ela.

Quando ela soltou minha mão, saí do carro e fechei a porta. Enfiei o celular no bolso da minha calça jeans e a pistola na cintura, para que o moletom a escondesse.

Caminhei até a esquina, atravessei o cruzamento e segui em direção ao porto até que o motor do enorme Cadillac tivesse se afastado o suficiente para que eu não pudesse mais ouvi-lo.

TRINTA E TRÊS

O porto avançava em direção ao mar, com espaço suficiente para que a frota de navios e barcos de pesca comercial ficasse ancorada e pudesse ir e vir, causando o mínimo de transtorno aos moradores que viviam à beira-mar e ao tráfego de embarcações não comerciais.

Na parte do cais em que eu estava, ao longo da área norte da costa, não era possível ver as traineiras e os silos que cortavam a noite em mil véus brancos. Daquela direção, no entanto, uma vez a cada trinta segundos, eu podia ouvir o apito fúnebre do porto que vinha da parte sul do molhe.

Aqui, a marina oferecia proteção contra as tempestades e outras condições meteorológicas que dificultavam a entrada do canal. Quatrocentos atracadouros eram ocupados por uma variedade de embarcações de lazer: pequenos barcos de motor elétrico, barcos para pesca esportiva com mastros altos, barcos à vela com a lona enrolada, iates e barcos de corrida. Grande parte dessas embarcações tinha até 60 pés, mas a maioria era de barcos menores.

Enquanto descia um pequeno lance de escadas que levava para perto do mar, podia ver apenas as embarcações mais próximas. E mesmo essas pareciam navios fantasmas, atracados num sonho.

As lâmpadas que iluminavam as docas estavam encobertas pela névoa e pareciam um colar de pérolas luminosas sob as quais brilhavam tábuas molhadas e sombrias.

Eu estava em estado de alerta, tentando ouvir sons de vozes ou passos, mas ninguém parecia estar fora de casa nessa fria noite de névoa.

Alguns dos iates funcionavam como residências. Suas escotilhas, iluminadas como moedas de ouro espalhadas pela noite, falsos dobrões brilhantes, empalideciam conforme eu caminhava, até sumirem na escuridão.

Evitar as luzes das docas era fácil, pois a densidade da neblina restringia seu alcance. Segui meu caminho pelas sombras, meus tênis tocando tão delicadamente as tábuas molhadas que eu mesmo mal podia ouvir o barulho.

O mar aberto, para além da baía, havia estado tranquilo durante o dia todo, e as correntes do porto seguravam tão gentilmente os barcos que estes se revolviam apenas ligeiramente no mar. Elas rangiam e gemiam baixinho às vezes, mas o movimento não era forte o suficiente para fazê-las tilintar contra os postes de metal.

Enquanto caminhava, respirei profunda e lentamente o ar salgado e, contando que meu magnetismo psíquico me levaria aos conspiradores, concentrei-me nas imagens do meu sonho. O céu vermelho. A maré vermelha. Chamas fantasmagóricas furiosas se refletindo na praia.

Na extremidade ocidental da marina, no muro de contenção abaixo do cais, ficava a sala que abrigava o Departamento Portuário, subordinado à polícia local. Aqui embaixo, os últimos atracadouros eram reservados para as embarcações do departamento.

Três mediam 20 pés — barcos de patrulha com sirenes vermelhas que tinham, entre outras tarefas, a função de perseguir aqueles que violassem o limite de velocidade de 8 quilômetros por hora na área que ia do canal principal até a praia.

Das outras três embarcações, apenas uma me chamou a atenção: um rebocador de alto-mar, muito maior do que o rebocador que trabalhava apenas na baía. Dele vinha o som ritmado de um gerador trabalhando. Muitas das escotilhas e das janelas maiores estavam iluminadas; uma luz resplandecia em cima de um pequeno guindaste fixo no convés de popa, e os faróis estavam ligados, como se a embarcação fosse deixar o porto logo.

O cheiro de fumaça de cigarro me alertou repentinamente de que alguém compartilhava a doca comigo. A neblina teria filtrado o cheiro se o fumante estivesse tão distante quanto o rebocador.

Cheguei mais perto do muro de contenção e me abriguei em um barraco, que havia sido pintado de vermelho para indicar que armazenava equipamentos de combate a incêndio.

Depois de inspecionar todos os cantos do barraco, encontrei uma passagem que dava para um corredor que levava até a área em que o rebocador estava atracado.

Olhei para o local por algum tempo, e somente quando a névoa densa rapidamente abriu uma clara linha de visão para mim, vi o movimento de um guarda. Ele estava agachado na passagem para o atracadouro, de costas para mim. A lâmpada acima dele havia sido quebrada, provavelmente minutos antes, para permitir que ele ficasse no escuro, onde não podia ser visto, enquanto aguardava imóvel.

Na delegacia de polícia, quando Polterfrank fizera seu espetáculo, Shackett provavelmente pensara que eu, Harry Lime, o agente federal paranormal, tinha feito tudo aquilo sozinho para poder escapar.

Isso acontecera há cerca de uma hora, portanto os conspiradores deveriam estar em alerta máximo, me procurando por toda a cidade e esperando que eu viesse ao encontro deles. Eles deveriam estar tomados de pânico: com medo de que com um telefonema eu tivesse atraído até eles uma centena de agentes do FBI, ou de outras agências, antes que pudessem entregar as armas nucleares e levá-las para fora da cidade.

Evidentemente, relutantes em perder sua recém-incorporada riqueza, não iriam cancelar o encontro em que deveriam desembarcar os objetos mortais. A julgar pelos preparativos no rebocador, eles iriam transportar as armas de um navio a outro em alto-mar.

Agora que eu sabia de suas intenções e estava à solta, eles poderiam decidir não se atrever a voltar para o porto com as bombas. Se executassem um plano de contingência para levar as armas nucleares a algum outro lugar da costa, eu não teria nenhuma chance de deter a operação, a não ser que estivesse na embarcação junto com eles.

Para subir a bordo, eu teria que despistar o guarda, e, no momento, não conseguia pensar em nenhuma maneira de fazer isso tranquilamente.

Além disso, precisava atravessar um trecho de tábuas molhadas para alcançá-lo, e não tinha dúvida de que ele estaria mais bem armado do que eu. E que era um atirador mais apto. E um lutador mais preparado. Mais resistente. Mais brutal. Provavelmente, um mestre de kung fu. Especialista em facas, em artes marciais e em jogar aquelas estrelas que estariam escondidas em seu corpo malhado e pronto para uma luta. E se eu fosse, de alguma forma, capaz de desarmá-lo de todos os seus instrumentos mortais, esse cara *saberia* como fazer uma arma letal a partir de um de seus sapatos, tanto do esquerdo quanto do direito.

Enquanto eu, preocupado, tentava pensar em alguma coisa, quase a ponto de ficar quase paralisado, um homem apareceu no convés do outro lado do rebocador. Apesar da neblina, eu podia ver sua figura sombria por causa do brilho da grande lâmpada que ficava na ponta do guindaste da plataforma.

Ele gritou para alguém chamado Jackie, e Jackie era nada mais nada menos que o guarda que estava agachado na passagem que levava ao convés, esperando para me matar com um dos seus sapatos. Jackie saiu de seu covil sombrio e desapareceu na passagem onde o rebocador estava atracado.

Agachado, cruzei a área até a posição de sentinela que o guarda tinha acabado de desocupar. Por uma brecha nas tábuas, tentava com dificuldade enxergar Jackie no compartimento escuro logo abaixo e, depois de um momento, ele reapareceu como uma sombra no curto corredor que levava até o convés de popa do rebocador.

Ele se juntou a outro homem na grua e, juntos, procederam a uma tarefa final antes da partida, talvez estivessem sacrificando um gatinho ao satanás, ou o que quer que os homens extremamente malvados fizessem para garantir uma travessia segura.

Ao contrário da rampa que levava ao barco, a passagem estava iluminada e oferecia apenas uma única abordagem sensata até a parte de baixo. O barulho que eu faria mergulhando e nadando a partir daqui até o próximo acesso chamaria a atenção de todos a bordo do rebocador para o convés aberto e daria a eles a oportunidade de descobrir se o lendário Harry Lime era tão à prova de balas quanto paranormal.

Ambos os homens na grua estavam de costas para mim.

Cada coisa a seu tempo, e era hora de enfrentar o compromisso irrefutável.

Puxando a pistola da minha cintura, levantei-me e fui até a passagem que levava ao rebocador. Desci o corredor corajosamente, na esperança de que, mesmo se alguém na proa ou no ancoradouro me visse, enxergaria apenas uma figura na névoa e pensaria que eu era um deles.

Ecoando por toda a baía, o apito soou como a chamada melancólica de um gigante pré-histórico, o último de sua espécie chorando de solidão.

Desci sem levantar suspeitas e deslizei para o segundo corredor. O convés de popa era tão baixo que eu podia ver os dois homens lá em cima trabalhando no pequeno guindaste.

Eles ainda estavam de costas para mim, então arrisquei colocar o pé no segundo corredor. O primeiro estava ligado ao cais e era, portanto, mais sólido. Essa rampa era muito mais curta, desmontável e dobrável, e me pareceu assustadoramente ruidosa. No entanto, atravessei-a sem chamar atenção.

Jackie e seu amigo estavam a não mais do que 4 metros de distância. A lâmpada de halogênio queimava na neblina com tal intensidade que, se eles se virassem, poderiam me ver com clareza suficiente para saber que eu não era um deles.

O caminho mais rápido para sair do convés de popa era um conjunto de seis escadas abertas que levavam à proa, imediatamente à minha direita. O pavimento superior continha uma estrutura com escotilhas que um marinheiro experiente seria capaz de identificar, mas que eram, para mim, tão misteriosas quanto um vestiário feminino de lutadoras de luta livre, e tão assustador quanto.

O instinto me disse que era menos provável que eu encontrasse pessoas se fosse para baixo do convés. A parte da embarcação que separava o convés de popa das outras estruturas dianteiras tinha uma porta que provavelmente iria me levar aonde eu queria ir.

Eu tinha que atravessar a metade da largura do convés de popa, por trás dos dois homens que trabalhavam, passar pela luz de halogênio brilhante, chegar à porta e abri-la, para só então entrar — tudo isso sem levar um tiro nas costas.

Um pouco à frente havia uma área no topo de uma escada fechada. Desci as escadas circulares até um corredor estreito e de teto baixo, com portas para cabines em ambos os lados e outra porta na extremidade mais distante, que ficava bem atrás da proa.

Compreensivelmente, talvez neste momento você esteja se perguntando *qual era o plano?*

Como de costume, eu não tinha um plano. Depois que as coisas acontecem, pode parecer a um observador celestial — se algum por acaso estivesse sintonizado no canal Odd — que eu realizo uma estratégia meticulosamente planejada, usando táticas bem-ensaiadas e executando um calendário de operações rigidamente cronometrado. Como você sabe, eu invento tudo na hora, o coração na garganta e as entranhas tremendo, a ponto de ter um colapso.

Ao longo dos anos, percebi que minha abordagem improvisada funcionava bem. Exceto quando não funciona.

Fazendo, aprendo como fazer. Indo, aprendo para aonde ir. Um dia, ao morrer, vou aprender como morrer, deixar o mundo e, se possível, seguir a luz.

Com a pistola na mão, segui pelo corredor, ignorando as portas à esquerda e à direita, atrás das quais podia haver uma senhora ou um tigre, mas nenhuma das opções me interessava. Tudo que eu pedia era para que fosse poupado das surpresas, embora neste mundo de 6 bilhões de almas, todas agindo com livre-arbítrio e muitas com audácia, as surpresas sejam inevitáveis, e poucas delas sejam do tipo que fazem você sorrir e aquecem o coração.

Abri cautelosamente a porta no final do corredor, que contrariou minhas expectativas ao balançar suavemente nas dobradiças. Fiquei feliz por não receber uma bala na cara. Dei um passo para dentro da casa das máquinas.

Uma extravagância de máquinas bacanas e um labirinto de canos lotavam o compartimento, um quebra-cabeças tridimensional, equipado com perfeição para caber num espaço tão exíguo, um verdadeiro atestado das habilidades de engenharia desenvolvidas pelos homens. Os altos padrões de manutenção resultavam em um cômodo mais limpo do que muitas cozinhas, com pintura nova em todos os cantos e nem sequer um ponto de ferrugem à vista.

Evidentemente, nem todos do Departamento Portuário estavam distraídos com conspirações para destruir a civilização.

Uma vez no compartimento, hesitei em fechar a porta, embora parecesse que eu estava sozinho.

Este era um rebocador, não um navio de guerra ou um *destróier*, portanto a casa de máquinas não tinha um subtenente adorável, mas com duro sotaque escocês-americano, supervisionando uma dedicada equipe de alistados suados que, entre um jogo de pôquer e interlúdios de gaita e conversas sentimentais sobre as garotas que deixaram para trás, estivessem vigilantes ao aquecimento das caldeiras, à ruptura de juntas por causa da pressão ou a uma série de outras crises. Ninguém precisava ser colocado nesse compartimento do navio para que a embarcação navegasse com eficiência — o que é certamente a razão pela qual Hollywood nunca fez um grande filme da Segunda Guerra Mundial que se passasse num rebocador.

Porém, como as luzes estavam acesas quando entrei, era prudente assumir que alguém tinha estado aqui recentemente e que pretendia voltar.

Quando estava prestes a me retirar e procurar outro lugar para me esconder, ouvi um tripulante descendo a escada. Fechei a porta atrás de mim.

Embora o equipamento ocupasse bem o espaço, a estrutura ainda permitia possíveis reparos. Entrei rapidamente nos corredores de serviço, em direção ao ponto mais distante da porta. Infelizmente, o ponto mais distante não era longe o suficiente para que eu me sentisse seguro.

Agachado atrás das peças blindadas e tubulações, eu não tinha uma visão da porta, mas ouvi quando ela abriu e fechou.

Alguém tinha entrado, embora parecesse não estar fazendo nada além de permanecer de pé ali. Os motores não estava nem mesmo em marcha lenta, e o silêncio no compartimento era tal que eu teria ouvido alguém se a pessoa se movesse.

Como eu dissera para o chefe Hoss Shackett — quando fingi estar sofrendo de amnésia e ser incapaz de lembrar que eu não era o Matt Damon —, sou um cara com uma boa imaginação, que agora começava a disparar. Imaginei o recém-chegado com uma máscara de gás, pronto para puxar o pino que liberaria produtos químicos venenosos, matando-me como se eu fosse uma barata.

Antes que eu pudesse transformar esse simples cenário em uma ópera, a porta se abriu novamente e ouvi alguém dizer:

— O que diabos aconteceu com você?

A resposta veio na voz inconfundível e grave de Utgard Rolf:

— Caí.

— Onde?

— Na escada — disse Rolf.

— Na escada? De quantos degraus?

— Não contei, idiota.

— Cara, isso deve doer.

Utgard fechou a porta atrás de si.

— Houve uma mudança nos planos. Temos que cortar algumas gargantas.

TRINTA E QUATRO

NA OUTRA EXTREMIDADE DA CASA DE MÁQUINAS, MAS AINDA assim mais perto do que eu gostaria, Utgard Rolf disse:
— Ouça, Joey, quando já estivermos com a encomenda a bordo, não vamos voltar ao porto.
— O quê? Por que não?
— Tem um cara que está sabendo da operação.
— Que cara? — perguntou Joey.
— Um filho da puta do governo.
— Ah, cara.
— Não pire.
— Mas nós mantivemos tudo em *segredo*.
— Vamos encontrá-lo. E matá-lo.
Com uma ansiedade enorme, Joey perguntou:
— Ele está aqui em Magic Beach?
— O que você acha, que caí de uma escadaria em Washington?
— Ele era "as escadas"?
— Não se preocupe com isso.
— Qual era o tamanho do cara para ter feito isso com você?

— Ele ficou pior do que eu.

Resisti ao impulso de me levantar, refutar o que ele dissera e me vangloriar.

— Se não vamos voltar ao porto — continuou Joey —, para onde vamos?

— Você conhece aquele estaleiro abandonado ao sul de Rooster Point?

— Isso vai servir — disse Joey.

— É claro que vai. As instalações lá, a privacidade, vai ser mais fácil ainda do que seria para descarregar aqui no porto.

— Os caminhoneiros conhecem o novo ponto de encontro?

— Sim. Mas tem uma coisa.

— Eu sabia — disse Joey.

— Serão necessários cinco de nós para receber a entrega em alto-mar, mas no estaleiro três podem lidar com o produto.

Ao embarcar no rebocador, eu tinha duas importantes preocupações, um das quais era determinar o número de tripulantes com que teria que lidar. Agora eu sabia: cinco.

Joey disse:

— Nós íamos acabar com os dois de qualquer maneira. Então, melhor agora que faremos isso mais cedo do que imaginávamos.

Talvez os bandidos não tivessem se desentendido, como eu havia pensado quando encontrara o corpo de Sam Whittle perfurado cinco vezes em sua banheira. Os empreendedores centrais que montaram a operação poderiam sempre ter tido a intenção, conforme o negócio foi avançando, de emitir cartas de demissão para os sócios menores que eram considerados meros empregados. Algumas balas foram uma alternativa prudente ao pagamento de indenizações generosas.

— Após a transferência — disse Utgard —, Buddy vai cuidar de Jackie. Eu fico com Hassan.

O nome Hassan veio com uma surpresa e uma decepção para mim. Até agora, Jackie, Joey e Buddy me levavam a acreditar que a tripulação de Utgard poderia ser composta de comediantes aposentados de Las Vegas, e que o último membro poderia se chamar Shecky.

Por outro lado, fiquei um pouco aliviado porque minha segunda preocupação mais importante tinha sido parcialmente resolvida. Estava me perguntando como iria lidar com a tripulação inteira, agora já sabia que só seria obrigado a lidar com sessenta por cento dela.

— Melhor não cortar as gargantas — disse Joey.

— O quê?

— Para isso teríamos que chegar muito perto. É perigoso. Melhor atirar na cabeça.

— É claro — concordou Utgard. — Matá-los e jogá-los no mar. Foi isso que quis dizer.

— Bom, primeiro você disse que teríamos que cortar algumas gargantas.

— Foi só um modo de falar.

— Como você disse isso, pensei que era o que realmente queria.

— Vamos atirar na cabeça deles — disse Utgard.

— Na *nuca*.

— Claro! Que saco, Joey.

— É a única maneira inteligente.

— Está combinado, então.

— Assim, eles não vão ver quando nos aproximarmos.

— Entendo — disse Utgard, impaciente.

Poucas vezes tive a oportunidade de ouvir bandidos conspirando para cometer atos malignos, mas em todas elas eles falaram coisas muito parecidas com o que Joey e Utgard diziam. Aqueles que optam por levar uma vida criminosa certamente não são os mais brilhantes entre nós.

Essa verdade inspira uma pergunta: se os gênios do mal são tão raros, por que tantas pessoas más conseguem escapar de punições a crimes contra concidadãos de bem e, ainda pior, por que quando conseguem se tornar líderes de nações agem contra a humanidade?

Edmund Burke deu a resposta em 1795: *A única coisa necessária para o triunfo do mal é que os homens bons não façam nada.*

Gostaria apenas de acrescentar o seguinte: é também essencial que os homens e as mulheres de bem não tenham acesso à educação e acabem por acreditar na propaganda que afirma que o mal verdadeiro é um mito e que todo comportamento malévolo é apenas resultado de uma família dividida ou das deficiências de uma sociedade que falhou, mas que pode ser curado com aconselhamento e a aplicação de uma nova teoria econômica.

Invisível a meus olhos, mas audível a meus ouvidos, Utgard disse:

— Quando sairmos da doca até chegarmos a Rooster Point, você fica na sala do rádio.

— Como planejado.

— Se tem que mijar, vá logo.

— Vou estar na sala do rádio.

— Não podemos acionar o transponder, isso faria a Guarda Costeira ficar alerta.

— Sei o que dizer a eles.

— Eles vão receber um relatório do GPS mostrando que estamos no mar a esta hora da noite e vão querer saber por quê.

Era a vez de Joey mostrar impaciência:

— Eu sei. Não é?

— Não fique conversando com eles. Faça como combinamos.

Joey falou em voz alta o que fora combinado para provar que está tudo sob controle:

— Uma mulher a bordo do *Moonbeam Junie* comeu alguns frutos do mar, teve uma reação alérgica muito séria e precisou ir para o hospital com urgência. O iate é muito grande, tem cerca de 180 pés, e é muito fundo para se aproximar da baía. Então eles nos chamaram e estamos apenas trazendo a vaca doente para a terra.

— O quê? — perguntou Utgard.

— Relaxe. Não vou chamá-la de vaca doente para a Guarda Costeira — garantiu Joey.

— Às vezes você me deixa inseguro.

— Por causa da vaca doente? Acha que eu faria isso? Cara, só estou me divertindo um pouco.

— Não estou no clima para isso.

— Acho que o tombo das escadas acabou com seu humor.

— Não tente inventar muita coisa — aconselhou Utgard. — Fale com simplicidade.

— OK, OK. Mas que tipo de iate teria o nome de *Moonbeam Junie*, afinal?

— E eu com isso? Isso não importa para nossos negócios.

Joey disse:

— *Moonbeam Junie* parece o nome de um barquinho de merda.

Assim é nossa realidade, a conversa de bandidos tramando uma devastação nuclear nas grandes cidades americanas e o assassinato de milhões de inocentes não é mais interessante do que as mais fúteis conversas daqueles parentes que você gostaria de não ter que convidar para o jantar de Ação de Graças.

— Apenas fique na sala do rádio — disse Utgard.

— Tudo bem.

— Vamos sair em três minutos.

— Sim, capitão.

A porta se abriu, mas não fechou.

Ouvi Utgard pisando duro pelo corredor.

Joey esperou. Então, apagou a luz.

A porta se fechou.

Aparentemente, ao contrário de Utgard, Joey não tinha uma massa corporal comparável ao Pé Grande, e não ouvi seus passos.

Como a vida me ensinara a desconfiar, esperei imóvel no escuro. Ainda não estava convencido de estar sozinho.

TRINTA E CINCO

Quando os motores foram ligados e meu compartimento aconchegante foi preenchido com o rufar das máquinas a diesel de quatro tempos, o pulsar das bombas, a rotação dos eixos e uma miríade de outros ritmos, e quando começamos a nos mover — a embarcação guinando ligeiramente —, eu sabia que estava sozinho, porque Joey tinha se comprometido a ficar na sala do rádio até que chegássemos ao destino combinado.

Embora respirasse com mais facilidade, não conseguia relaxar. Sabia que o que estava para vir seria terrível, que mesmo que não levasse um tiro ou uma facada acabaria esta noite com feridas que nunca iriam se curar.

Tenho feridas similares de outros encontros desse tipo. Para proteger os inocentes, para evitar ser um dos bons homens de Burke que não fazem nada, é preciso aceitar viver com as cicatrizes permanentes que marcam o coração e com os traumas da mente que, ocasionalmente, se abrem e o fazem chorar.

Para *fazer* alguma coisa, fazer o que você sente que é certo e justo, às vezes é preciso ter certas atitudes que, nas noites solitárias, fazem você se perguntar se você realmente é o homem bom que gosta de acreditar que é.

Tais dúvidas são cartas altas na mão do diabo, e ele joga bem, na esperança de levá-lo ao desespero e ao aborrecimento, se não à autodestruição.

Ozzie Boone, meu amigo, escritor e mentor de Pico Mundo, me instruíra, enquanto eu escrevia o primeiro desses manuscritos, a manter um tom leve. De acordo com ele, somente os emocionalmente imaturos e intelectualmente depravados podem desfrutar de histórias implacavelmente sombrias e niilistas.

Como já disse e espero que você tenha registrado, estou inclinado a amar a vida e tenho uma disposição alegre, mesmo em face do céu sombrio e das tempestades persistentes. Posso encontrar uma razão para sorrir mesmo com um lábio cortado e achar graça nas ameaças e posturas sádicas de um chefe de polícia.

Avisos sérios exigem o reconhecimento de que alguns eventos podem resistir ao toque de um humorista e de que piadas feitas a partir de determinados atos podem evocar apenas uma forma pouco saudável de riso. Estamos chegando agora a pontos escuros de águas agitadas, a vias tão estreitas que a virtude e a maldade podem viajar juntas e ser às vezes muito difíceis de discernir.

Do outro lado da baía, em mar aberto, eu aguardava, sem nenhuma luz, no ventre de uma embarcação. Apesar do barulho que tornava difícil minha concentração, usei o tempo para meditar sobre o que havia ficado sabendo a bordo.

Moonbeam Junie devia estar a apenas alguns quilômetros da costa, já que os motores desaceleraram mais cedo do que eu esperava e, depois de um ajuste no curso, o rebocador oceânico grande começou a manobrar. Eles estavam alinhando os navios para efetuar a transferência das armas.

O Pacífico parecia estar tão calmo aqui, em mar aberto, quanto tinha estado durante todo o dia na costa. Com as águas calmas, o trabalho deles seria mais rápido.

Levantei-me, procurando me orientar na câmara escura como breu, ciente de que as superfícies previamente seguras ao toque agora poderiam estar escaldantes. Mantinha uma imagem da porta do compartimento em minha mente e me baseava no magnetismo psíquico para me orientar pelo labirinto escuro.

O instinto me disse para alcançar uma alavanca, e eu a encontrei como pouco esforço.

Quando abri a porta, vi que o corredor estava deserto. Como a transferência já havia começado, Joey estaria na sala de rádio, enquanto Utgard e os outros três estariam na parte de cima, pois que todas as mãos eram necessárias para garantir o sucesso do intento.

Entrei no primeiro compartimento a estibordo e tentei abrir a porta, que estava destrancada. Entrei rapidamente, escancarando a porta, com a pistola em punho.

O quarto estava escuro, mas uma luz entrava pela escotilha. Certifiquei-me de que nenhum dorminhoco estaria esperando para ser despertado e então segui o caminho até o círculo luminoso de vidro.

Alinhado com o rebocador estava o *Moonbeam Junie*, com a lateral encostada à nossa a uma distância de cerca de 3 metros. Um iate branco no nevoeiro não chamaria a atenção, mas esse tinha todas as escotilhas e janelas iluminadas, o que fazia com que parecesse tão festivo quanto um cruzeiro de luxo.

Do convés principal, a tripulação do iate pendurava as boias infláveis de borracha preta que iriam servir de para-choques de proteção quando, impulsionados pelas ondas, os barcos se aproximassem o suficiente para bater seus cascos um no outro.

Recuando para o corredor, fechei a porta calmamente e cruzei até o primeiro compartimento a bombordo. Preparei-me para empurrar a porta, como havia feito antes, mas ela se abriu no escuro.

Uma luz suave enchia o compartimento. Quando entrei, Joey olhava, incrédulo, para uma foto de uma edição da revista *Maxim*.

Deixando a porta fechar sozinha atrás de mim, dei dois passos e coloquei a pistola em seu rosto antes que a revista caísse de suas mãos e deslizasse fechada no chão.

TRINTA E SEIS

Joey, o especialista em criticar os nomes das embarcações, sentou-se em frente ao rádio de ondas curtas. Por um momento, olhando para o cano da arma, ele pareceu querer fazer sua cadeira de vaso sanitário.

Quando percebi que ele recuperava o controle e calculava como me atacar, abaixei a pistola para sua garganta, para que pudesse ver melhor seu rosto e todas as nuances de sua expressão.

— Chame a Guarda Costeira — eu disse. — Agora.

— Já falei com eles.

— Chame ou vou atirar em sua perna.

— Qual é o problema, você não sabe usar um rádio de ondas curtas?

No momento em que eu tirasse a mão da arma, ele viria para cima de mim.

Minha boca estava inundada de saliva, provocada pela náusea. Por isso, fiz uso dela. Cuspi em seu rosto.

Ele se encolheu, os olhos levemente fechados, o que me deu a oportunidade de atingi-lo no rosto com a pistola. O golpe atingiu sua bochecha, e uma linha fina de sangue brotou.

Ele colocou a mão sobre a ferida aberta.

Embora a raiva em seus olhos tivesse virado um ódio amargo, eu havia ganhado um certo respeito, e ele talvez hesitasse em fazer alguma coisa.

— Chame-os — repeti.

— Não.

Ele estava falando sério. Não iria se deixar convencer. A perspectiva da vida na prisão parecia para ele pior que a morte.

Olhando para a porta e, então, rapidamente para mim, Joey esperava sugerir que alguém tinha entrado, mas eu sabia que ele estava tentando me enganar, para que eu olhasse para trás.

— De qualquer forma — disse ele, quando não mordi a isca —, seu posto mais próximo é a 80 quilômetros daqui. Estamos em mar aberto.

Os motores em marcha lenta do iate provocavam vibrações no casco do rebocador, e todos os outros ruídos da transferência me liberaram da preocupação de que um tiro pudesse ser ouvido. Dei um tiro em seu pé esquerdo.

Ele gritou e eu o mandei ficar quieto, golpeando-o novamente com a arma para silenciá-lo.

Dentro de mim, percebi que tinha aberto uma porta para a crueldade que queria voltar a fechar o mais rapidamente possível. Mas o destino de uma nação e a vida de milhões de pessoas estavam em jogo, e tudo que tinha que ser feito precisava ser feito sem hesitação.

A dor tinha mudado Joey. Ele agora estava chorando.

— Acredito no que você disse sobre a Guarda Costeira. Então, aqui estão as suas opções, Joey. Você me diz o que sabe sobre essa operação, depois posso matá-lo rapidamente e sem dor.

Ele disse uma palavra que não tenho coragem de repetir, embora o tenha desafiado a fazê-lo.

Ele não aceitou o desafio, e eu disse:

— Se você não me disser o que quero saber, vou machucá-lo tanto que você nem pode imaginar o quanto vai sofrer. Você vai morrer lentamente, sem poder se mover ou falar. Vai ficar horas aqui no convés, em agonia, e vai chorar mais lágrimas do que todos os bebês que teria matado nessas cidades; serão tantas lágrimas que você vai morrer desidratado antes de sangrar até a morte.

Ele queria se sentar no chão e segurar seu pé ferido para diminuir a dor, mas eu não permiti.

— De onde as bombas estão vindo?

Eu não achava que ele iria responder, mas, com a voz embargada pela dor e pelo medo, ele nomeou um país do Oriente Médio.

— Como elas chegaram ao iate?

— Por um cargueiro.

— Foram transportadas por um cargueiro? Até onde?

— Uns 200 quilômetros para dentro.

— No mar?

— Sim. Onde a Guarda Costeira não tem jurisdição. — Ele respirou com um assobio por entre os dentes cerrados. — Meu pé está me matando.

— Não vai ser o pé que vai matar você. Quantas armas nucleares?

— Quatro.

— Quantas?

— Quatro. Eu já disse. Quatro.

— É melhor você não estar mentindo. Quais cidades?

— Não sei.

— *Quais cidades?* — insisti.
— Não sei. Eu não precisava saber isso.
— De quem é o iate?
— Algum bilionário. Não sei o nome.
— Americano?
— Merda, sim.
— Por que um americano faria isso?
— Se ele pode, por que não?
Bati nele com a arma. Sua sobrancelha se abriu.
— Por quê?
Pressionei a pele rasgada com os dedos e sua voz ficou mais aguda, como se ele tivesse voltado no tempo, para sua infância, e ele disse:
— Ei, vai ser assim, OK? Verdade? OK? Pouco antes das bombas vai haver assassinatos, OK?
— Que assassinatos?
— O presidente, o vice-presidente e muitos outros.
— E depois as bombas. E depois disso?
— Eles têm um plano.
— Eles quem? Que plano?
— Eu não sei. De verdade. Entende? Mesmo o que já disse é mais do que eu deveria saber, OK? Coisas que eu descobri, mas que eles não sabem que eu sei. OK? Não sei mais nada. Juro por Deus. Mais nada.

Acreditei nele e, mesmo que não tivesse acreditado, não teria tido oportunidade de interrogá-lo mais.

A faca devia estar escondida na manga direita da camisa, presa ao braço. Como ele a soltou eu não sei, mas ela estava firme em seu punho. Vi a lâmina sacudir a partir do cabo.

Percebi o reluzir de uma luz na borda afiada e dei um tiro em sua garganta.

O estouro da arma não foi tão alto dentro da pequena cabine. Mas, se fosse, os motores do rebocador, o barulho do trabalho feito no convés e os sons provocados pelos "para-choques" dos barcos batendo uns nos outros o teriam mascarado facilmente.

Joey escorregou para fora da cadeira e caiu no chão, como se fosse um espantalho de carne em vez de palha, um boneco que não podia com o peso das roupas que envolviam seu corpo.

A faca era tão afiada que tinha cortado o grosso tecido de meu moletom como se ele fosse seda.

Apalpei através do rasgo o lado direito de meu corpo, onde fora golpeado, logo acima da costela. Ele tinha conseguido me cortar.

TRINTA E SETE

Sentei-me à mesa do operador de rádio, que não tinha sido atingida pelo sangue.

Com o disparo letal, o sangue se espalhara, desenhando um arco de respingos no vidro oval, como se fosse o rastro de uma alma em fuga que tivesse usado a escotilha como portal para sair deste mundo.

O corte em meu corpo fora superficial, o sangramento era leve, a dor não era grande, mas a perda de sangue me preocupava. Com a mão esquerda pressionando a ferida, fechei os olhos e tentei me lembrar do lago azul e cheio de esperanças futuras.

Stormy Llewellyn e eu, aos 18 anos, tínhamos ido para o lago para tomar sol e nadar.

Uma placa avisava que não havia salva-vidas de plantão naquele dia. Os nadadores eram aconselhados a ficar em águas rasas perto da costa.

O sol desértico polvilhava a areia de diamantes e espalhava joias raras pelas águas.

O calor parecia derreter o tempo, prometendo que nós dois nunca ficaríamos velhos, que nossos sentimentos nunca mudariam e que jamais seríamos afastados um do outro.

Pegamos um barco no lago. Remei sob o céu azul pelo azul das águas.

Deixei os remos. Por todos os lados, o suave marulhar parecia se espalhar em ondas para baixo e para longe, como se nos tivesse sido ofertado um pequeno mundo só nosso, onde estávamos mais perto do horizonte do que estivéramos em terra.

Saímos do barco e boiamos no lago, mantendo-nos na superfície apenas pelo movimento preguiçoso de nossos braços. Com os olhos fechados por causa do sol, conversamos.

A conversa toda foi, em essência, uma coisa só. Estávamos sonhando com nosso futuro.

De tempos em tempos, notávamos que o barco se afastava de nós. E nadávamos para mais perto dele para, em seguida, boiarmos novamente, sonhando em voz alta como antes.

Mais tarde, enquanto eu remava de volta para a praia, Stormy ouviu um grito e viu um menino se afogando antes que eu pudesse entender o que estava acontecendo.

Ele tinha 9 ou 10 anos e parecia ter nadado muito para dentro do lago. Seus braços não tinham força, ele estava com cãibras nas pernas e, de repente, não conseguia se manter na superfície, mesmo boiando.

Quando Stormy percebeu que ele se afogava, pulou do barco, seus movimentos rápidos provocando ondas enquanto ela avançava até o garoto com determinação.

Na areia, a mãe e a irmã, que não sabiam nadar, só tomaram conhecimento do que estava acontecendo depois que Stormy chegou na praia com o garoto a tiracolo.

Stormy nadou mais rápido do que eu poderia ter remado. Puxei o barco para a areia e corri até ela para ajudar, mas não foi preciso reanimar o garoto. Ela o tinha salvado antes que a água chegasse aos seus pulmões.

Esse é um momento que ficará para sempre gravado em minha memória: o garoto tossindo, a mãe chorando, a irmã assustada e Stormy consolando cada um da forma mais apropriada.

Ela sempre foi fera em resgatar vidas. Sei que ela me salvou.

Embora tivesse certeza de que tinha levado o barco até a areia, ansioso para estar ao lado de Stormy, para ver se ela precisava de ajuda, devo tê-lo deixado à deriva, pois quando olhei de volta ele se balançava bem longe no lago.

O lago era grande e a dinâmica das águas profundas o levara. Embora um lago pareça calmo na superfície, as correntes estão sempre atuando no fundo.

Entrei na água e nadei, tentando alcançá-lo, mas o barco, sob influência de uma corrente, ia cada vez para mais longe de mim.

Talvez o medo irracional que tomou conta de mim tivesse sido inspirado pelo quase afogamento do menino, pela lembrança de que a morte mora ao lado e está sempre presente, ou pelo fato de que Stormy e eu havíamos sonhado com um futuro comum e que, por essa razão, eu estava testando minha sorte.

Por algum motivo, talvez por ter certeza de que havia puxado o barco para a areia, minha frustração rapidamente se transformou em medo. Tornei-me loucamente convencido de que, se não conseguisse resgatar o barco e trazê-lo de volta, o futuro juntos que havíamos sonhado nunca viria, e que a morte da qual o menino quase não escapara não iria partir sem levar alguém.

Como o barco estava à deriva e eu não, no devido tempo o alcancei. A bordo, comecei a tremer, primeiro por causa do medo residual e, depois, de alívio.

Suponho agora que, enquanto nadava para recuperar o barco, experimentei um pressentimento obscuro do atirador que, um par de anos mais tarde, levaria Stormy de mim.

Às vezes, gosto de trazer para perto a memória daquele dia no lago. O céu e a água. A segurança que sentia por estar em uma esfera azul.

Repito para mim mesmo que ainda posso sonhar com nosso futuro: nós dois em uma nova terra só nossa.

Vez ou outra, enquanto boiávamos de costas, o movimento de nossos braços, que imitavam asas, fazia com que nossas mãos se esbarrassem e, nessa hora, nós segurávamos a mão do outro por um instante, como que para dizer *estou aqui, estarei sempre aqui*.

O rebocador deu uma guinada, os amortecedores de borracha se espremeram entre as embarcações e, de cima para baixo, veio um baque sólido que estremeceu o convés.

Deslizei da mesa do operador de rádio e fiquei de pé.

Tendo caído de sua cadeira, o homem morto estava deitado de lado, a cabeça virada para o teto. A boca estava aberta, e os olhos eram como os de um peixe no gelo em um mercado.

Enchi-me de uma gratidão incomensurável por nunca ter visto o cadáver de Stormy e porque ele fora trazido para mim apenas como cinzas em uma urna simples.

Saí da sala do rádio, mas sabia que ainda não era hora de me aventurar lá em cima. Uma vez que a transferência das armas nucleares fosse concluída e que elas estivessem acomodadas no navio, e uma vez que *Moonbeam Junie* já estivesse navegando em direção ao nevoeiro, Buddy e Utgard iriam matar Jackie e Hassan. Minha melhor chance de sucesso era aparecer no convés nessa hora.

Ao longo do corredor havia uma sala que eu não tinha explorado, o compartimento a estibordo, em frente à sala do rádio.

Tentei abrir a porta, encontrei um interruptor de luz e entrei em um banheiro.

Uma cruz vermelha marcava um armário branco cheio de materiais de primeiros socorros.

Depois de retirar meu moletom e minha camiseta, abri a ferida com os dedos. Derramei álcool isopropílico no corte.

Não seria necessário dar pontos. O sangramento que recomeçara quando coloquei as mãos na ferida iria parar logo.

Porém, o atrito da roupa e do meu toque no corte causou uma dor que me manteve distraído por alguns minutos. Tive que trabalhar em um ângulo estranho e não tinha muito tempo, então não podia usar uma gaze, apenas uma fita adesiva impermeável para proteger o corte.

Ao tirar a fita mais tarde, eu iria, inevitavelmente, abrir de novo a ferida. Mas não me preocupava com isso, porque se essa hora chegasse significaria que eu tinha sobrevivido a Utgard e sua tripulação.

Quando terminei de recolocar o moletom, outro baque pesado no convés sacudiu o rebocador.

Embora pensasse que ninguém se aproximaria de onde eu estava até que o trabalho estivesse concluído, apaguei a luz e fiquei no escuro. Caso a porta fosse aberta, eu poderia atirar quando a pessoa estivesse procurando o interruptor.

O banheiro pequeno não tinha uma escotilha. E a porta não deixava passar nenhuma fresta de luz.

Pensei no espelho do banheiro de Sam Whittle, que havia se estendido para fora da moldura com o intuito de reclamar seu espírito.

Havia um espelho manchado acima da pia. Eu não conseguia ver o que podia estar se formando em sua superfície escura e reflexiva.

Minha imaginação usualmente febril poderia fazer qualquer coisa com esse rico material.

Mas a violência real havia se apresentado. E tinha mais por vir.

A porta para a crueldade que eu tinha aberto em minha mente não fora fechada. E eu temia mais o que poderia sair dessa porta interior do que a escuridão e os espelhos.

Vibrações mais pesadas vindas do casco do rebocador eram a prova de que a transferência havia sido concluída e de que o *Moonbeam Junie* logo estaria de volta a seu curso. Começamos a balançar com o movimento do iate que se afastava.

Saí do banheiro e fui até a escada, movendo-me encostado na parede para manter o equilíbrio.

No topo da escada ficava a porta pela qual eu tinha vindo. Uma escotilha ofertava uma visão do convés tomado pela névoa, mas iluminado por uma lâmpada de halogênio.

Duas caixas, nenhuma das quais estava lá quando deixamos o porto, estavam acomodadas a estibordo no convés. Do tamanho de caixões, envoltos pelo nevoeiro, os recipientes pareciam sugerir que não havia a bordo nada parecido com as armas fantásticas e grotescas capazes de destruir cidades inteiras, mas apenas o Conde Drácula e sua noiva, dormindo em camas feitas com terra da Transilvânia dentro caixões à prova de sol, que acordariam em breve.

Perto das pequenas caixas, estavam Utgard Rolf — vestido em calças de náilon pretas com punhos de elástico apertados nos tornozelos e uma jaqueta combinando — e um homem que eu não tinha visto antes.

Dois outros homens estavam trabalhando do lado oposto, arrumando as ferramentas em uma espécie de baú.

Empunhando pistolas conforme se aproximavam, Utgard e o homem com quem ele estivera falando, sem dúvida Buddy, atravessaram a plataforma em direção aos outros dois homens e atiraram em suas costas. Ambos caíram de bruços, e seus algozes inclinaram-se para dar o tiro final na base do crânio.

TRINTA E OITO

Hesitando atrás da porta da escada, imaginei que eles amarrariam pesos com correntes nos mortos antes de jogá-los ao mar. Mas, evidentemente, eles estavam confiantes de que, a essa distância, o mar nunca iria levar os corpos para a praia e que, mesmo se isso acontecesse, eles já teriam desaparecido e estariam vivendo novas vidas em cantos distantes do mundo. Os dois largaram as armas, agarraram os cadáveres pelos colarinhos e cintos e começaram a arrastá-los para a parede a bombordo.

Eles estavam de costas para mim, mas ficariam nessa posição vulnerável apenas por pouco tempo. Forte como um touro, Utgard não precisou arrastar sua vítima, apenas levantou-a e a carregou.

Eu não me atrevia a pensar em todo o peso que carregava em minhas costas nesse momento e tentei focar minha mente em por que eu não podia fraquejar: a possibilidade de crianças queimadas até os ossos pelo calor da explosão, mulheres esmagadas e retorcidas pela onda da detonação, homens pulverizados, edifícios reduzidos a poeira, museus em entulhos, igrejas obliteradas, ruas de asfalto fervendo como rios de lava e quilômetros de cinzas encharcadas com o sangue de milhões.

Sem perceber, eu tinha empurrado a porta no alto da escada e estava na plataforma aberta, em movimento.

O nevoeiro refletia uma luz prateada ao redor da lâmpada de halogênio, branco em cima e cinza para além dos limites do barco. As luzes do iate já haviam sido engolidas completamente.

O ar frio e úmido em meu rosto não era tão frio quanto a boca do meu estômago, e a nuvem de fumaça provocada por minha própria respiração também parecia gelada.

Carregando o corpo, Utgard chegou ao limite da embarcação. Jogou o cadáver no mar, mas os pés do homem ficaram presos na amurada. Por um momento macabro, o corpo ficou pendurado, até que Utgard lhe desse um empurrão final.

Temendo uma queda, ainda assim tentei me movimentar no deque molhado e que balançava como se eu tivesse nascido em um navio. Apertando a arma com as duas mãos, segurei-a a minha frente.

O outro homem se esforçava para carregar o cadáver para cima da amurada. Utgard agarrou um dos braços do corpo imóvel para ajudar.

Vendo a dificuldade dos dois, esperei que terminassem o trabalho.

Um herói não atira em seus adversários pelas costas. Mas *herói* é um título que outros erroneamente me deram, e que nunca reivindiquei para mim.

Enquanto o segundo cadáver desaparecia na escuridão e na neblina, atirei nas costas de Utgard duas vezes a uma distância de menos de 3 metros. Ele se inclinou para a frente, contra a amurada, mas não caiu no mar.

O outro homem recuou em choque, mas, no mesmo instante, procurou a arma presa em seu quadril.

Dei dois disparos, tentando atingir seu abdome e seu peito, mas mirei muito para cima. O primeiro tiro o atingiu no rosto e o segundo apenas repartiu seus cabelos.

O tiro na cabeça foi suficiente, e ele caiu morto.

Em péssimas condições, e apoiando-se contra a amurada, Utgard se virou para mim. Iluminados pelos reflexos da lâmpada de halogênio, seus olhos de chacal demente pareciam lanternas queimando em óleo profano.

Seu rosto estava machucado, um dos olhos estava inchado e havia uma crosta de sangue em um dos ouvidos — consequência dos acontecimentos na sala de interrogatório.

Fui me aproximando e ele quase me tocou, então atirei nele duas vezes novamente.

Ele deslizou na amurada e caiu de lado. Sua cabeça bateu no deque com força suficiente para fazer barulho.

Por um tempo, precisei inspirar e expirar profundamente, tentando exalar a tensão que de repente começou a fazer minhas mãos tremerem como se eu fosse um velho doente.

Tendo presenciado o esforço dos dois para jogar os cadáveres ao mar, achei que não era uma boa ideia tentar me livrar dos corpos da mesma maneira. Eliminá-los não teria sentido se eu deixasse Joey morto na sala do rádio, e eu sabia que não conseguiria arrastá-lo lá de cima para ser sepultado nas profundezas do mar.

Tinha que haver uma forma de fazer com que o rebocador e as armas nucleares chegassem nas mãos das autoridades responsáveis sem fazer a entrega pessoalmente. Se permanecesse anônimo, nunca os enfrentando cara a cara, não teria que explicar as mortes a bordo.

Virei de costas para os corpos e atravessei o convés até as caixas em formato de caixão, guardadas num canto a estibordo.

Os filmes sempre nos fazem esperar que um bandido baleado várias vezes, e que julgávamos morto, se levante novamente, no último minuto, ao som de violinos estridentes ao fundo. Mas a realidade não tem trilha sonora sinfônica, e os mortos permanecem mortos. Somente os espíritos se elevaram.

Eu estava sozinho a bordo do rebocador e duvidava que o credor que viria reclamar o espírito de Utgard permitiria que ele permanecesse na terra como um poltergeist.

Quando estava na expectativa de matar Utgard e seu parceiro, atravessei o deque com os pés firmes e bem rápido, mas, com o trabalho terminado, meu equilíbrio parecia mais precário. Conforme caminhava, meus pés tropeçavam em obstáculos imaginários, e eu tentava me apoiar em suportes que também não existiam.

A imensidão do nevoeiro acima e ao redor, a imensidão do mar que se estendia para todos os lados e o abismo de água logo abaixo de mim impunham uma solidão quase insuportável por sua intensidade e também por causa do que compartilhava o espaço da embarcação comigo. Os homens mortos, sim, mas não apenas eles. Também e, principalmente, as bombas — cujos caixões simbolicamente representavam a destruição de quatro cidades e as cinzas de toda a humanidade embaladas em uma urna.

As caixas que tinham sido desembarcadas do *Moonbeam Junie* eram feitas não de madeira, mas aço. As tampas eram fechadas por quatro parafusos e travas.

Abri os quatro parafusos da primeira caixa. Depois de uma breve hesitação, levantei a tampa.

A lâmpada de halogênio iluminava o suficiente para mostrar dois compartimentos com um grande dispositivo em cada um. Eles pareciam ser de aço fundido, pesadíssimos, e recebiam a luz de forma sedutora e fluida em cada curva, em cada detalhe misterioso e ameaçador, em cada encaixe do projeto. Em sua totalidade, o objeto não era meramente uma arma, mas a essência do mal.

A caixa tinha sido soldada em torno de uma armadura que mantinha a bomba imóvel. Ferramentas especiais teriam sido necessárias para libertá-la de sua embalagem.

No que poderia ser o núcleo de cada dispositivo, havia um buraco de 10 centímetros de diâmetro, que parecia criado para receber um plugue acoplado.

Olhei para o buraco por um tempo até perceber que, presa à armadura, havia também outra caixa separada da bomba. Esta tinha uma tampa presa por um único parafuso.

Dentro, descobri um saco de revestimento duplo que preenchia todo o espaço. Levantei o saco e encontrei o plugue, que pesava uns 2,5 quilos ou 3 quilos.

Só de olhar para ele dava para imaginar que, uma vez inserido no núcleo, o único trabalho seria o de virar o dispositivo. Numa ponta havia um visor de LED, que, no momento, estava desligado, e um teclado para entrada de dados.

O gatilho.

Coloquei o plugue novamente no saco e o deixei no chão. Juntei os outros três.

Depois de fechar as duas caixas, carreguei comigo todos os quatro detonadores em seus respectivos sacos e subi as escadas para o convés, que consistia em uma passagem estreita em torno de uma estrutura central. Atravessei uma porta até um compartimento que servia como sala de estar e de jantar.

Em um armário, encontrei capas de chuva e outros acessórios para se proteger do tempo ruim, assim como uma bolsa de couro bem gasta, que estava vazia.

Todos os quatro plugues couberam na mochila tranquilamente, de forma que consegui fechar o zíper.

Assim que terminei de fechar a mochila, a mão que segurava a bolsa e a mão que segurava o zíper pareciam ser as mãos de um estranho, como se eu tivesse acabado de acordar em um corpo que não era meu.

Desde o dia em que Stormy morrera, eu havia sido convocado a fazer coisas terríveis com essas mãos. Quando Stormy foi tirada de mim, uma parte da minha inocência foi roubada também. Mas agora parecia que essas mãos tinham jogado fora a inocência que restara.

Eu sabia que o que tinha feito era certo, mas o que é certo nem sempre é bom de ser feito, e nem sempre faz com que a gente se sinta bem. Mesmo em corações inocentes, alguns atos justos podem provocar um sentimento de culpa — mas isso não é uma coisa ruim. Se permitimos, nosso coração se autopolicia com a culpa e vira uma sentinela contra a corrupção.

Para dissipar o receio de que tivesse me tornado uma pessoa diferente da pessoa que um dia eu havia sido, voltei a palma da mão direita para cima. Minha marca de nascença tem 1,5 centímetro de comprimento e 4 de largura, e tem cor de café com leite em contraste com a carne rosada da minha mão.

Essa era uma das provas de que Stormy e eu estávamos destinados a ficar juntos para sempre, porque ela tinha uma marca parecida.

A marca de nascença e a lembrança do lago azul cheio de esperanças futuras confirmavam que eu ainda era Odd Thomas, talvez diferente do que um dia havia sido, mas, paradoxalmente, o mesmo.

Com a mochila nas costas, atravessei o convés, onde a neblina era tão densa quanto antes e a noite era ainda mais fria do que eu lembrava.

A estibordo, uma escada íngreme e estreita levava até o pavimento superior, onde a cabine de comando estava localizada.

Ao entrar na cabine, olhei para cima e a mulher que segurava o leme se virou para mim, as mãos ainda posicionadas.

Eu deveria ter previsto que, se não houvesse ninguém ao leme, o rebocador ficaria sujeito a ações de marés e correntes, e se mexeria como se estivesse num redemoinho. Enquanto eu assassinava Utgard e Buddy, enquanto abria as caixas das bombas, enquanto recolhia os plugues, o barco tinha se mantido estável.

Soube imediatamente quem ela devia ser.

TRINTA E NOVE

Ela usava calças brancas e um suéter requintado por baixo de um casaco cinzento de couro flexível com pele de raposa na gola, nos fechos e nos punhos.

Deixando a mochila no chão, eu disse:

— Nenhum médico vai acreditar que você tenha sido vítima de uma reação alérgica a frutos do mar.

Ela não tinha mais de 25 anos. Não era bonita do jeito que as mulheres da revista *Maxim* de Joey pareciam bonitas para ele, e sim bonita como as mulheres de um catálogo de uma loja de departamentos podem ser consideradas bonitas: sensual, mas não comum, elegante, um boca generosa, traços finos, grandes olhos azuis límpidos e nenhuma ruga.

Tirando uma das mãos do leme, ela bateu no bolso do casaco.

— Tenho uma garrafa com uma bebida fermentada para terminar antes de chegar ao porto. Ela ajuda nos sintomas clássicos.

Como a Guarda Costeira foi informada que estávamos no mar para resgatar, em um iate, um passageiro que sofrera uma reação alérgica séria a frutos do mar, eles poderiam conferir no hospital local se de fato tal paciente tinha sido admitido.

A seta que apontava para baixo no radar chamou minha atenção para a tela. Alguns anéis azuis revelavam as regiões periféricas ao navio. E o único ponto que aparecia no radar devia ser o *Moonbeam Junie* se afastando.

— Quem é você? — perguntou ela.

— Sou o Harry — respondi.

— O Harry. Como se houvesse apenas um.

— Minha mãe teria gostado de ouvir isso. Ela pensa que eu sou o único Harry que já existiu.

— Deve ser legal ter uma mãe que não é uma vaca.

— Como você se chama? — perguntei.

— Valonia.

— Nunca ouvi esse nome antes.

— É a palavra em latim para o fruto do carvalho. Acho que minha mãe pensou que eu iria crescer como uma grande árvore. Onde está Utgard?

Da cabine de comando, não dava para ver o convés.

— Está terminando... as coisas — respondi.

Ela sorriu.

— Não sou uma flor frágil.

Dei de ombros.

— Tudo bem. Ele me disse que iria peneirar a tripulação.

— Peneirar. Ele disse isso?

— Você não aprova a escolha do termo?

— Aprovo desde que não seja um dos peneirados.

— Acho que isso choca mais a você do que a mim.

— Por que deveria?

— Você conhecia os caras, são seus amigos — disse Valonia. — Eu não os conhecia.

— Não perdeu muita coisa.

Ela gostou do toque de crueldade e me olhou com mais interesse do que antes.

— Qual é o seu papel no elenco, Harry?

— Eu sou um Guildenstern, acho.

Ela franziu o cenho.

— Um judeu?

— É uma referência a Shakespeare.

A careta foi se adoçando até virar um beicinho delicioso.

— Você não parece o tipo de garoto que vive entre livros velhos e empoeirados.

— Você não parece uma garota que explodiria cidades inteiras.

— Porque você não me conhece bem.

— Existe uma chance de eu conhecer?

— Agora, diria que cinquenta por cento.

— Aceito minhas chances.

Como não sabia se ela ficara desconfiada, não me aventurei a chegar muito perto dela. Quanto mais à vontade ela ficasse comigo, mais fácil eu poderia derrotá-la sem ter de quebrar qualquer coisa bonita. Ela seria um tesouro de informações para as autoridades.

Encostado no batente da porta, eu disse:

— Qual é o seu sobrenome, Valonia?

— Fontenelle. Não vá esquecer.

— Não.

— Vou ser famosa um dia.

— Não tenho dúvida.

— Qual é o seu sobrenome, Harry?

— Lime.

— Lime, parece limão — disse ela.

— Na verdade, sou muito doce.

O sorriso dela me surpreendeu, um riso de menina, porém mais vigoroso e genuíno.

Não queria gostar do sorriso dela. Temia ver nele um traço de jovialidade que sugeria uma inocência infantil.

Agora, podia ver que ela era ainda mais jovem do que eu pensara, e não devia ter mais de 21 anos.

Os longos cabelos de Valonia estavam enfiados sob a gola de pele de raposa. Colocando a mão atrás do pescoço, ela os puxou para fora. E balançou a cabeça, numa riqueza de fios de ouro que caíam em cascata em volta do rosto.

— Você está pronto para um novo mundo, Harry?

— Melhor estar.

— É tudo tão antigo e tedioso.

— Nem tudo — eu disse, claramente admirado com sua beleza.

Ela gostava de ser admirada.

— Elas vão amá-lo tanto — disse ela.

— Quem?

— As pessoas.

— Ah, claro. Elas.

— Elas vão adorar a maneira como ele assumirá o comando. Trará ordem ao mundo. Sua compaixão e sua força.

— E seus magníficos dentes.

Ela riu, mas depois me chamou atenção.

— O senador é um grande homem, Harry. Você não estaria aqui se não pensasse assim.

Com medo de ser seduzido e acabar respondendo algo fora do personagem que havia criado para mim, ou melhor, que eu pegava emprestado de um romance de Graham Greene, eu disse:

— Para mim, o que interessa é principalmente o dinheiro.

Fitando a neblina, Valonia fez um biquinho, franzindo os lábios, e depois disse:

— O antigo e tedioso mundo chegando ao fim.

— Faça isso de novo — pedi.

Olhando para mim, ela repetiu o gesto.

Eu disse:

— Talvez não seja só pelo dinheiro, no fim das contas.

Seus olhos azuis se iluminaram.

— As eternas discussões, os debates cansativos que nunca resolvem nada. Ninguém vai sentir falta disso.

— Ninguém — concordei, mas tomado de tristeza por ver uma garota tão jovem com tanto ódio no coração.

— Ele vai calá-los, Harry.

— Já não era sem tempo.

— E, no final, eles vão gostar.

Ela inalou fortemente, como se tentasse se livrar de uma congestão nasal.

— Essas brigas intermináveis — continuou ela —, quando sabemos que os problemas foram realmente resolvidos há muito tempo.

— Há décadas — concordei.

Ela tentou limpar o nariz novamente.

— As pessoas vão ser muito gratas pela Nova Civilidade.

Conseguira perceber o N e o C maiúsculo na maneira que ela tinha pronunciado as palavras.

— Você acredita, Harry?

— Profundamente. Além disso, há o dinheiro.

— É tão maravilhoso acreditar.

— Você fica tão animada quando diz a palavra acreditar.

— Acreditar — repetiu ela, com um tom infantil. — *Acreditar*.

Inalou ruidosamente mais uma vez.

— Essa merda de alergia — queixou-se e procurou um lenço no bolso do casaco.

Debaixo do meu moletom, nas minhas costas, peguei a arma que ainda tinha dois disparos.

Sua pistola compacta e feminina, porém mortal, estava no bolso do casaco, e percebi seu movimento.

— Valonia, não.

Ela colocou a mão no bolso.

— Por favor — pedi.

Mas a arma já estava em sua mão e, motivada por suas crenças, ela começou a disparar descontroladamente.

A janela laminada acima da minha cabeça explodiu em estilhaços para fora da sua moldura.

Atirei apenas uma vez, não para feri-la, porque não queria fazer isso.

Seus cabelos dourados rodopiaram e se espalharam com o impacto. Ela deixou cair a arma e, pouco depois, mergulhou num necessário descanso, virada para cima no convés manchado e sujo, uma orquídea na lama.

Afastando sua pistola, ajoelhei-me ao lado dela.

Seus olhos estavam abertos, e ainda tinham vida. Ela olhou fixamente para algo, talvez uma memória, e depois para mim e disse:

— Nunca vou chegar a ver...

Tomei a mão dela nas minhas e não fui transportado para o sonho da maré vermelha. Aquilo havia terminado.

— Nunca vou chegar a ver... o novo mundo — completou ela.

— Não — eu disse. — Eu a poupei disso.

Sua mão apertou a minha.

Ela fechou os olhos. Em seguida, abriu-os novamente, alarmada.

— Não desista — implorou ela, com a voz mais jovem agora, sem sofisticação ou artifício.

— Não vou — prometi a ela.

Seu aperto de mão ficou mais forte e, em seguida, suas forças se foram.

Embora ela estivesse morta, ainda segurei sua mão por um tempo e rezei em silêncio para que o sofrimento dela não fosse estendido e que seu espírito partisse e não ficasse aqui.

Queria saber quem tinha feito sua cabeça, tirando-a da luz e empurrando-a para as trevas. Onde, como e quando. Eu queria encontrar esse homem, ou essa mulher, o responsável, e matá-lo.

No armário no qual havia descoberto a mochila em que guardei os plugues, em uma prateleira acima dos acessórios para chuva, tinha visto o que precisaria agora. Desci até a proa, separei dois cobertores de lã e voltei para a cabine com eles.

Depois de abrir um dos cobertores, dobrei-o novamente no sentido do comprimento para fazer um catafalco suave e simples onde colocá-la.

Levantei-a em meus braços e coloquei-a em cima do cobertor de lã. Ela era ainda mais leve do que eu esperava. Era pequena, mas parecia muito maior em vida.

Antes que seus olhos não pudessem mais ser fechados, passei a mão sobre suas pálpebras e as segurei por um momento. Coloquei sua mão direita sobre a esquerda, em seu peito.

Sacudi o segundo cobertor, dobrei-o como o primeiro e cobri Valonia Fontenelle, que, afinal, nunca seria famosa.

O nevoeiro rastejou pela porta, seduzido pelo calor da cabine. Saí e fechei a porta.

Joguei a arma de Birdie Hopkins no mar.

Na grade que ladeava a parte aberta do convés, fiquei olhando por um tempo para o que a neblina me permitia ver do oceano.

Em meia hora, eu matara três homens e uma mulher, mas não havia assassinado ninguém. Coloquei tudo na perspectiva da filosofia, assegurando-me de que tinha encontrado um papel que ficava entre a moralidade e a imoralidade.

Como não havia mais ninguém segurando o leme, a ação das marés e das correntes começara a movimentar o rebocador no sentido que a natureza mandava.

No lago azul das esperanças futuras, o sol era quente e cada brisa suave era uma carícia — e o futuro era um sonho que esperava ser sonhado.

Abaixo de mim agora, o mar não era azul, e eu não conseguia ver nenhuma esperança. Mas, mesmo que eu não pudesse vê-lo, o oceano estava lá.

QUARENTA

No lago Malo Suerte, perto de Pico Mundo, eu tinha, em certa ocasião, trabalhado dirigindo barcos de pesca para festas e passeios, mas nunca tinha estado por trás do leme de um navio tão grande quanto um rebocador. Nunca comandara nada em mar aberto, nenhum tipo de embarcação.

O painel de controle era semelhante ao dos barcos de passeio. Controle dos motores de propulsão à esquerda, roda do leme no centro, regulador de pressão de bombordo e estibordo à direita. Perto do acelerador, um interruptor marcava DESLIGAR OS MOTORES. No painel, informações sobre pressão de óleo de engrenagem, pressão do óleo do motor, temperatura da água, voltímetro, tacômetros e medidor de combustível.

Como o rebocador tinha um sistema de navegação com GPS de última geração e um monitor grande, não havia necessidade de consultar uma bússola. Na tela, agora, eu podia ver a posição da embarcação ao centro, a parte relevante da costa da Califórnia à direita, e sabia que o navio estava voltado para a direção norte.

Por um momento, estudei a tela do radar e os números que apareciam nela. A tela revelou que não havia nenhuma embarcação da Guarda Costeira por perto, apenas o *Moonbeam Junie*, muito mais longe.

Ou Utgard desligara o localizador de profundidade ou, devido à sua familiaridade com a área, nunca o tinha ativado. Durante o curto cruzeiro que iria fazer, não precisaria do sonar até quando estivesse bem perto do meu destino, mas o acionei mesmo assim.

Tentava não pensar na mulher morta bem perto de mim e nos outros três cadáveres a bordo. Concentrei-me na tarefa de levar as armas nucleares para um lugar em que elas não pudessem ser facilmente desembarcadas, e depois alertar alguém para que elas caíssem nas mãos de autoridades de confiança.

O rebocador tinha sua frente voltada para o norte. No estaleiro abandonado ao sul de Rooster Point deviam estar os caminhões, que esperavam para transportar as bombas para cidades distantes.

Quando comecei a virar o leme para o sul, um telefone tocou as notas familiares de *Ode à alegria*. O aparelho havia sido largado em cima do painel, logo à minha frente.

O telefone provavelmente tinha sido de Utgard. A essa hora ele já deveria ter confirmado a alguém em terra que as armas nucleares haviam sido recebidas do *Moonbeam Junie* e que ele estava se dirigindo para o encontro no estaleiro.

Duvidava que a atividade paranormal do Sr. Sinatra tivesse machucado Hoss Shackett mais do que fizera com Utgard. Essa chamada era certamente do chefe.

Até eu terminar de virar a embarcação para o sul, a ligação caíra na caixa postal e, depois de uma pausa, uma nova chamada começou a soar. Deixei que caísse na caixa postal pela segunda vez.

Agora, os conspiradores em terra sabiam que algo tinha dado errado.

Como eu virara o barco em 180 graus, o GPS passou a mostrar a costa no lado esquerdo da tela. Uma legenda identificava o porto como MAGIC BEACH e, sob as palavras, apareciam números que não significavam nada para mim.

Por experiência própria, eu sabia que os funcionários do Departamento Portuário eram arrogantes, rudes e homicidas. Então, recusei-me a compartilhar com eles minha tarefa. Não voltaria ao porto.

Ao som dos bipes suaves do radar e graves do sonar, acelerei o rebocador e segui para o sul, como se soubesse o que estava fazendo, protegido contra o canto das sereias do mar e dos cimos de rochas oceânicas por equipamentos eletrônicos.

Sem dúvida, ainda estava vulnerável a serpentes marinhas e a outros bichos gigantescos que poderiam virar navios e comer pessoas tão casualmente como nós tiramos uma sardinha da lata. Pretendia permanecer a bordo por 15 minutos no máximo, assim era pouco provável que a embarcação caísse nos tentáculos de um polvo enorme e fosse arrastada por 20 mil léguas submarinas.

Embora o barco tivesse uma sala do rádio, a cabine de comando também contava com um radiotelefone VHF/FM com um escâner. Mal tinha me virado para o sul quando recebi uma chamada no canal 22, da lancha da Guarda Costeira com quem Joey estivera conversando antes.

O procedimento correto era provavelmente repetir o sinal de chamada que o operador de rádio a bordo da outra embarcação tinha me dado para, então, identificar-me pelo sinal de chamada do rebocador. Em vez disso, ignorei a chamada.

Para o bem da nação, fiquei feliz em descobrir que os oficiais da Guarda Costeira eram perseverantes e persistentes. Aparentemente, por rastreamento via satélite, eles haviam monitorado o encontro entre o rebocador e o *Moonbeam Junie*.

E, provavelmente, estavam curiosos para saber por que tínhamos atrasado a transferência de coordenadas após o iate ter se afastado. E deveriam querer saber por que estávamos transportando o passageiro doente para o sul, em vez de imediatamente para leste, para o porto e para o hospital.

Depois de passar tanto tempo de suas vidas no mar, eles sabiam reconhecer algo suspeito quando o viam.

Mais cedo, com minha arma mirando Joey, quando tinha esperança de que o socorro pudesse estar mais próximo do que 50 milhas náuticas, queria falar com a Guarda Costeira, mas agora as circunstâncias haviam mudado. Eu não pretendia tagarelar sobre o sequestro de armas termonucleares em VHF/FM, numa frequência que outras pessoas poderiam interceptar, incluindo o chefe Hoss Shackett e seu clone anão, mini-Hoss, se tal pessoa existisse.

Depois de insistir com mensagens cada vez mais impacientes, eles desistiram. Presumi que agora, com os motores em velocidade máxima, o barco da Guarda adotara um novo curso para interceptar o rebocador, o que estava dentro do que eu previa, já que eu iria desembarcar muito antes de eles chegarem.

Ode à alegria soou novamente, indicando outra chamada.

Eu era um cara popular. Claro que, tendo sido um bom chapeiro por alguns anos, estava habituado a ter um grupo de fãs dedicados, geralmente com manchas de mostarda em suas camisas.

Andar com Birdie Hopkins pilotando seu Cadillac em visibilidade zero tinha sido estressante. Mas, apesar de ter um radar e um GPS, que garantiam que a embarcação não bateria em nada, senti que cada segundo dirigindo um rebocador num nevoeiro denso em alto-mar era muito mais preocupante do que todo o tempo que eu passara no carro da viúva de Fred.

Talvez o abismo de águas abaixo de mim tivesse algo a ver com meu nervosismo. Ou as armas termonucleares já mencionadas.

Como navegava quase lateralmente ao movimento das ondas, em vez de ir de encontro a elas, a embarcação não balançava tanto. Mas ainda assim balançava mais do que eu gostaria, mesmo para um mar calmo.

O mapa do GPS mostrava, ao longo da costa, tanto os marcos naturais quanto os artificiais, incluindo o píer de Magic Beach, onde tudo começou quando eu saíra para um passeio e tivera uma conversa com uma mulher misteriosa que já tinha aparecido no meu sonho.

A cinco décimos de milha ao sul do píer, a boca do cânion de Hecate, um estreito desfiladeiro, se abria para o mar.

Como havia sido um rio que esculpira a garganta do cânion ao longo de milênios, uma de duas condições devia existir onde o mar e o desfiladeiro se encontravam, e uma delas incluía sedimentos. Se o término do fluxo do rio estivesse acima do nível do mar, a água se acomodaria na saída da garganta, depositando sedimentos da mesma forma que o rio Mississippi tinha feito para formar um delta, quando se aproximava do golfo do México.

Se, por outro lado, a garganta tivesse sido esculpida tão profundamente que sua extremidade ocidental estivesse abaixo do nível do mar, os sedimentos depositados teriam, há muito, sido levados para o Pacífico e para outros lugares distantes. Nesse caso, como as marés também esculpem a terra que encontram em seu caminho, o oceano teria entrado à força para dentro da boca do cânion, formando uma enseada com uma profundidade que permitiria a navegação.

Considerando a idade geológica da costa da Califórnia e a profundidade do cânion até chegar ao mar, eu contava com a condição número dois. Inclinei-me mais para perto do monitor para ler as linhas de sondagem e percebi que minha tarefa fora facilitada pela cor apresentada na linha de dados da parte inferior da tela.

Terra firme era apresentada em dourado. O branco significava águas profundas, minha posição atual. O azul identificava águas rasas, e o verde avisava a presença de terra que aparecia em marés baixas, mas que ficava submersa nas marés altas.

Um canal estreito, mas ainda suficientemente amplo para um navio passar, e certamente bastante profundo, dividia a praia. Ele levava a uma enseada rebaixada na boca do cânion.

Bingo.

Exatamente a oeste do cânion de Hecate, mudei o rumo para a costa.

Não satisfeito em relatar o que agora se apresentava à minha frente, o radar parecia expressar insatisfação extrema com a perspectiva de uma longa viagem em curso. Desliguei-o.

Quando tinha viajado menos de meia milha a leste, o oficial de comunicações a bordo da lancha da Guarda Costeira tentou contato novamente por VHF/FM. Estava cheio de perguntas.

Senti que tomar uma atitude responderia melhor do que emitir meras palavras, e isso também acabaria levando o barco da Guarda a se aproximar em uma velocidade maior.

Através das janelas da cabine, eu não conseguia enxergar uma única luz na costa, apenas o nevoeiro que se separara para revelar mais do mesmo, embora, em breve, eu fosse encontrar algo mais sólido do que a névoa.

Acelerei ambos os motores para a frente e segurei firme no leme. O mapa mostrava o rebocador navegando precisamente para o centro do canal do cânion de Hecate, embora ainda a uma milha da costa.

Há apenas seis semanas, no Mosteiro de São Bartolomeu, eu vira neve pela primeira vez em minha vida e, nestes últimos dias, tinha suportado dificuldades suficientes para a cota de toda uma vida.

Magic Beach era minha primeira experiência em uma cidade costeira. No início, parecera amena, uma mudança bem-vinda para a nevasca que enterrava o mosteiro.

Talvez com o tempo as coisas parecessem diferentes, mas, naquele momento, enquanto me aproximava da costa a bordo do rebocador, navegando mares traiçoeiros através da névoa, fiquei com saudades do seco Mojave e de Pico Mundo, e me senti farto de água em qualquer de suas formas, exceto na quantidade necessária para tomar banho e lavar as partes íntimas.

No canal 22, o oficial de comunicações a bordo do barco da Guarda Costeira, observando-me por satélite, parara de fazer as mesmas perguntas e começara a emitir avisos em tom ameaçador.

Eu já estava suficientemente nervoso antes de ouvir a enxurrada de ameaças. Desliguei o radiotelefone.

O sonar começou a soar com mais frequência.

A *Ode à alegria* estava tocando novamente. Baseado em minha experiência com Utgard Rolf, algo de Wagner ou qualquer grupo de rap teria se adequado melhor à sua personalidade.

O que Beethoven teria feito a Utgard para que uma música tão bonita fosse usada em um telefone criminoso?

Na tela: o branco de um canal de águas profundas se estreitando e se afunilando em direção a uma área crescente de azul logo à frente e, além do azul, uma área verde e, além da faixa verde, uma enorme e dourada área de terra sólida, os baluartes magníficos da América.

Estava navegando bem no centro do canal.

Não havia necessidade de verificar o medidor de combustível. Apenas alguns litros eram necessários para completar a viagem.

O voltímetro. Para o inferno com o voltímetro. Eu não fazia ideia de para que servia um voltímetro. Provavelmente, nem mesmo uma pessoa em um milhão sabia para que servia um voltímetro. No entanto, lá estava ele, ocupando o canto inferior esquerdo da mesa de comando, tão orgulhoso de si, zombando de todos que não tinham sido marinheiros por uma vida toda e que não sabiam tudo sobre um voltímetro.

Medidor de pressão do motor de giro, medidor do óleo do motor, medidor de temperatura da água, tacômetros. Eles não eram meu interesse agora, eram apenas fornecedores de dados inúteis, instrumentos bobos e sem importância.

Todo o respeito que eu tinha pela tecnologia marinha havia sido reservado ao radar e aos bipes constantes do sonar, tocando cada vez mais alto e mais rápido.

Meu plano, ainda que pouco planejado, tinha sido baseado na crença de que bombas nucleares eram suficientemente difíceis de detonar, como bananas de dinamite.

Você pode jogar uma gorda banana de dinamite contra uma parede, bater nela com um martelo, esfaqueá-la com uma arma branca e, pelo menos até onde eu sei, ela não vai explodir. É preciso um pavio aceso para detoná-la, ou talvez a faísca de uma corrente elétrica, mas se quiser passar com um caminhão Peterbilt por cima de 20 mil bananas de dinamite você pode fazer isso, se minha teoria estiver de fato correta, sem risco de ser explodido em pedaços.

Nitroglicerina pura é outra questão.

Eu separara as ogivas dos plugues que funcionavam como seus gatilhos — ou que pelo menos eu acreditava sinceramente serem seus gatilhos. Quando esses eventos ocorreram, eu não era um físico nuclear — nem sou um agora, enquanto escrevo isto —, mas me sentia tão confiante quanto um não físico poderia estar de que todos os quatro dispositivos termonucleares sobreviveriam ao choque sem me transformar em cinzas.

O nevoeiro não havia diminuído: eu não via nada além de neblina, neblina, neblina.

Fiquei firme, inclinando-me sobre o painel, os pés presos no chão, e segurei o leme bem forte com a mão esquerda.

O barulho do sonar tocava em uma cadência grosseiramente fora de sincronia com o ritmo da *Ode à alegria*, e, confiando totalmente na intuição, escolhi o que esperava ser o melhor momento, no último minuto, para apertar o botão DESLIGAR OS MOTORES.

Segurei o leme, agora com as duas mãos, para que mantivesse a direção.

Um barco não tem freios. A única maneira de travar o movimento para a frente é reverter os motores. Desligar os motores, como eu tinha feito, apenas diminui a força do impulso para a frente, mas não impede que a embarcação continue em seu curso.

Atravessamos os metros finais do canal do cânion de Hecate com uma velocidade significativa. A água naturalmente oferece resistência dinâmica, mas menos do que você imagina quando o barco tem uma largura de casco modesta e é abaulado no fundo.

Apenas depois desses eventos aprendi sobre os aspectos relacionados ao design de um rebocador de alto-mar e pude apreciar plenamente o quanto ele tem a oferecer mesmo depois que você desliga seus motores.

A areia oferece mais resistência do que a água, como você pode imaginar, e a lama supera a areia nesse quesito. Não sei dizer com certeza quando foi que o rebocador terminou de atravessar a areia e começou a encalhar na lama. Tudo que lembro é que num minuto o canal tinha profundidade suficiente para acomodar a embarcação e, no minuto seguinte, não era fundo o bastante.

A janela da cabine, que havia quebrado quando foi atingida por um dos tiros, ficou em completa desordem, e todos os objetos a bordo que não estavam amarrados voaram de seus lugares, como um edifício abalado por um terremoto. Nada me atingiu, porém, o que dava a Utgard certo crédito em relação à segurança da embarcação.

Minhas pernas foram parar debaixo do painel, mas eu ainda estava agarrado ao leme.

Estalando, gemendo, rachando e assobiando, o rebocador estava acima das águas da enseada, a proa para cima, como um anfíbio pré-histórico que decidiu que era chegada a hora de declarar-se suficientemente evoluído para viver na terra.

Quando a embarcação parou, meus pés já estavam alinhados com o corpo, mas, por um longo momento, a cãibra em minhas mãos não me deixou largar o leme.

QUARENTA E UM

Apesar de ter desligado os motores antes do impacto, tive medo de que uma faísca pudesse causar um incêndio, mesmo que o diesel não queime tão facilmente quanto a gasolina.

A dúvida se as armas termonucleares poderiam detonar a partir de um duro golpe tinha sido respondida com uma feliz negativa. E o fogo, se houvesse um incêndio, não era capaz de perturbar as placas de aço fundido em que o plutônio estava encaixotado, portanto eu não precisava me preocupar com o vazamento de material radioativo.

Finalmente consegui soltar a mão do leme e peguei a mochila que continha os plugues das bombas.

Anteriormente, quando ainda havia muito a fazer para garantir que as armas nucleares fossem transportadas para um lugar de onde não pudessem ser retiradas facilmente, eu estava demasiadamente nervoso para perceber como a mochila estava pesada. Ao segurar o primeiro dos plugues, tinha estimado seu peso em mais ou menos 3 quilos. Isso dava um peso máximo, com todos os plugues, de 12 quilos, mas a bolsa parecia pelo menos duas vezes mais pesada.

O James Bond de Daniel Craig teria rasgado a mochila como se ela contivesse promessas de políticos. Sorrindo despreocupadamente, prenderia os plugues na roupa e fugiria em um ritmo que poderia lhe garantir uma vaga em uma maratona olímpica.

Bond, é claro, tinha a vantagem de ter sido fortificado com uma dieta à base de martínis. O mais forte que eu bebo é vinho tinto, e não consigo tomar mais do que uns poucos goles.

Murmurando algo depreciativo sobre a tendência dos designers de bombas de fazer tudo maior e mais pesado do que o necessário, e sobre sua tola negligência pela conservação de recursos preciosos, carreguei a bolsa de couro para fora da cabine. Fechei a porta atrás de mim e me agarrei a ela por um minuto, tentando me orientar.

O rebocador fora projetado para parar num porto, e a plataforma fora feita para se inclinar para baixo, como um arco, até a praia. Embora o chão molhado não tivesse sido um grande desafio enquanto estávamos em alto-mar, na situação atual, com ele inclinado, imaginava que atravessá-lo seria uma aventura e tanto.

Deslizando, como um porco no gelo, cruzei o convés inclinado até a amurada e olhei para baixo. Questionando-me sobre por que um porco *estaria* no gelo, vi o fundo escuro sob o fim do nevoeiro.

Ergui a mochila sobre o parapeito e deixei-a cair. Os plugues estavam embalados em sacos forrados, como se tivessem sido comprados em uma loja de luxo, como a Tiffany. Consequentemente, não fizeram muito barulho com o impacto.

Como o barco se elevava desse lado, tive que escalar o parapeito para me atirar. Quando aterrissei ao lado da mochila, em terra firme, prometi a mim mesmo que meus dias no mar haviam acabado.

No passado, já havia feito esse tipo de promessa que não dá em nada. Mas, por ora, estava disposto a ignorar minhas tentativas anteriores e me sentir feliz com a perspectiva do compromisso de uma vida em terra firme.

Pensei em seguir diretamente para o interior da garganta do cânion de Hecate, onde os coiotes rondavam e onde estavam enterrados pelo menos os corpos de duas meninas assassinadas, vítimas do professor de arte, Arliss Clerebold, que nunca haviam sido encontrados.

Não.

Em vez disso, peguei a mochila, orientei-me, levando em conta a linha formada pela arrebentação do mar, e segui para o norte, que estava à minha direita, já que eu havia parado de frente para o Pacífico. Nessa imensidão branca, a linha formada pelas águas era o único guia confiável de que eu dispunha.

De acordo com o GPS da cabine do rebocador, a enseada se abria em uma curva crescente de praias entre as encostas íngremes que formaram a passagem do cânion. No extremo noroeste da enseada, a praia continuava ao norte, ao longo da costa, passando pela cidade até o porto.

Da enseada até a costa, a praia ficava submersa com a maré alta. Felizmente, a maré estava baixa e, em uma rápida caminhada, cheguei à praia principal em dois ou três minutos.

A costa ficava menos íngreme ao norte, ao longo de uns 400 metros ou mais. Fui seguindo-a até que ela desaparecesse e, então, entrei em direção à terra até chegar ao singular calçadão de concreto de Magic Beach, por onde continuei a rumar para norte.

Eu estava cansado. Os acontecimentos da noite justificavam minha fadiga. Senti que tinha pleno direito de me deitar para uma soneca agradável no calçadão. Não estava nem aí se iria atrapalhar os patinadores que passavam por ali a toda velocidade logo de manhã — eu seria somente mais um obstáculo, além dos habituais velhos com bengalas e velhinhas com andadores.

Apenas o cansaço não explicava minha crescente dificuldade com a mochila de couro. Cansado ou não, quanto mais peso você carrega, mais pesado ele parece, mas nem mesmo essa equação simples era capaz de resolver o enigma do rápido aumento de peso da mochila. Eu estava carregando a mochila há menos de dez minutos e já sentia o dobro do peso de quando a deixara cair do parapeito do rebocador.

Com cuidado, aproximei-me da casa de Hutch Hutchison pelo beco. Embora não tivesse que me preocupar que Utgard Rolf estivesse lá dentro esperando por mim, e embora imaginasse que Hoss Shackett estaria ocupado em outro lugar arrancando os cabelos e planejando uma mudança extrema de identidade que incluía mudança de sexo, a dupla de pistoleiros ruivos poderia ter tido tempo e paciência de me esperar aqui, como aranhas de jardim.

Depois de atravessar o portão ao lado da garagem, eu tinha que carregar a mochila com as duas mãos. Agora ela parecia conter o piano de cauda que o Gordo e o Magro nunca tinham sido capazes de arrastar pelas escadas estreitas.

Coloquei a mochila no chão do pátio, ao lado da cadeira de ferro na qual antes havia estendido minha calça jeans e minhas meias cobertas de areia. Precisava esticar meus ombros e braços para aliviar a tensão que atava meus músculos.

Afastei-me para a parte de trás da casa, num canto da garagem, onde abri o celular que Birdie Hopkins me dera. Liguei para a Casa do Monstro Feliz. Annamaria respondeu no terceiro toque.

— Sou eu — disse. — Onde está Flora?

— Fazendo pipoca. Ela é uma pessoa muito querida.

— Sabia que você ia gostar dela.

— Ela vai estar sempre comigo — disse Annamaria, e isso me pareceu uma maneira estranha de dizer que ela jamais esqueceria Flora Rosedale.

— Vou encontrar você em breve — eu disse. — Dentro de uma hora. Vamos ter que deixar a cidade, se você concordar.

— O que tiver que ser será.

— Aqui vamos nós outra vez.

— Você é meu protetor e eu sou seu fardo. Faremos o que você achar melhor.

Não sei por quê, mas agora eu sentia um peso maior sobre mim do que quando estava sozinho, a bordo do barco da morte, com quatro bombas nucleares e seus plugues.

Como não respondi, ela disse:

— Você está livre para retirar sua promessa, Odd Thomas.

Em minha memória, vi Annamaria à luz do lampião: *Você vai morrer por mim?*

Eu dissera que sim, e tinha aceitado o sino de prata.

— Não — respondi. — Estou com você. Para aonde quer que isso nos leve. Até o final. Vamos sair da cidade. Estarei aí em uma hora.

Desliguei o telefone e coloquei-o no bolso da minha calça jeans.

Embora a tutela de Ozzie Boone e a escrita destes quatro manuscritos tivessem me proporcionado alguma habilidade em me expressar, não tenho palavras para descrever o sentimento estranho que me tomou.

De todas as coisas que sou, um matador é uma delas. Não um assassino, mas alguém que já matou outras pessoas. E um tolo. O filho único de uma mãe louca e de um pai narcisista. Um herói falho. Um menino confuso. Um homem perturbado. Um cara que planeja sua vida conforme ela vai se desenrolando. Uma pessoa que não conseguiu encontrar seu caminho.

Ninguém deveria confiar um tesouro a alguém como eu. Se Annamaria era o tesouro, ou seu filho, ou nenhum dos dois, mas alguma coisa misteriosa ainda a ser revelada, eu sabia, de qualquer forma, que ela acreditava ter um tesouro que necessitava de proteção. Sua posição sobre o assunto tinha uma convicção que me persuadiu.

Apesar de uma aguda consciência da minha incompetência, intuí que, para todos os fins, esse era meu dever e minha honra. O que senti, então, na garagem de Hutch, e que não consigo descrever, foi uma emoção sem nome, mais humilde que a humildade, uma deferência incomensuravelmente maior do que a que o submisso sente na presença de um poderoso — como se um pardal recebesse da natureza o encargo de transportar em suas pequenas asas todos os seres vivos da Terra para um novo mundo.

Não sabia por que tinha sentido tudo isso, pois sabia com o que estava me comprometendo. Ou talvez soubesse em meu coração, mas mantivesse o conhecimento escondido de mim mesmo, preferindo continuar na ignorância por medo da verdade que me paralisava, me petrificava tão solidamente quanto o tempo pode petrificar madeira viva em pedra dura.

QUARENTA E DOIS

Examinei a pistola compacta para o caso de os pistoleiros ruivos terem resolvido visitar Hutch e não terem se convencido com sua atuação e tivessem optado por me esperar. O pente de dez balas ainda tinha nove. Desativei a trava.

Provavelmente por ter passado muito tempo no mar na última hora, murmurei:

— Serei a isca ou o predador?

A chave estava dentro do saquinho de remédios no vaso de terracota dos cíclames.

Foi fácil abrir a porta. A casa estava silenciosa. Era possível sentir o aroma de canela dos biscoitos caseiros se esvanecendo e o brilho dourado das lâmpadas escondidas embaixo dos armários suspensos.

Tudo estava em seu lugar. O que nunca é um bom sinal.

Desta vez vestindo calças, atravessei a cozinha aconchegante e, cautelosamente, entrei na sala logo abaixo.

Quando olhei com todo cuidado através da porta que separava a cozinha da sala, vi Hutch em sua poltrona, exatamente como o havia deixado. A manta ainda estava em seu colo e cobria os joelhos, mas ele deixara o livro de lado. E roncava baixinho.

Travei a arma novamente e guardei-a.

Hutch devia ter jantado enquanto estive fora e depois resolvera voltar para a sala para ver televisão. A TV estava ligada em um filme antigo que ele havia estrelado. E estava sem som.

Fiquei observando a TV muda por alguns segundos.

Quem coestrelava o filme era a maravilhosa Deborah Kerr, tão linda quanto em *Coronel Blimp: vida e morte*, tão assustadora quanto em *Tarde demais para esquecer*, tão elegante como em *Bonjour tristesse*, tão jovem e inocente quando em *Narciso negro*.

Hutch não ficava atrás naquela época. Com sua altura e sua cabeleira, ele parecia um leão na tela. O tempo ainda não havia transformado seu perfil nobre em uma caricatura de testa, queixo e boca embotados.

O que quer que ele estivesse dizendo a Deborah Kerr, e ela a ele, a conversa era intensa. Hutch segurou-a carinhosamente pelos ombros, ela o encarou nos olhos e o momento indicava que logo viria um beijo, assim como o relâmpago conduz a um trovão.

— Ela era magnífica — disse Hutch, que tinha despertado enquanto eu estava encantado com as imagens na TV.

— Estava apaixonado por ela, senhor?

— Oh, sim. Sim, muito. A distância. Ela era intocável. Uma verdadeira dama. Não há ninguém como ela hoje em dia.

E veio o beijo. Mais algumas palavras. E um segundo beijo. Dissolvido em um campo de batalha europeu.

Hutch suspirou.

— Meio século passa tão rápido, como se fosse um ano. Não desperdice nem um minuto com tédio, filho, ou desejando algo de amanhã.

— Faço o possível para me manter ocupado — assegurei.

Sentando-se ereto na cadeira, ele disse:

— Lamento dizer que ninguém veio procurar por você.

— Fico muito feliz em ouvir isso.

— Eu teria feito uma performance arrebatadora, uma para entrar para a história. Atuar é uma profissão maravilhosa, meu filho. Se você ficar um tempo suficiente interpretando outras pessoas, você não tem que pensar muito sobre o próprio caráter e sobre suas motivações.

— Para salvar a minha pele, tive que interpretar hoje à noite. Falei que me chamava Harry Lime.

— Isso foi ousado. Você não é Orson Welles, rapaz.

— Tem razão, senhor.

— Quase consegui o papel em *O terceiro homem*. Mas não posso me ressentir de não o ter conseguido. Joseph Cotten estava magnífico.

Sentei no banquinho.

— Sr. Hutchison.

— Me chame de Hutch. Todo mundo me chama assim.

— Sim, senhor. Bem, como o senhor sabe, não cheguei aqui com muita roupa...

Inclinando-se em sua poltrona, olhos abertos, ele me interrompeu:

— Vamos até um brechó amanhã! Fiquei animado com essa ideia desde que conversamos mais cedo.

— Bem, nossa, o que eu ia dizer é... que preciso subir para trocar da blusa. E estou com tanta pressa que estava pensando se não seria muito inconveniente lhe pedir para se desfazer das minhas roupas.

Ele entendeu, mas fingiu não entender.

— Um pedido estranho.

— Preciso partir esta noite, senhor.

— Mas por quê? — Ele levantou uma mão que, um dia, tocara Deborah Kerr. — Sim, entendo. O grandalhão de barbicha, depois os ruivos que podiam ou não ter dentes ruins. Então, suponho que suas diferenças com eles não puderam ser resolvidas?
— Não inteiramente, senhor.
— Agora você vai fugir.
— Exatamente.
— Uma vez eu mesmo fugi.
— Com Henry Fonda em perseguição implacável — eu disse.
— Implacável de sua própria maneira. Acho que teria sido melhor se Henry tivesse me dado um tiro.
— Mas você era inocente.
— Sim, mas às vezes os inocentes morrem, e os espectadores ocasionalmente gostam de uma tragédia. — Ele fez uma careta. — Filho, você chegou aqui com uma mala e vai partir apenas com a roupa do corpo.
— Prefiro viajar com pouca bagagem.
— Apenas lembre-se de sempre usar as calças.
— Sim, senhor.
— Me chame de Hutch. Todo mundo me chama assim. Essas roupas de brechós... Existe alguma obrigação envolvida?
— Acho que não entendo o que o senhor quer dizer.
— Quando se compram roupas em um brechó, existe algum contrato que obrigue a pessoa a passar a roupa a alguém mais pobre?
— Oh, não. O senhor pode simplesmente jogá-las no lixo.
— Será fácil, então. Pensei que poderia haver algum protocolo que precisaria honrar, se você tivesse se comprometido. — Ele deixou a manta de lado e se preparou para levantar da cadeira.

— Só mais uma coisa. Lamento ter que pedir isso.

Ele parecia desanimado.

— Você quer levar o resto dos biscoitos que fez hoje.

— Não, não. Eles são seus.

— Ah, bom. Esplêndido.

— Senhor, estava me perguntando se eu poderia pegar emprestado um de seus carros.

— Claro que sim. Você é um excelente motorista.

— Não posso correr o risco de deixar a cidade de ônibus ou trem.

— Eles estarão vigiando os transportes públicos.

— Precisamente. Se pudesse levar o seu carro até Santa Barbara, poderia entregá-lo ao seu sobrinho lá, e talvez ele pudesse mandá-lo de volta.

Sua testa se franziu em preocupação.

— Mas qual é seu plano, afinal?

— Vou decidindo no caminho. Comigo funciona assim.

— Parece estranho.

— Não, senhor. É uma forma de aventura, não é nada estranho. — Levantei-me do banquinho. — É melhor trocar de roupa e partir.

Cada uma de suas longas pernas parecia ter duas articulações de joelho quando ele se desenrolou e se levantou.

— Vou aguardá-lo na cozinha com as chaves do carro.

— Ah — eu disse —, e uma lanterna? Vou precisar de uma lanterna. Mas é só isso. Não vou pedir mais nada.

— Numa fuga é sempre bom contar com uma boa lanterna. Não tem problema.

Lá em cima, em meu quarto, percebi que também precisaria deixar para trás a coleção de biografias de Sinatra. Mas suspeitava que não iria mais precisar delas.

No banheiro, despido da cintura para cima, lavei a parte superior do meu corpo, o rosto e as mãos, tomando o cuidado para não tocar em meu ferimento. Coloquei uma camiseta limpa e um moletom liso, que não continha nenhuma palavra no peito nem nas costas.

Quando cheguei na cozinha, uma lanterna e as chaves do Mercedes estavam sobre a mesa.

— Senhor, não posso levar o Mercedes.

— É um disfarce muito melhor do que um Explorer. Eles podem esperar que um jovem como você, com tênis e camiseta, em fuga, atravesse a cidade em um Explorer, mas nunca em um Mercedes.

— Prefiro o Explorer.

— Recuso-me a dar as chaves do Explorer. O Mercedes é um disfarce melhor. Dessa vez, *eu* sou o diretor.

— Mas...

Hutch apontou para um saco plástico que também repousava sobre a mesa da cozinha. O rótulo dizia TOUCINHO, e o plástico ainda estava com crostas de gelo do congelador.

— Quero que você leve isto — disse ele.

— Puxa, senhor, adoro comer toucinho, mas não vou ter como cozinhar por um tempo.

— *Toucinho* é apenas um código para saber o que está dentro do pacote. *Língua de boi* contém notas de vinte. Se fosse *sobrecoxa*, conteria uma mistura de notas de 20 com notas de 50.

— Dinheiro? Ah, não. Não, não, não. Não posso aceitar isso.

— Tenho contas bancárias, é claro, mas não confio inteiramente em bancos. Quando eu tinha 9 anos, um monte de bancos faliu.

—Tenho dinheiro — garanti a ele. —Tenho as economias do meu salário.

— Não é o suficiente para uma fuga. Você precisa ter uma folga quando está fugindo. Aprendi isso da forma mais difícil.

— Mas isso é muito, muito mesmo.

— Como você sabe? Talvez o *toucinho* seja meu código para um tijolo de notas de 1 dólar.

— Por que o senhor tem esses códigos, senhor?

— Não é da sua conta.

Ele pegou uma sacola de pano decorada com pássaros amarelos voando com fitas azuis em seus bicos. Colocou o pacote de toucinho na sacola e a estendeu pelas duas alças em minha direção.

Balancei as mãos.

— Realmente. Realmente, não posso aceitar.

Sua expressão se fechou em desaprovação, adquiriu uma sombra de autoridade e um impulso que coagia à obediência. Sua voz era agora a de um bravo capitão que exigia de seus homens mais do que eles imaginavam serem capazes de dar. Ele ergueu a mão livre, fechada em punho, para dar ênfase.

— Soldado, você vai aceitar isso e vai usar isso da forma correta, sem me contestar. Não admito argumentação, não aceito nenhuma desculpa. Fui claro o suficiente?

Annamaria disse que as pessoas lhe davam dinheiro. Mas eu duvidava que essas pessoas alguma vez a tivessem forçado a aceitar mediante uma ameaça velada de violência.

— Isso é muito generoso, senhor.

Ele deixou para lá o personagem e sorriu.

— Tome, tome. Não seja bobo. É dinheiro do Nibbles, de qualquer maneira.

— Nibbles, o coelho fanfarrão.

— Continuo ganhando royalties por ele e não sei o que fazer com o dinheiro.

Aceitando a sacola, eu disse:

— Se algum dia eu tiver filhos, senhor, cada um deles terá a própria coleção de aventuras do Nibbles.

Com a lanterna na bolsa junto do dinheiro congelado, peguei as chaves do Mercedes e Hutch disse:

— Durante o jantar e pelo resto da noite, quantas vezes você acha que eu higienizei minhas mãos com álcool gel?

— Bem, o senhor comeu enchiladas de frango e, embora goste do prato, sei que fica nervoso com a possibilidade da presença de salmonelas e *E. coli* na comida, e a imprensa vive repetindo isso. Então, eu diria... vinte vezes?

— Tente novamente.

— Trinta?

Com uma nota inconfundível de orgulho, ele disse:

— Cinco.

— Só cinco?

— Cinco — repetiu ele.

— Isso é realmente importante, senhor.

— Não é? Tendo tocado em dinheiro, mesmo que ainda congelado e envolto em plástico, estou meio desesperado para higienizar minhas mãos agora, mas não vou fazer isso.

— O senhor se tornará um abstêmio?

— Não, não. Vou me afastar do vício o máximo que puder, apenas isso. Tive um irmão viciado em heroína que tentou parar de uma vez com a droga e foi medonho.

— Sim, senhor. O jovem Anthony Perkins.

— A experiência o maltratou tanto que, mais tarde, ele passou a vestir as roupas da mãe e começou a esfaquear as pessoas.

Vou minimizar o meu uso do álcool gel e tentar evitar o risco de um destino semelhante ao dele.

Ele sorriu, e eu também.

— Se cuide, filho.

— Farei isso. Se cuide também, senhor.

Virei-me em direção à porta.

— Odd?

Voltei-me para ele.

— Até que nos divertimos no mês passado, não foi? — disse ele.

— Sim, senhor. Com certeza.

— Ótimo. Muito bom. Eu sabia que tinha me divertido e esperava que você também o tivesse.

— Às vezes o mundo é obscuro hoje em dia, senhor. Mas não nesta casa. Foi um prazer trabalhar para o senhor. Foi um prazer conhecê-lo.

Quando abri a porta, ele disse:

— Filho?

Novamente olhei para trás.

— Talvez um abraço?

Larguei a sacola e caminhei até ele. Sua altura e a forte presença que projetara durante toda sua vida nas telas disfarçavam sua fragilidade.

Depois de um tempo, ele disse:

— Sabe o filho que perdi na guerra?

— O senhor está se referindo a Jamie, o filho que nunca teve.

— Esse mesmo. Bem, se tivesse casado com uma mulher chamada Corrina e se tivéssemos tido um filho chamado Jamie, e se eu o tivesse perdido na guerra, saberia agora como me sentiria.

Ele me surpreendera totalmente. E me vi incapaz de responder.

Na porta, de novo, depois de pegar a sacola de dinheiro, tudo o que consegui dizer foi:

— Farei o que puder para retornar um dia, senhor.

— Todo mundo me chama de Hutch.

— Sim, senhor. Farei o meu melhor para voltar e, quando eu voltar, iremos juntos a um brechó.

Ele mordeu o lábio e fez que sim.

— Pois bem. Tudo bem, então. Vou comer um biscoito agora.

— Coma um por mim.

— Esplêndido. Sim. De fato. Vou comer dois.

Saí e fechei a porta.

Sem conseguir ir em frente de imediato, fiquei parado, indescritivelmente grato porque minha vida, embora estivesse cheia de horrores, também era preenchida por momentos tão cheios de graça.

QUARENTA E TRÊS

A MOCHILA QUE CONTINHA OS QUATRO PLUGUES DAS BOMBAS estava agora tão pesada que precisei usar toda a minha força e determinação para levá-la até a garagem e guardá-la no porta-malas do Mercedes.

Abri a mochila e, com o auxílio da luz do porta-malas, vi que não havia nada dentro dela além do que eu tinha guardado quando estivera a bordo do rebocador.

Confiando em meu magnetismo psíquico tanto para me guiar através do nevoeiro sem sofrer uma colisão quanto para chegar a um telefone público, fui me afastando da casa de Hutch.

Nessas ruas, que pareciam tão místicas quanto enevoadas, Hoss Shackett talvez estivesse dirigindo desesperado e com raiva, na esperança de ressuscitar o plano para incinerar quatro cidades, ou se preparando para fugir da justiça, ou procurando a falha em seu mecanismo, a causa de seu atual infortúnio.

A falha, ou seja, eu, tinha uma imaginação muito fértil, não conseguia deixar de se preocupar com o chefe, porque em seu coração falho *sabia*, simplesmente sabia, que o próximo encontro não seria com o Hoss Shackett bonzinho, mas com o Hoss

Shackett que comia gatinhos e palitava os dentes com os ossos deles.

A desvantagem do magnetismo psíquico é que, às vezes, ele me leva a uma pessoa que quero evitar. Isso acontece porque todo o esforço que faço para bloquear a pessoa de meus pensamentos é derrotado pela minha preocupação constante de encontrá-la. E, mesmo que conseguisse mantê-la afastada da minha mente consciente, o subconsciente traiçoeiro continuaria se preocupando com ela. Assim, aquilo que eu temia era atraído para mim — magnetismo psíquico reverso — ou eu a ele e, muitas vezes, no momento errado.

Portanto, para tentar não pensar em nada, concentrei-me em encontrar um telefone público e em dirigir o Mercedes. Telefone público, telefone público, telefone público.

Desde que os celulares se tornaram onipresentes, os telefones públicos ficaram cada vez mais difíceis de se encontrar. Um dia, o telefone vai ser um pequeno chip ativado por voz incorporado logo atrás do maxilar e embaixo da orelha, e os celulares estarão fora da moda — como ocorre hoje com os aparelhos nos quais é preciso inserir uma moeda para completar a ligação.

Os críticos, aqueles que explicam nosso mundo para nós e que nos dizem como devemos nos sentir a respeito de tudo, vão chamar isso de "progresso". E quando alguém do governo quiser falar com você, eles sempre saberão onde encontrá-lo por meio de um implante de transponder.

Então, haverá um longo caminho até que apareça a tal Nova Civilidade, que desencorajará os debates intermináveis e as brigas cansativas que caracterizam a nossa sociedade atual — aquela que, para muitos cidadãos impacientes, parece velha e cansada. Todo o passado será soprado para longe, e algumas pessoas ficarão com medo, por vezes, de todas as mudanças.

Mas aqueles que têm a visão e a capacidade de moldar o consenso da sociedade estarão prontos, como sempre, a fazer você perceber que, no final, realmente gosta do seu novo mundo e sente que ele é um paraíso na Terra. Então, calem a boca já.

Na noite encoberta de neblina, enquanto me perguntava se meu destino terminaria sendo parecido com o de Sansão, cujos olhos foram arrancados antes de ele ser preso em Gaza, o magnetismo psíquico me levou ao estacionamento de uma loja de conveniências, na frente da qual havia um telefone público.

Como eu não queria que minhas chamadas fossem ser rastreadas e acabassem por levar até Birdie Hopkins, o que representaria um grande problema para ela, fui até a loja, comprei um frasco de aspirina e uma Pepsi e consegui dinheiro trocado para usar o telefone público.

Depois de tomar duas aspirinas, pedi à telefonista que encontrasse para mim o telefone dos escritórios mais próximos do FBI e da Agência de Segurança Nacional.

Liguei para o FBI de Santa Cruz e falei sobre as armas nucleares a bordo do rebocador, encalhado na foz do cânion de Hecate. Sugeri que contatassem imediatamente a Guarda Costeira para confirmar que a embarcação havia realmente encalhado e avisei que o chefe Hoss Shackett estava entre as pessoas que haviam conspirado para importar as bombas.

O agente com quem falei a princípio foi paciente, da maneira que teria sido ao ouvir um cidadão sério discutir a necessidade de todos os terráqueos usarem um solidéu de folha de alumínio para evitar que os extraterrestres lessem nossos pensamentos.

Porém, conforme eu repassava detalhes reveladores da minha história, ele se envolveu um pouco mais. Quando eu estava prestes a desligar, percebi que ele tentava usar todos os truques de psicologia que um bom agente conhece para me manter na linha, tentando arrancar algum detalhe que pudesse levar à minha posterior identificação, e tentando me convencer que a agência estaria disposta a me recompensar com um monumento em Washington, meu rosto em um selo postal e 72 virgens *deste* lado do Paraíso.

Desliguei e, da mesma forma que fizera para encontrar um telefone público, dirigi-me até a igreja do reverendo Charles Moran — que nunca chegaria a saber que eu o tinha impedido de matar sua mulher e cometer suicídio essa noite.

A casa paroquial era separada da igreja por um pátio cheio de esculturas abstratas retorcidas que, supostamente, representavam as verdades eternas e que me deram alguns sustos quando apareciam de repente fora da neblina.

Aproximei-me da igreja pelos fundos, pelo lado ocupado pela sacristia. A porta estava trancada.

Supondo que o bom reverendo e sua esposa estariam desfrutando o sono profundo e devoto dos justos, usei a coronha da pistola de Valonia para quebrar uma vidraça da janela da sacristia. Coloquei a mão lá para dentro, destranquei a porta e entrei.

Acendi minha lanterna e tentei ver o que me esperava. Então, passei por uma porta aberta que dava para o santuário.

Se acendesse as luzes da igreja, correria o risco desnecessário de chamar atenção indesejada — que, neste caso, seria a atenção de qualquer pessoa.

Além disso, dessa forma, estava reduzindo o gasto de energia. Apesar de que, tendo impedido a explosão de quatro armas nucleares, suspeitava que já tinha ganhado créditos de carbono suficientes, se quisesse, para a vida toda.

Acima do altar, a escultura abstrata do Grande Pássaro ou do Senhor, ou do que quer que aquilo representasse, não olhava para mim acusadoramente porque não tinha olhos.

Desci a plataforma do altar, atravessei o portão e me dirigi até o terceiro banco, onde havia deixado minha identidade e os pertences de Sam Whittle.

Embora não pudesse pensar em uma utilidade para a carteira do cara da lanterna, a minha própria viria a calhar no caso de eu ser parado por uma blitz na estrada enquanto estivesse dirigindo o Mercedes de Hutch, e teria necessariamente que mostrar minha carteira de motorista. Achei meus documentos, coloquei tudo no bolso e deixei a carteira de Whittle onde ela estava.

Quando voltei para o corredor central, as luzes se acenderam.

No santuário, ao lado da porta da sacristia, estava o chefe Hoss Shackett.

QUARENTA E QUATRO

O chefe Hoss Shackett não parecia bem. No transtorno ocorrido na sala de interrogatório, ele sofrera um golpe na testa, e tinha também um olho roxo e uma contusão que lhe escurecia o lado esquerdo do rosto. Seu nariz, que antes fora o mais empinado e orgulhoso que um sádico fascista terrorista poderia querer, agora parecia uma espécie mutante de abobrinha. Seu corte de cabelo à escova de cerdas parecia ter murchado.

Alguém, presumi, devia ter achado a minha carteira escondida no banco da igreja e imaginado que eu iria voltar para apanhá-la.

Contradizendo essa versão, o chefe disse:

— Lime. Harry Lime. — Ele não parecia ter descoberto que meu nome era Odd Thomas.

Enfiando a lanterna em meu cinto, respondi:

— Boa noite, chefe. O senhor parece estar bem.

— O que você está fazendo aqui? — ele quis saber. Porém, antes de colocar o ponto de interrogação na frase ele acrescentou um epíteto nojento, mas não exatamente criativo.

— Imaginei — eu disse — que o senhor tivesse outro chocolate. Estou arrependido de não ter aceitado a metade que o senhor me ofereceu.

Ele se afastou dois passos da porta da sacristia, mancando para favorecer a perna esquerda, mas depois parou, como se não quisesse ficar muito perto de mim. Estávamos a cerca de 12 metros de distância.

— O que aconteceu com o rebocador? — quis saber.
— Isso é um enigma, senhor?
— O que você fez com eles?
— Com eles? Eram dois rebocadores, então?
— Desta vez, espertinho, não estou afim de brincar de amnésia com você.
— Você sofre de amnésia, senhor?

Seu braço direito estava largado ao lado do corpo, e eu presumi que ele tinha mais algum ferimento adquirido em seu encontro desastroso com o Sr. Sinatra.

Porém, ele logo levantou o braço, revelando uma arma apavorante em sua mão. A arma parecia ser tão grande que seu peso poderia fraturar seu pulso, e ele a balançou entre suas garras. Um silenciador havia sido atarraxado na extremidade do cano.

Puxei a pequena pistola que confiscara na cabine do rebocador. A essa distância, eu teria que ser o pistoleiro mais rápido do mundo para acertá-lo com uma arma tão inferior.

— Preciso das armas nucleares — disse o chefe. — Preciso delas agora.

— Eu não quero ser um impedimento, senhor. Mas posso apresentá-lo a um programa de 12 passos para ajudar a quebrar esse vício.

— Não force a barra, garoto. Não tenho nada a perder.

— Chefe, não se deprecie. O senhor ainda tem muito a perder. Sua arrogância, sua autoimportância, sua ganância, o brilho insano dos predestinados em seus olhos.

Quando ele atirou, o único som que saiu de sua arma foi um sussurro gaguejante, um pouco como quando o Hortelino Troca-Letras tentava falar alguma coisa nos velhos desenhos dos Looney Tunes.

Embora eu acreditasse que ele tinha a intenção de me ferir ou de me matar, o tiro passou longe do alvo, causando rachaduras em um dos bancos, 6 metros à minha esquerda. Talvez os ferimentos em seu rosto tivessem prejudicado sua visão.

Se Hutch tinha pensado que eu fora ousado ao interpretar Harry Lime, ele devia ter me visto tentando convencer o chefe que eu era o Super-Homem.

— Largue a arma, Shackett. Não quero destruir a igreja com meu poder telecinético, mas, se você não me der outra opção, vou fazer uso dele, como fiz no início desta noite.

Ele ficou tão impressionado que, cuidadosamente, mirou novamente em mim e apertou o gatilho.

Eu não tentei me proteger, em parte porque o Super Homem jamais faria isso; tentar enganar a bala refutaria meus poderes de telecinesia. Além disso, a mira do chefe estava tão ruim que temia me inclinar a acabar fazendo-o acertar o alvo.

Outro banco se desfez em uma chuva de estilhaços.

— Estou lhe dando uma última chance de largar esta arma — eu disse, com a confiança de um homem invencível vestido com uma calça azul e uma capa vermelha.

— Não sei o que aconteceu naquela sala — disse Hoss Shackett, olhando-me enquanto tentava mirar para o terceiro tiro. — Mas, se você tivesse o poder de provocar tudo aquilo, teria conseguido se livrar do ferro no qual prendi sua perna. Você não teria que esperar que eu o soltasse.

Um homem invencível teria emitido um riso suave de piedade pelo raciocínio raso, mas eu não conseguiria fazer isso sem um ou dois anos de aulas de teatro. Então, eu disse:

— Qualquer criança poderia enxergar a falha na sua lógica.

Seu terceiro tiro atingiu uma coluna no corredor central, atrás de mim, 15 centímetros à minha direita.

Enquanto mirava novamente, o chefe disse:

— Qualquer criança, você acha? Então, me traga a criança que vou matar a desgraçada logo depois de ter acabado com você.

Quando apertou o gatilho, não houve um sussurro gaguejante. Ele tentou novamente e, em seguida, abaixou a arma. Colocou a mão no cinturão para pegar mais munição.

Corri para a plataforma, pulei o portãozinho e me aproximei do altar. Numa distância de 3 a 5 metros, esvaziei a munição da minha arma em seu abdome e em seu tórax.

A pistola era bastante firme, com pouco recuo, o que me permitiu manter a mira no alvo. Talvez eu tenha perdido três ou quatro tiros, para um lado ou para o outro, mas cinco ou seis deles rasgaram seu tronco. Eu os vi atingi-lo.

O impacto das balas jogou o chefe Hoss Shackett contra a parede, fazendo seu corpo se mexer espasmodicamente a cada tiro. No entanto, ele não caiu.

Ele grunhiu de dor, o que não era o esperado. Imaginava que ele gritaria e sufocaria com o próprio sangue.

Mostrando um talento dramático que eu não esperaria encontrar nele, o chefe rasgou a frente da camiseta do uniforme e revelou as balas achatadas, como poças de chumbo, aderindo ao seu colete à prova de balas Kevlar.

As balas tinham tirado seu fôlego, mas não o tinham ferido.

Isso era muito injusto.

Se soubesse que ele estava usando um Kevlar, teria apontado para sua cabeça. Tinha mirado no tronco porque era um alvo muito maior. A cabeça é um alvo difícil, especialmente a uma distância de alguns metros e quando o atirador é uma pessoa não muito fã de armas de fogo, em uma situação de extrema tensão, disparando de uma pistola Tinkertoy projetada para ser usada em ambientes fechados.

O chefe tinha encontrado outro pente para carregar a arma e tirara o pente descarregado.

Joguei minha arma patética no chão e recuei correndo. Saltei sobre o portãozinho, satisfeito de não ter prendido um pé nele e caído de cara no chão. Corri pelo corredor em direção ao nártex.

Por um instante, pensei em atirar os livros de cânticos em Shackett, mas, como tinha gosto pela música sacra — especialmente pelos cantos gregorianos e pelas músicas religiosas — e tinha respeito por livros, me contive.

A porta da frente, pela qual eu e o golden retriever havíamos entrado na igreja há poucas horas, estava fechada pelo adiantado da hora. E só podia ser aberta com uma chave.

Duas outras portas levavam para fora do nártex, mas considerando a igreja de fora, se saísse pela esquerda, daria na torre do sino, o que representaria um beco sem saída na vertical.

Quando olhei de volta para a nave, vi que o chefe Hoss Shackett abrira o portão e mancava para fora da plataforma do altar, em direção ao corredor central. Ele parecia ser o capitão Ahab em um frenesi louco de obsessão por uma baleia-branca.

Peguei a única saída que me sobrava, acendi as luzes e descobri que estava na laje de uma passagem fechada que ligava a igreja a um anexo.

Colados nas paredes estavam desenhos encantadores feitos por crianças de várias idades, todos representando um homem barbudo sorridente de vestes brancas que imaginei, por causa da auréola, ser Jesus. O Filho de Deus, representado de forma inadequada, mas com honestidade, aparecia realizar vários tipos de tarefas que eu não lembrava de terem sido relatadas na Bíblia.

Jesus com as mãos levantadas, transformando uma chuva de bombas em flores. Jesus sorrindo, mas apontando o dedo para uma mulher grávida que estava prestes a tomar uma garrafa de cerveja. Jesus salvando um urso-polar encalhado em um bloco de gelo. Jesus com um lança-chamas apontado para uma pilha de caixotes de cigarros.

No final da passarela, ao lado de um desenho de Jesus aparentemente usando seus poderes milagrosos para transformar a prestigiosa coleção de bolos e tortas de um menino obeso em pacotes de tofu, outra porta se abria para um corredor que dava para salas de aula utilizadas para a escola dominical e outras atividades.

Quando cheguei a um hall, percebi o que parecia ser uma porta exterior, no canto mais distante, e corri para ela com a mesma pressa com que Jesus no templo perseguiria as pessoas que trabalhavam para empresas que fabricavam roupas de poliéster e outros tecidos sintéticos.

Embora a saída estivesse trancada, sua tranca não necessitava de chave. Através da janela francesa na parte superior da porta, eu podia ver a neblina iluminada por uma luz no alpendre exterior — que se acendera junto com as luzes fluorescentes do corredor — que parecia bem mais acolhedora do que o reino de Hoss Shackett atrás de mim. Quando estava prestes a soltar a trava, entretanto, um coiote se levantou sobre as patas traseiras, colocou as patas dianteiras na porta e olhou para mim através de um dos quatro painéis de vidro.

QUARENTA E CINCO

Quando me inclinei para junto da janelinha da porta, com a intenção de ver se teria que lidar com um lobo solitário, por assim dizer, ou com um grupo, o coiote mostrou seus dentes manchados e desgastados. O animal lambeu o vidro como se eu fosse um petisco saboroso exibido na vitrine de uma máquina de venda automática que ele não tinha moedas suficientes para comprar.

Mais perto do chão, escondidos pela neblina, estavam os outros olhos amarelos radiantes e, considerando o número de olhos, havia mais coiotes do que eu teria tempo ou condições emocionais para contar. Um segundo animal ergueu-se corajosamente na porta, e o grupo que estava atrás dos dois líderes parecia oscilar entre seguir um ou outro com agitação crescente, embora permanecessem estranhamente silenciosos.

Annamaria tinha me dito, quando caminhamos pelo cânion de Hecate, que os coiotes que nos ameaçavam não eram apenas o que pareciam ser. Ela os tinha advertido de que não pertencíamos a eles e que todos deveriam partir — e eles haviam partido.

Embora ela tivesse me dito que eu não precisava temê-los, e que só precisava ser ousado, não me sentia capaz de uma audácia semelhante à dela com esses coiotes, que tinham o descaramento de ameaçar um homem que se refugiava em uma escola dominical.

Além disso, Annamaria sabia algo sobre eles que eu não podia entender. Seu conhecimento permitia que ela fosse ousada. Minha falta de conhecimento poderia me matar.

Rapidamente, afastei-me da porta e deslizei para dentro de uma sala, fechando logo a porta e as janelas. A luz do corredor entrava na sala, mas fiquei escondido nas sombras.

Esperava escutar Hoss Shackett, mas não ouvia nada.

Embora os coiotes geralmente se limitem a explorar apenas a parte da civilização encontrada nas fronteiras de cânions e em florestas, ocasionalmente um deles pode sair de seu território e avançar sobre o coração de uma cidade. Há sempre um Colombo em cada espécie.

Mas eu nunca tinha visto mais de um ou, no máximo, um par deles se afastar tanto de seu hábitat natural. A horda que se escondia na névoa parecia sem precedentes.

Mais peculiar do que a distância a que se encontravam de desfiladeiros ou florestas fechadas era a quantidade deles. Apesar de um grupo de seis ter nos ameaçado no início da noite, os coiotes não costumam andar em bandos.

Caçam sozinhos até se acasalarem. Depois disso, caçam em duplas. No ciclo da vida, há um período em que caçam em famílias, os pais junto com seus filhos, até que os mais jovens decidam se aventurar por conta própria.

Uma fêmea pode ter de três a 12 filhotes em uma ninhada. Alguns podem nascer mortos, e outros podem não resistir a seus primeiros dias. Uma família grande tem normalmente oito ou dez animais.

Embora o nevoeiro pudesse ter me enganado, e embora o poder da minha imaginação seja notório, eu estava convencido de que havia pelo menos vinte animais do outro lado da porta, talvez mais.

Se não fossem, como Annamaria havia dito, apenas o que pareciam ser. O que *mais* eles eram?

O que quer que fossem, imaginava que o menino da Mamãe Shackett era mais mortal do que todos os coiotes do Pacífico ao Mississippi juntos. Estava cada vez mais nervoso com o silêncio sob o qual ele me perseguia.

Segurando minha lanterna, explorei o espaço à minha volta, na esperança de encontrar algo que pudesse servir de arma, embora soubesse que uma sala de aula de uma escola dominical não devesse oferecer opções semelhantes a um depósito de armas ou, para todos os efeitos, de uma bolsa feminina, como a de Birdie Hopkins. O chefe provavelmente não se aproximaria de forma tão lenta que me permitisse surpreendê-lo com um par de apagadores de quadro-negro.

Na minha exploração do local, deparei-me com uma porta com janela que dava para outra sala — só que essa porta tinha um desenho que encobria o vidro. Talvez a intenção fosse que um professor pudesse monitorar duas classes ao mesmo tempo.

Deixei a porta aberta, tanto para evitar o barulho de fechá-la quanto para deixar um caminho aberto caso uma fuga rápida fosse necessária.

Cada sala apresentava um armário estreito para guardar materiais no qual eu podia me refugiar. E a mesa de cada professor oferecia um espaço grande o suficiente para esconder um homem.

Se Hoss Shackett realizasse uma busca minuciosa, exatamente o que eu esperava dele, depois de chamar um ou dois policiais para o ajudarem, iria inevitavelmente me encontrar em qualquer dos espaços. A única questão era, então, se o chefe iria me bater brutalmente com seu cassetete para, em seguida, me fuzilar, ou se iria me fuzilar para depois me bater.

A segunda sala de aula era interligada a uma terceira também por meio de uma porta interna, o que sugeria que, se todas as salas fossem iguais, eu poderia percorrer o anexo por dentro delas até a entrada do corredor, saindo nas costas de Shackett.

Algo estalou. Desliguei a lanterna e congelei.

O som não estava muito próximo. E não conseguia discernir se ele havia sido produzido no corredor ou em uma das salas por onde eu tinha acabado de passar.

Eu poderia ter me aproximado das janelas para ver se elas eram fixas ou não. Mas *sabia* que iria encontrar do outro lado aquele monte de coiotes me admirando, lambendo os beiços, com olhos que suplicavam para que eu me juntasse a eles e liberasse meu lado selvagem — era assim que eles atraíam cães domesticados para seus domínios.

Fiquei congelado por mais um momento, depois reacendi a lanterna. Filtrando o feixe através dos meus dedos, me dirigi até a porta que dividia mais duas salas de aula.

Com a mão na maçaneta, hesitei.

Não sei se foi minha intuição ou minha medula adrenal superestimulada, bombeando quantidades excessivas de hormônio no meu corpo, que me levou a ter a súbita sensação de que Hoss Shackett estava na sala ao lado. E não apenas que ele estava na sala ao lado, mas a centímetros de distância. E ele não apenas devia estar em pé sobre o outro lado dessa porta, como em pé com a mão na maçaneta, exatamente como eu.

Havia pequenas cortinas cobrindo ambos os lados do visor da porta. Se eu puxasse a cortina para espiar, veria apenas a cortina do outro lado, a menos que o chefe também estivesse tentando espiar ao mesmo tempo que eu, o que nos deixaria olho no olho um com o outro.

Meu coração disparou. Minha boca ficou tão seca que eu sabia que minha língua estalaria contra meus dentes se eu ousasse movê-la. Estava com medo de girar a maçaneta porque, se o chefe a sentisse girar, *saberia* onde eu estava, mesmo eu não estando totalmente certo sobre sua localização.

Há uma hora, quando você está paralisado pelo medo, que é preciso decidir se é melhor ir em frente a qualquer custo ou permanecer imóvel até cair morto porque sua bexiga não suporta mais tanto líquido ou porque sua mente entra em delírio. Até agora, quando me encontrava em uma situação assim, sempre tinha decidido ir em frente e, novamente, essa foi minha escolha.

Virei a maçaneta, empurrei a porta e entrei na sala ao lado. Hoss Shackett não estava lá esperando por mim.

Embora aborrecido comigo mesmo, não estava envergonhado. Mesmo para alguém como eu, dotado de percepção paranormal, muitas vezes é difícil dizer a diferença entre a intuição e os efeitos de uma medula adrenal superestimulada. O melhor é dar de ombros e se conformar por ter sido apenas o mau funcionamento da medula, porque se fosse de toda a glândula adrenal você de repente teria pelos crescendo nas palmas das mãos e começaria a produzir leite.

A poucos passos de outra sala, um som perturbador me fez parar e esticar a cabeça para tentar ouvir melhor. Uma arritmia de barulhos agudos estava vindo das outras salas de aula ou do corredor, a partir dos fundos. Primeiro, os sons pareceram totalmente estranhos, mas, então, percebi que eram familiares. Abruptamente os reconheci: eram barulhos produzidos por garras afiadas que tocavam o chão — eram os coiotes, que se mexiam ansiosamente e farejavam em busca de algo para comer.

Shackett devia ter aberto a porta de trás, acidentalmente, deixando-os entrar. Mas se ele tinha feito isso, por que não gritou quando eles se aproximaram dele ou por que não havia atirado para assustá-los e obrigá-los a recuar?

Se meu senso de direção estivesse correto, a porta à minha frente provavelmente se abriria para o hall, pouco antes da entrada do corredor. E eu estava certo.

Embora não fosse um pensamento nobre, esperava que os coiotes tivessem rasgado o chefe de polícia em pedaços quando entraram pela porta dos fundos. Mas não tinha ouvido o rosnar dos bichos nem os gritos do chefe, então assumi que minhas esperanças eram vãs.

Assim que entrei no hall, virei à esquerda e corri para a passagem fechada que ligava o anexo à igreja. Bati a porta atrás de mim e continuei andando, mas, quando olhei para trás, vi que não tinha acionado a trava, e que a porta ainda estava aberta.

Estava novamente na passagem do *O que Jesus Faria* quando vi um desenho que não tinha notado em minha caminhada anterior: Jesus em um helicóptero, resgatando gado em uma fazenda.

Quando cheguei à entrada do nártex, olhei para trás e vi os coiotes avançando pela porta do anexo para dentro da passarela fechada, suas caudas eriçadas de alegria como *gourmands* naturais quando me viram.

Demorei um pouco para conseguir fechar a porta do nártex entre mim e a passagem, checando se a porta havia travado dessa vez.

A entrada da frente da igreja permanecia fechada. Caminhei ao longo do corredor principal, apressando-me em direção à plataforma da qual fugira há pouquíssimo tempo.

Como sabia que os coiotes não teriam conseguido entrar no anexo da escola dominical sozinhos, e como o chefe não havia gritado de terror ou de agonia, como faria um homem atacado, considerei a possibilidade de que ele os tinha deixado entrar para que o ajudassem a me encontrar.

Mas isso não fazia sentido. Mesmo que os chacais fossem algo mais do que pareciam ser, ainda assim eram coiotes, e chefes de polícia do mal ainda eram assim seres humanos. Animais predadores selvagens e pessoas não formam gangues com interesses mútuos, nem mesmo na Califórnia.

Devo estar esquecendo algo. Não seria a primeira vez.

Enquanto abria o portãozinho e me aproximava do altar, mesmo na pressa, fui presunçoso o suficiente para me felicitar por ter pensado e agido rapidamente. Quando, em seguida, eu saísse da igreja pela porta da sacristia, os coiotes ainda estariam babando no anexo, confusos e distraídos, e eu teria um caminho tranquilo até o Mercedes estacionado na rua.

Na sacristia, os cacos de vidro da janela que eu havia quebrado para conseguir entrar estavam ainda mais espalhados. Evidentemente, Hoss Shackett estava nas proximidades e ouvira o ruído, seguindo-me para dentro da igreja pela mesma janela.

Por que ele estava na vizinhança eu não sabia e não precisava saber. Curiosidade + gatos = atropelamentos. Tudo que importava era chegar até o Mercedes e dar a partida antes que o chefe visse qual veículo eu estava dirigindo.

Abri a porta da sacristia e saí pelo nevoeiro, através do qual podia ver muitas luzes que antes estavam apagadas na casa paroquial, do lado oposto ao pátio, onde ficavam as descomunais e horrorosas estátuas.

Talvez o reverendo Charles Moran tivesse sido acordado por um paroquiano pobre que não tinha mais lenha ou briquetes de esterco para queimar em seu fogão, nem mais mingau para alimentar os seis sobrinhos órfãos com quem dividia o barraco de um cômodo perto do cemitério de indigentes. E talvez agora o reverendo estivesse se preparando para oferecer a ele uma seleção de entradas Lean Cuisine e uma caixa de Perrier.

O que quer que ele estivesse fazendo, tinha certeza de que não era da minha conta. Mas, então, quando me dirigi para a rua, mudei de atitude ao me deparar com legiões de olhos amarelos de coiotes aparecendo no nevoeiro e cercando a torre do sino. Como não podia voltar para a igreja, e a residência de Charles Moran era o porto seguro mais próximo, resolvi perguntar se o reverendo precisava de companhia em sua missão de misericórdia.

Talvez os coiotes também sentissem medo das esculturas pouco ortodoxas na frente da casa paroquial e fugissem, ou talvez eu conseguisse encontrar recursos nunca antes explorados. Em vez de tentar me acompanhar, os primos dos lobos decidiram ir pelos flancos, dobrando em direção à frente da casa paroquial com a intenção de se posicionar por lá antes que eu pudesse entrar.

Mas eu ainda era um membro da espécie mais inteligente, ainda que às vezes também da mais ignorante do planeta, e então mudei o rumo e segui para a parte de trás da casa, na esperança de chegar antes que eles percebessem o que eu tinha feito.

Eles continuavam a caminhar pela noite, em silêncio, o que não era característico de sua espécie. Normalmente, na caça, eles emitem uivos ululantes, canções misteriosas de morte que são de gelar o sangue.

Pulando os degraus da varanda de trás, senti que os predadores silenciosos tinham começado a entender meu truque e estavam em feroz concorrência para ver quem seria o primeiro a rasgar a parte de trás do meu jeans.

Sabendo que não teria tempo de bater à porta e me apresentar formalmente, tentei o trinco e exalei profundamente quando percebi que ela estava aberta.

QUARENTA E SEIS

Dentro da casa paroquial, enquanto passava a tranca na porta, torci para que os coiotes não tivessem a chave. Reparei, aliviado, que não havia uma portinha para animais de estimação.

Com um ambiente organizado e alegre, a cozinha não continha nada que fizesse supor que ela pertencia a um reverendo.

Na geladeira, havia uma coleção de ímãs decorativos com mensagens otimistas, embora não religiosas. Um deles dizia: Todo dia é o primeiro da sua vida, o que me pareceu uma boa desculpa para permanecer sempre infantil.

Eu não sabia o que fazer em seguida.

Nada de estranho nisso.

Hoss Shackett talvez estivesse a caminho de uma visita ao reverendo Moran quando me ouviu quebrar a janela da sacristia. E poderia aparecer a qualquer momento.

Àquela altura, mais desequilibrado do que o normal, assustado e em desespero, o chefe talvez tivesse decidido que, no fim das contas, precisava matar o reverendo, porque ele havia testemunhado minha prisão.

Considerando tudo que tinha acontecido desde que eu havia sido levado sob custódia, mais o fato de que os planos do chefe tinham caído totalmente por terra, matar o reverendo Moran já não fazia qualquer sentido, se é que antes houvera algum nessa ideia. Mas assim funciona a cabeça de um sociopata como Shackett: eles são capazes de viver um ano após o outro normalmente — até que, de repente, não são mais capazes disso.

Com o intuito de localizar o reverendo e alertá-lo do perigo, saí da cozinha. Nisso, ouvi pessoas conversando. Verifiquei rapidamente cômodo por cômodo até que cheguei à porta semiaberta de um escritório anexo ao hall de entrada, onde parei, reconhecendo a voz de Charles Moran.

— O Senhor está conosco, Melanie.

A mulher riu com ternura. Tinha o tipo de voz musical que, ao pronunciar certas palavras, ganhava o tremor do canto dos pássaros.

— Charlie, querido, o Senhor está sempre conosco. Aqui.

— Não sei se eu deveria.

— O próprio Jesus entornou, Charlie.

Os dois brindaram e, após certa hesitação, abri a porta e entrei no escritório.

O reverendo Moran estava ao lado da mesa, vestia calças de algodão, uma camisa polo bege, com um casaco esportivo. Levantou os olhos da bebida, arregalando-os.

— Todd.

— Não vim aqui para lhe fazer mal — garanti a ele.

Sua companhia era uma mulher atraente, mas com um penteado perdido no tempo uns 20 anos.

— Sra. Moran? — me dirigi a ela, que balançou a cabeça, e eu disse: — Não tenha medo.

Para minha surpresa, o reverendo Moran sacou uma pistola de dentro do casaco e, surpresa maior ainda, atirou na esposa, que caiu morta.

Ele então apontou a arma para mim. Em resposta ao meu espanto, disse:

— Ela serviu o primeiro drinque. E ia sugerir que eu servisse o segundo.

Percebi o nome no rótulo da garrafa: Senhor Calvert.

O Senhor está conosco, Melanie.

Charlie, querido, o Senhor está sempre conosco.

— E, enquanto minhas mãos estivessem ocupadas servindo a bebida, ela teria puxado a arma escondida em sua roupa e atirado em mim.

— Mas... Ela... O senhor... Sua esposa.

— Faz 18 anos. Por isso mesmo consegui perceber tão bem qual era a intenção dela.

— Morta. Parece. Morta. Por quê?

— Do jeito que as coisas deram errado, não ia sobrar dinheiro suficiente para nós dois.

— Mas... O senhor... A igreja... Jesus.

— Vou sentir falta da igreja. Do meu rebanho.

— As bombas? O senhor? Participou?

O chefe Hoss Shackett fez sua entrada no recinto e curou minha fala incoerente com um tapa de mão espalmada tão forte na minha nuca que tropecei e caí para a frente, perto demais da mulher morta.

Enquanto me rolava para deitar de costas e olhar para cima, o chefe surgiu por trás de seu nariz de abobrinha cor-de-rosa.

— Você sabe que ele fazia parte do negócio, seu imbecil. É por isso mesmo que veio aqui bisbilhotar.

Mais cedo, naquela mesma noite, quando me aproximara da igreja com o cachorro, emergindo daquela densa neblina que era mais do que somente neblina, tinha tido uma premonição de destruição absoluta.

Pensando bem, fazia sentido que, se minha perambulação cega com o golden retriever fora uma espécie de alerta premonitório, eu acabasse exatamente no lugar associado à verdade por trás daquela visão horrenda.

Shackett apontou a arma para mim.

— Não banque o espertinho.

Olhando para ele, um zumbido nos ouvidos, falei:

— Não me sinto muito esperto.

O reverendo Moran disse:

— Mate-o.

— Nada de móveis voadores — Shackett me avisou.

— Não, senhor, nada disso.

— Mexa-se e eu explodo sua cara.

— Rosto. Explode. Entendi.

— Mate-o — repetiu o reverendo.

— Você me acertou um monte de tiros — disse Shackett.

— O que fez me sentir muito mal, senhor.

— Cala a boca.

— Sim, senhor.

— Está vendo esta arma, estúpido?

— Sim, senhor.

— Onde está minha arma?

— Apontada para o meu rosto, senhor.

— E assim *vai ficar*.

— Entendi.

— Quanto tempo para apertar o gatilho?

— Uma fração de segundo, senhor.

— Está vendo aquela cadeira?
— Sim, senhor.
— Se aquela cadeira se mexer?
— Meu rosto. Explode.
— Está vendo aquelas mesas?
— Estou vendo, sim, senhor.
— Se elas se mexerem?
— Adeus ao meu rosto.
— Mate o filho da puta — apelou o reverendo Moran.
O pastor ainda segurava a própria pistola.
Sua mão tremia.
Queria acabar comigo ele mesmo.
— Levante — Shackett ordenou. — Você vai falar.
Enquanto eu obedecia, o reverendo Moran protestou.
— Sem falatório.
— Controle-se — Shackett advertiu o clérigo.
— Mate-o logo e vamos embora.
— Quero algumas respostas.
— Ele não vai falar nada.
— Talvez — animei-os. — Vou, sim. Gostaria.
Shackett falou:
— A Guarda Costeira diz que o rebocador está encalhado.
— Sim, senhor — eu disse.
— Não estou falando com você, imbecil.
— Desculpe.
O reverendo Moran disse:
— Encalhado onde?
— Na enseada do cânion de Hecate.
O reverendo Moran retomou:
— A gente poderia...
— Não. A Guarda Costeira está por toda parte.

— Mate-o — disse o reverendo, com mais ênfase.
— Quando for a hora.
O reverendo Moran falou:
— A hora é agora.
— Não é a hora — respondeu Shackett.
— Não é — concordei.
— Hoss, acabou — falou o pastor.
Sua mão tremia feito um fiel recebendo um espírito.
— Eu sei que acabou — disse Shackett.
— Sabe *mesmo*?
— Sei, claro — disse Shackett.
— Temos que dar o fora — insistiu o clérigo.
Shackett falou:
— Temos um tempinho.
— Quero ir embora — repetiu o reverendo Moran.
— Não pode esperar cinco minutos?
— Quero ir embora agora.
— Você quer ir embora agora?
— Agora, Hoss. Embora. Agora.
Hoss Shackett deu um tiro na cabeça do reverendo Moran e disse:
— Agora você foi embora. — Então, apontou a arma para o meu rosto novamente, antes que eu pudesse piscar.
— Isso é ruim — eu disse.
— Você acha, Harry?
— Ah, eu sei que é. Muito ruim.
— Pode ficar pior.
— É. Já vi que pode.
O reverendo e a Sra. Moran não estavam sangrando. Mas isso não significava que não fossem humanos.

Não tiveram tempo de sangrar. Morte imediata. Cadáveres instantâneos.

— Quero o que você tem — falou Shackett.
— E o que eu tenho? — perguntei.
— A essência.
— Que essência?
— O negócio que te dá poderes psíquicos.
— Não tem nenhum negócio.
— Como foi que você chamou aquele poder? Sobre os móveis?
— Telecinesia.
— Quero isso. Quero a essência.
— Já lhe contei... é uma dose só, para toda a vida.
— Aquilo era conversa pra boi dormir.
Se ele soubesse.
Não tinha boi nenhum na história.
Eu não precisava disso para passar conversa.
— Uma dose — insisti. — E você está nas mãos deles.
— Você está dizendo que o governo te ferrou?
— Odeio o governo. Me ferraram bonito.
— Onde está minha arma?
— Apontada para o meu rosto, senhor. Posso fazer uma pergunta?
— Claro que não.
Balancei a cabeça e mordi o lábio.
Ele olhou para mim.
— Que foi?
— Por que os coiotes não o rasgaram em pedaços?
— Que coiotes?
— Quando você os deixou entrar na escola dominical.

— Não tente me fazer pensar que você está sob o efeito de drogas, Harry.
— Não, senhor.
— Seria tão patético quanto aquela besteira de amnésia.
— Sim, senhor.
— A questão é que, se o governo te ferrasse você teria se vendido por 25 milhões.
— Eles matariam minha família.
— Você não é casado.
— Não. Falo do meu irmão.
— Quem se importa com um irmão?
— Somos gêmeos. Somos muito ligados.
— Não caio nessa, Harry.
— Ele é paraplégico, sabe.
— E daí?
— E tem uma deficiência de aprendizagem.
— Uma o quê?
— E perdeu um olho na guerra.
— Que negócio é esse?
— Iraque. Meu outro irmão, Jamie, morreu lá.
— Será que aquela cadeira acabou de se mover?
— Não, senhor.
— Pensei ter visto ela se mexer.
— Não, senhor.
— Se ela se mexer...
— Adeus para meu rosto. Sim, senhor.
— Você tem um irmão caolho e paraplégico.
— Sim, senhor. Com deficiência de aprendizagem.
— Ele tem lábio leporino também?
— Não, senhor.
— A primeira coisa que você disse era verdade.

Atônito, falei:

— Era?

— Você sabe o que era.

— E qual foi essa primeira coisa, senhor?

— Que a droga dava acesso a poderes psíquicos por 12 horas.

— Doze a 18. Sim, me lembro de ter dito isso.

— Achei que lembraria.

— É por isso que o senhor é o chefe de polícia.

— Não tente puxar meu saco, Harry.

— Não, senhor. Não funcionaria no seu caso.

— Eu adoraria explodir sua cara.

— Posso sentir seu entusiasmo, senhor.

— Você toma um comprimido por dia — disse ele.

— Sim, senhor, um polivitamínico.

— A pílula psíquica. O comprimido de tele... O que mesmo?

— Telecinesia, senhor.

— E você toma um por dia.

— Acho que sou obrigado a confessar, senhor.

— Será que aquele tinteiro acabou de se mover?

— Não, senhor.

— Onde está minha arma?

— Apontada para o meu rosto, senhor.

— Se ela se mexer...

— Adeus, rosto. Sim, senhor.

Estávamos desenvolvendo uma ladainha intricada.

Dava até para pensar que estávamos numa casa paroquial *católica*.

— Então você confessa, não é?

— Sim, senhor. Tenho que admitir.

— Então você tem um estoque das pílulas.
— Sim, senhor. Tenho um bom estoque.
— Quero esses comprimidos.
— Devo alertá-lo, senhor.
— Alertar do quê?
— A telecinesia não é isso tudo isso que falam.
— Olhe para o meu rosto, Harry.
— Senhor, me sinto mal por ter feito isso.
— Cale a boca, estúpido.
— Sim, senhor.
— Acho que *é tudo* que falam, sim.

Um dos pistoleiros ruivos apareceu na porta atrás de Hoss Shackett.

— Ah, meu Senhor — falei.

Shackett sorriu. Alguns de seus dentes estavam quebrados.

Mandou bem, Sr. Sinatra.

Gostaria que o Sr. Sinatra pudesse dar um jeito no ruivo.

Mas ele provavelmente tinha seguido adiante, para o Paraíso. Que sorte a minha.

— Você não tem saída agora, não é, Harry?
— É. Parece que não tenho para onde correr.

O recém-chegado era o ruivo dos dentes destruídos pelas metanfetaminas.

— Não tente esse truque comigo, Harry.
— Que truque, senhor?
— Fingir que tem alguém atrás de mim.
— Mas tem alguém atrás do senhor.
— Aí, quando eu me virar para olhar, você vem pra cima de mim.
— Não, senhor. É um amigo de vocês, não meu.
— Onde está minha arma?

— Apontada para o meu rosto, senhor.
— Me dê os comprimidos.
— Não estão comigo, senhor.
— E onde estão?
— Na minha caixa de remédios.
— Onde está sua caixa de remédios?
— Em Chicago.
— Vou explodir a sua cara, Harry.
— Não sem os comprimidos, senhor.
— Vou te torturar até você entregá-los. Não pense que não vou.
— Não achei que o senhor fosse uma freira.
— Pare de tentar me enganar olhando por cima do meu ombro.
— Não tenho motivo para enganar o senhor. É o seu amigo mesmo que está ali.

O ruivo contradisse meu comentário acertando um tiro na cabeça de Hoss Shackett.

Deixei escapar um palavrão que parecia ter saído da boca de um dos meus comparsas, e não da minha, e cambaleei para trás, afastando-me do chefe que desabava morto. Cambaleando, caí; e, ao cair, fui parar em cima do cadáver da esposa do pastor.

Vomitei exclamações de nojo e horror enquanto tentava me livrar da mulher morta, mas parecia que ela me agarrava, me segurava e, tendo conseguido me arrastar para longe dela usando as mãos e os joelhos, comecei a produzir sons desarticulados como alguém que escapava por pouco da Casa de Usher ou de qualquer outro local saído da imaginação de Poe.

— Levante — disse o ruivo.
— Estou tentando.

— O que há de errado com você? — perguntou ele.

— O que há de *errado* comigo?

— Você está tendo espasmos?

— Você é *cego*?

— Não levante a voz para mim — disse ele.

— Não está vendo todas essas pessoas *mortas*?

— Elas te incomodam, as pessoas mortas?

— Você não faz ideia — respondi.

— São apenas pessoas, só que mortas.

— O quê? Então... sou apenas um cadáver, só que vivo?

O sorriso dele era medonho.

— Sim, exatamente.

Eu havia imaginado um organograma claro. Os ruivos eram operários. Utgard, um gerente. Shackett estava no topo ou quase lá. Se algum dia fosse oferecer um jantar àquela gente, acho que saberia exatamente como arrumar os lugares na mesa.

Mas a atitude do ruivo sugeria que ele não apenas tinha a ousadia de abater o chefe, mas também possuía autoridade. Os dentes podres não pareciam ser prova de baixo status, afinal de contas, mas talvez uma questão de estilo.

— Você precisa mesmo apontar essa arma para a minha cabeça?

— Prefere que eu aponte para o seu peito?

— Sim. Na verdade, sim.

— Você vai morrer de um jeito ou de outro.

— Mas vou parecer um morto mais bonito do segundo jeito.

— Está carregada com uma munição capaz de derrubar uma porta.

— Se você vai me matar, ande logo com isso.

— Eu não disse que ia te matar.

— Você não vai me matar?
— Muito provavelmente sim. Mas nunca se sabe.
— O que você quer de mim? — perguntei.
— Primeiro, quero conversar com você.
— Isso nunca dá certo.
— Sente-se.
— O quê... aqui?
— No sofá.
— Não consigo conversar com essas pessoas mortas aqui do lado.
— Elas não vão interromper.
— Estou falando sério. Estou apavorado.
— Não levante a voz para mim — disse ele.
— Bem, você simplesmente não escuta.
— Isso é injusto. Eu escuto. Sou um bom ouvinte.
— Você não está escutando o que *eu* estou dizendo.
— Parece minha esposa falando.

Aquilo era interessante.

— Você tem uma esposa?
— Adoro ela.
— E qual é o nome dela?
— Não ria quando eu te contar.
— Não estou no clima para rir, senhor.

Ele me olhou atentamente, buscando sinais de que eu gozava dele.

A arma tinha um cano enorme. Provavelmente poderia derrubar várias portas.

— O nome dela é Freddie.
— Ora, é gracioso.
— Gracioso, tipo, engraçado?
— Não, gracioso tipo encantador.

— Ela não é uma mulher masculina.

— O nome não sugere isso — assegurei a ele.

— Ela é totalmente feminina.

— Freddie é apelido de Frederica.

Ele olhou para mim, processando o que eu havia dito.

— Você tem certeza disso? — perguntou.

— Claro. Frederica, Freddie.

— Frederica é um belo nome de mulher.

— Exatamente o que eu estava dizendo — falei.

— Mas os pais dela deram o nome de Freddie, apenas Freddie.

Dei de ombros.

— Pais. O que se pode fazer?

Ele ficou me olhando por um longo momento.

Tentei não examinar seus dentes.

Finalmente, ele disse:

— Talvez a gente possa conversar na cozinha.

— Você deixou alguma pessoa morta na cozinha?

— Não consegui encontrar ninguém para matar lá.

— Então, tudo bem, na cozinha — concordei.

QUARENTA E SETE

O ruivo e eu nos sentamos frente a frente na mesa da cozinha. Ele ainda apontava a arma para mim, mas de forma menos agressiva.

Apontou para os ímãs enfeitando a porta da geladeira.

— O que aquele ali quer dizer com "Eu reclamava por não ter sapatos, até que conheci um homem sem pés"?

— Agora você me pegou. Tenho certeza de que o reverendo Moran podia ter todos os sapatos que quisesse.

— Por que um homem não teria pés?

— Acho que alguém poderia tê-los cortado.

— Acontece — disse ele. — Moran sempre me incomodou, nunca consegui aceitar que entrasse no negócio.

— E onde ele se encaixava? — perguntei. — Clérigo. Igreja. Jesus. Terrorismo nuclear. Não entendo.

— Ele era O-I-E-B-O-V-O — disse o ruivo.

— Ele era o quê?

— Da Organização Internacional Ecumênica da Boa Vontade. Fundador.

— Agora estou entendendo menos ainda.

— O reverendo viajava o mundo promovendo a paz.

— E olha só que paraíso deixou pra gente.
— Sabe, acho você um garoto engraçado.
— É o que as pessoas dizem. Geralmente com uma arma apontada para mim.
— O pastor negociava com países que perseguiam cristãos.
— Queria que fossem mais perseguidos?
— Moran tinha que negociar com os perseguidores, obviamente.
— Aposto que *esses caras* têm advogados durões.
— Nessa ele fez um grande número de contatos valiosos.
— Ditadores, assassinos e mulás loucos, você quer dizer.
— Precisamente. Amizades especiais. A certa altura, percebeu que tinha se engajado numa causa perdida.
— Promover a boa vontade.
— Sim. Ficou desanimado, desiludido, deprimido. De meio milhão a um milhão de cristãos são mortos a cada ano nesses países. Ele conseguia salvar uns cinco por vez. Era um homem que precisava de uma causa, e de uma causa de sucesso, da qual se orgulhasse, então encontrou uma nova.
— Deixa eu adivinhar, a causa própria.
— A OIEBOVO tinha uma reputação impecável como instituição de caridade. Isso a tornava um canal perfeito para a lavagem de dinheiro de governos sem escrúpulos... Ou seja, para os terroristas. Uma coisa levou a outra.
— O que o levou a um tiro na cabeça.
— Foi você? — perguntou ele.
— Não, não. Shackett.
— Você matou a Sra. Moran?
— Não, não. Foi o reverendo Moran.
— Então você não matou ninguém aqui?
— Ninguém — confirmei.

— E no rebocador? — perguntou ele.

— Me arrastei para que ele pudesse andar. Ele andou para que você pudesse voar.

Ele franziu o cenho.

— O que significa isso?

— Não tenho ideia. Acabei de ler na geladeira.

Ele passou a língua nos dentes pretos que se desintegravam, retraindo-se enquanto fazia isso.

— Harry... é esse seu nome verdadeiro, Harry?

— Bem, não é Todd.

— Você sabe por que não matei você ainda, Harry?

— Porque não te dei um motivo? — disse, esperançoso.

— Porque meu irmão e eu temos uma responsabilidade aqui.

— A semelhança é notável. Você são gêmeos idênticos?

— Nessa operação, representamos a nação que produziu as bombas.

— Você com certeza vai conseguir vender os direitos dessa história para o cinema.

— Para salvar nossa própria pele, teremos que contar uma história *perfeita*, verossímil em cada detalhe.

— Ah. Cada detalhe. Bem. Contar a história a quem?

— Se você cooperar plenamente com os detalhes, não vou precisar te matar. Mas tem outra coisa.

— Sempre tem mais alguma coisa.

Ele me concedeu um olhar astuto e calculista. Alguém poderia pensar que era o único que ele tinha, mas na verdade eu havia visto um outro.

— Eu estava escutando atrás da porta do escritório muito antes de você me ver — disse ele.

— Seus patrões gastam bem o dinheiro deles.

— Ouvi algo que me intrigou. As pílulas, Harry.

— Ah, meu Deus.

— Estou sempre à procura de uma nova experiência.

— Eu não. Só esta noite já tive muitas.

Estava meio que esperando que surgisse um coiote armado às costas do ruivo e o matasse. Aí, sim, veríamos quanto tempo eu era capaz de sobreviver só na conversa.

— Meu irmão não chega perto de drogas — disse ele.

— Toda família tem alguém assim.

— Por um tempo tive um probleminha com metanfetaminas.

— Sinto muito ouvir isso.

— Mas estou curado.

— Fico contente de ouvir isso.

— Uso um pouco de heroína, mas sem exagero.

— Esse é o segredo. Moderação.

Ele se inclinou para mim por sobre a mesa. Cheguei a achar que seu hálito ia descascar a fórmica.

Ele sussurrou:

— É verdade? Pílulas que, como disse Shackett, dão acesso a poderes psíquicos?

— É um projeto secreto do governo.

— A América não é demais?

— Tenho um frasco delas no meu carro. Estão disfarçadas de aspirina.

— Sabe outra razão para eu não ter te matado ainda, Harry?

— Nenhuma pista.

— Jamais te peguei olhando para os meus dentes.

— Seus dentes? O que têm eles?

Ele abriu um sorriso para mim.

— E daí? — eu disse. — Tem gente que nem sequer tem dentes.

— Você é um cara muito compassivo, sabia disso?

Dei de ombros.

— Não, Harry, você é. As pessoas podem ser cruéis.

— Nem me fale. Eu mesmo tive algumas experiências.

— Você? Você é um cara muito bem-apessoado.

— Bem, eu me viro — falei. — Mas não falo de mim. Tenho um irmão também. Talvez você tenha me ouvido falar dele para Shackett.

— Não, acho que cheguei depois.

— Meu irmão, ele é paraplégico.

— Ah, cara, que triste.

— E cego de um olho.

— Está vendo, foi aí que você aprendeu a ter compaixão.

— Da forma mais dura.

— Sabe o que eu vou fazer? Arrancar todos os meus dentes, substituir tudo por implantes.

— Ai.

— Por Freddie.

— O amor é o que move o mundo. Mas ainda assim... ai.

— Ah, os caras põem a gente pra dormir um sono profundo. É indolor.

— Para o seu bem, espero que seja verdade.

— Se for mentira, mato o médico depois.

Ele riu, eu ri, e com a pistola da Sra. Moran atirei nele por baixo da mesa.

Por reflexo, o ruivo disparou um balaço que passou zunindo pela minha cabeça, então passei a arma da Sra. Moran para cima da mesa e atirei mais duas vezes.

Ele quase despencou das costas da cadeira, mas acabou se inclinando para a frente, sobre a mesa, morto como Lincoln, mas não como um grande homem, deixando a arma cair.

Por um tempo fiquei ali, tremendo. Não conseguia me levantar. Estava com tanto frio que minha respiração parecia sair congelada.

Quando o ruivo atirou no chefe, cambaleei para trás e consegui cair de cara na esposa morta do pastor.

O reverendo Moran estava certo: sua mulher carregava uma pistola num coldre sob o blazer.

Finalmente me levantei da mesa da cozinha. Fui até a pia e coloquei a pistola sobre o balcão.

Abri a água quente e joguei um pouco no rosto. Não conseguia me aquecer. Estava congelando.

Depois de um tempo, me dei conta de que lavava minhas mãos. Era evidente que as tinha lavado várias vezes. A água estava tão quente que minha pele tinha ficado vermelho-viva.

QUARENTA E OITO

Embora não quisesse tocar na pistola de Melanie Moran, de novo, eu podia ouvir o Destino gritando comigo que, pelo amor de Deus, tirasse algum aprendizado da experiência. A lição atual, que eu havia absorvido bem, era a de jamais visitar a casa de um clérigo sem uma arma de fogo.

Na sala de estar, que por ora não abrigava cadáveres, usei o telefone do reverendo Moran para ligar para o posto local do Departamento de Segurança Nacional de Santa Cruz, cujo número tinha obtido com a operadora antes, no telefone público da loja de conveniência.

Minha chamada foi transferida para um agente jovem e entediado, que parou de bocejar quando eu lhe disse quem era: o cara que tinha encalhado o rebocador com quatro armas termonucleares na enseada do cânion de Hecate. O pessoal da agência soubera há pouco do acontecido, e agentes de Los Angeles estavam a caminho; o rapaz que me atendeu esperava que eu não tivesse intenção de falar com a imprensa.

Assegurei a ele que não faria isso, e que na verdade nem mesmo queria estar falando com ele, que tudo que eu fazia ultimamente era falar, falar, falar, e já estava sem assunto. Contei que os detonadores das quatro bombas estavam numa mochila de couro na caixa de coleta de roupas usadas do Exército da Salvação, na esquina da avenida do Parque do Memorial com a rua do Penhasco.

Para evitar que o Departamento de Segurança Nacional fizesse alguma confusão, acrescentei que não existia nenhum Parque do Memorial ao longo avenida do Parque Memorial, e adverti o rapaz ao telefone de que ele não esperasse encontrar perto da rua do Penhasco uma das ribanceiras íngremes da cidade.

— Informei ao FBI sobre os rebocadores e, a você, estou contando dos detonadores — falei —, porque não confio plenamente em contar tudo para apenas uma das agências de segurança. E *você* não deve confiar em todas as pessoas do Departamento de Polícia de Magic Beach.

Depois que desliguei, fui até a porta da frente e espiei por uma das aberturas laterais da varanda. Não vi nenhum coiote, então deixei a casa.

Às minhas costas, o telefone começou a tocar. Eu sabia que era o jovem agente do Departamento de Segurança Nacional, ou uma empresa de telemarketing. Não tinha nada a dizer a nenhum dos dois.

Quando cheguei aos degraus da varanda, a matilha surgiu diante de mim, como se o nevoeiro não fosse apenas uma condição climática, e sim um portal através do qual os bichos pudessem, num instante, sair das colinas do deserto, a uma distância de 80 quilômetros, para a noite litorânea. Legiões de olhos amarelos radiantes recuavam na escuridão.

Tentando recordar as palavras eficazes que Annamaria tinha usado na mata ao redor do cânion de Hecate, eu disse:

— Aqui não é o lugar de vocês.

Comecei a descer as escadas, mas os coiotes não recuaram.

— O resto do mundo é de vocês... Mas não este lugar, neste momento.

Quando cheguei aos últimos degraus e à trilha que ficava na entrada, eles já estavam em torno de mim, alguns rosnando baixo, um ruído que saía de suas gargantas, outros gemendo de fome ansiosa.

Exalavam o cheiro do almíscar e dos prados, e um hálito de sangue.

Seguindo em frente, falei:

— Não sou de vocês. Vão embora agora.

Pareciam pensar que eu estava enganado, que eu era realmente deles, que tinham visto meu nome no cardápio, e pressionavam seus corpos contra minhas pernas.

Annamaria havia citado Shakespeare: *A virtude é corajosa e a bondade nunca tem medo.*

— Eu sei — falei aos coiotes — que vocês são mais do que parecem ser, e não tenho medo do que quer que vocês sejam.

Era mentira, mas nem um pouco tão escandalosa quanto o monte delas que eu havia contado ao chefe Hoss Shackett e seus comparsas.

Uma das feras beliscou a minha perna esquerda e me puxou.

— Vão embora agora — eu disse firme, mas sereno, sem deixar a voz tremer, como tinha feito Annamaria.

Outro coiote abocanhou a perna direita do meu jeans. Um terceiro mordiscava meu sapato esquerdo.

Foram ficando mais agressivos.

Saindo da névoa, em meio às fileiras de caudas emplumadas e de pelos grossos, apareceu um mais forte que os demais, um colarinho no peito orgulhoso e a cabeça maior do que a de qualquer outro na matilha.

Os coiotes se comunicam — especialmente quando estão caçando — pelo movimento de suas orelhas flexíveis e expressivas, pela posição de suas caudas e por alguns outros recursos da linguagem corporal.

Quando esse líder se aproximou de mim pelo meio da multidão, que abria caminho para lhe dar passagem, cada expressão de suas orelhas e de sua cauda foi logo imitada pelos outros, como se coubesse a ele comandar o ataque.

Hesitei, num impasse.

Embora conhecesse as palavras usadas por Annamaria, ela não estava comigo, e parecia que essa era justamente a diferença entre coiotes batendo em retirada, derrotados, e coiotes estraçalhando meu pescoço.

Muito antes, naquela noite, no Distrito dos Tijolos, uma voz mansa e delicada bem dentro de mim havia dito: "Esconda-se", quando um caminhão do departamento portuário virou a esquina. Agora, na minha mente, ecoavam duas palavras: *o sino*.

Annamaria não estava comigo, mas eu tinha algo que pertencera a ela, e que fui buscar debaixo da minha camisa.

Certo, o sino de prata, do tamanho de um dedal e cujo brilho se mostrava muito fraco naquela escuridão enevoada, era muito pequeno, além de algo completamente estranho para atrair a atenção de um coiote.

No entanto, quando o posicionei sobre o azul da camisa, os olhos do líder se voltaram para aquele ponto, assim como os olhos dos outros.

— O resto do mundo é de vocês — repeti —, mas não este lugar, neste momento.

O líder não cedeu, mas alguns dos coiotes menores começaram a se afastar de mim.

Entusiasmado, me dirigi ao mestre, mantendo contato visual com ele e apenas com ele.

— Você vai embora agora.

O coiote não desviou os olhos de mim, mas parou de avançar.

— Você vai embora agora — repeti e voltei a avançar, corajoso e destemido, conforme o conselho de Shakespeare, embora não pudesse reivindicar ser tão bondoso e virtuoso quanto gostaria. — Agora — insisti, e com uma das mãos toquei o sino sobre meu peito. — Vá agora.

Por um momento, o olhar do líder ganhou a agudeza do que parecia ser ódio, embora nenhum animal tenha capacidade de odiar, sentimento que, a exemplo da inveja, a humanidade reserva para si.

No momento seguinte, seus olhos ferozes ficaram nublados, confusos. Ele virou a cabeça, verificando que a multidão que se agrupara rapidamente desertava. Parecia surpreso por descobrir-se ali, àquela hora tardia, num lugar estranho.

Quando olhou direto para mim novamente, eu sabia que ele era agora apenas o que parecia ser, uma bela obra da natureza, e nada mais, nada de mais obscuro.

— Vá — eu disse, suavemente —, volte para casa.

Como se fosse mais primo do cachorro do que do lobo, ele recuou, virou-se e procurou o caminho de retorno.

Em 15 segundos, a neblina apagou todos os olhos amarelos, e o cheiro de almíscar foi desaparecendo até eu não conseguir mais notá-lo.

Caminhei sem contratempos até o Mercedes e fui embora.

Na esquina da avenida do Parque do Memorial com a rua do Penhasco, a caixa de coleta do Exército da Salvação tinha um compartimento giratório como aqueles das agências bancárias para depósitos noturnos.

Quando tentei pegar a mochila do porta-malas, ela parecia pesar mais do que o próprio carro. De repente, entendi que o peso que dificultava apanhá-la era obra do mesmo tipo de coisa que afetara os coiotes que eu havia enfrentado, e ambas as situações estavam envoltas na mesma substância, e que tudo isso tinha caráter idêntico ao do fantasma que sentara na cadeira da varanda.

— Nove quilos — falei. — Não mais do que 9 quilos. Chega disso. A noite acabou.

Ergui a mochila com facilidade. Ela coube na gaveta giratória, e a deixei cair dentro da maciez do monte de roupas doadas.

Fechei o porta-malas, entrei no Mercedes e voltei para a casa de Flora Rosedale.

A neblina não dava indicações de que cederia, cruzado o limiar da meia-noite para o lado mais silencioso da madrugada. A aurora talvez não a vencesse, nem mesmo o meio-dia.

Sobrara um dos pistoleiros ruivos, mas eu suspeitava tratar-se do mais sábio daquele bando de insensatos: tinha enfiado o rabo entre as pernas, baixado a cabeça e se recolhido em casa, e eu não precisaria nem de sino nem de tiros para dissuadi-lo.

Consegui o telefone de casa de Birdie Hopkins no serviço de informações e liguei para dizer que estava vivo. Ela disse:

— Idem — e foi uma coisa boa pensar nela em Magic Beach, esperando o próximo chamado que a enviaria a alguém precisando da sua ajuda.

QUARENTA E NOVE

Na Casa do Monstro Feliz, estavam à minha espera o espírito persistente do Sr. Sinatra, meu cão fantasma, Boo, o golden retriever que algum dia se chamara Murphy, Annamaria e Flora, num estado de grande encantamento.

O barril de fogo que a atingira não havia arruinado sua vida, nem roubado a essência de sua beleza. Quando seu coração estava em júbilo, o rosto transcendia todo o sofrimento, as cicatrizes, as feições deformadas e a pele manchada tornando-se o rosto marcante de uma heroína, de uma amiga querida.

— Venha ver, você tem que ver — disse ela, levando-me pela mão da porta da frente até a cozinha, repleta de velas.

Ao redor de Annamaria, sentada à mesa, reuniam-se o visível e o invisível.

Em cima da mesa estava uma das flores brancas com grossas pétalas enceradas, as quais atingiam o tamanho de taças, brotando da árvore cujo nome eu não soubera dizer.

— Você tem uma árvore que dá essas flores? — perguntei a Flora.

— Não. Adoraria ter. Annamaria trouxe essa.

Raphael veio até mim abanando o rabo, contorcendo-se de satisfação, e me agachei para fazer-lhe carinho.

— Não vi você carregando uma flor — falei para Annamaria.

— Ela tirou da bolsa — disse Flora. — Annamaria, mostre para ele. Mostre sobre a flor.

Na mesa, havia uma jarra de vidro trabalhado com água. Annamaria colocou a flor nele.

— Não, Flora — disse ela. — Esta é sua. Guarde-a para lembrar de mim. Vou mostrar a Odd quando ele estiver pronto.

— Aqui, hoje à noite? — perguntou Flora.

— Cada coisa a seu tempo.

Para Flora, Annamaria direcionava um daqueles sorrisos amáveis que a gente queria ficar olhando para sempre, mas para mim reservava uma expressão mais solene.

— Como vai, jovem?

— Não me sinto mais tão jovem.

— É o mau tempo.

— Estava muito ruim esta noite.

— Você quer ir embora da cidade sozinho?

— Não. Vamos juntos.

A luz da vela parecia observá-la.

— A decisão é sempre sua — ela me lembrou.

— Você estará mais segura comigo. E é melhor a gente ir.

— Tinha esquecido! — disse Flora. — Estava preparando um farnel para vocês levarem.

Ela correu até a outra ponta da cozinha.

— O sol vai nascer dentro de algumas horas — observou Annamaria.

— Em algum lugar — concordei.

Levantando-se da mesa, ela disse:

— Vou ajudar Flora.

O Sr. Sinatra veio até mim, e deixei os afagos em Raphael para me pôr de pé e dizer:

— Obrigado, senhor. E sinto muito por tê-lo ofendido daquele jeito.

Ele indicou que estava tudo perdoado. Pôs o punho sob o meu queixo e, de brincadeira, me acertou um soco carinhoso.

— Achei que você pudesse ter ido embora a esta altura. Não devia ter esperado por mim. É muito importante seguir em frente.

Ele fez aquele gesto dos mágicos, girando as mãos para mostrar as palmas vazias, introdução para uma performance.

Aparecia agora com as roupas que usava quando dera o primeiro passo ao meu lado numa estrada solitária — o chapéu de lado, naquele ângulo particularmente abusado, que era seu preferido, casaco esporte jogado sobre os ombros — e, então, atravessou a cozinha, escalou a parede dos armários e desapareceu pelo teto, o *entertainer* de sempre.

— Como o golden retriever veio parar aqui? — perguntei.

— Simplesmente apareceu na porta — respondeu Flora — e, muito educadamente, bufou. Ele é um doce. Parece que os donos não cuidavam muito bem dele. Precisava ser mais bem alimentado e escovado.

Já tinha reparado, ao entrar, que Raphael percebia a presença de Boo. E não tinha dúvida de que fora o cão fantasma que o trouxera até a casa de Flora.

— Devíamos levá-lo conosco — disse Annamaria.

— Opinião unânime.

— Um cachorro é sempre um amigo nas horas difíceis.

— Ao que parece, você vai entrar numa fria — avisei a Raphael.

Ele exibiu um sorrisão bobo, como se nada pudesse lhe agradar mais do que entrar numa fria, e das grandes.

— Esta cidade não é um bom lugar para nós neste momento — falei para Annamaria. — Realmente precisamos ir.

Flora tinha preparado um lanche que poderia sustentar um pelotão, incluindo carne e frango para o nosso companheiro de quatro patas.

Ela nos levou até o carro e, assim que acabei de acondicionar o farnel, eu a abracei.

— Se cuide, Flora Rosedale. Vou sentir saudades de ganhar de você na cartas.

— Tá certo. Quando a gente voltar a se encontrar, vou acabar com você como de costume.

Afastei-me dela e, sob a luz do toldo de proteção dos carros, li no seu rosto o prazer que ali estava quando ela abriu a porta para mim, mas também uma alegria mais profunda, que eu não havia reconhecido antes.

— Vou terminar as coisas por aqui em algumas semanas — disse ela — e aí vamos jogar para eu ganhar esse Mercedes de você.

— É emprestado.

— Então você vai ter que me comprar outro.

Beijei-a na testa e na bochecha. Apontando para o seu encantador chalé e para as janelas que pareciam enfeitadas de diamantes, cheias de uma luz aconchegante, falei:

— Você vai mesmo querer abandonar tudo isso?

— Tudo isso é apenas um lugar — respondeu ela. — E às vezes é bem solitário.

Annamaria veio se juntar a nós. Ela colocou um braço sobre os ombros de Flora, o outro sobre os meus.

Virei-me para Flora e disse:
— O que é isso que a gente está fazendo? Você tem ideia?
Ela abanou a cabeça.
— Não entendo nada. Mas nunca quis tanto uma coisa na minha vida quanto ir com vocês.
Como sempre, os olhos de Annamaria convidavam a uma exploração, mas mantinham-se impenetráveis.
Perguntei a ela:
— Para onde estamos indo? Onde ela poderá nos encontrar?
— Manteremos contato por telefone — respondeu Annamaria. — E, quanto à pergunta, para onde estamos indo... É como você sempre diz: a gente inventa enquanto vai.

Deixamos Flora lá sozinha, mas não para sempre, e, com os cães no banco traseiro, dirigi pela pista entre as fileiras de imensos cedros, que pareciam ser gigantes em uma procissão.

Eu temia que o FBI, ou alguma agência sem nome, tivesse montado bloqueios nas estradas, postos de controle, alguma coisa do tipo, mas o caminho permanecia aberto. Acho que a última coisa que eles queriam era chamar a atenção da mídia.

No entanto, depois que havíamos cruzado os limites da cidade, por vários quilômetros ao sul, conforme o nevoeiro se diluía em terras que não eram hospitaleiras com ele, eu continuava a verificar o espelho retrovisor na expectativa de uma perseguição.

Quando, de repente, percebi que não conseguia mais dirigir e fui obrigado a parar no acostamento, fiquei surpreso em sentir como se o mundo tivesse desabado sobre mim, como se eu tivesse caído de um penhasco no qual não pudesse ver o fundo.

Annamaria não parecia surpresa.

— Eu dirijo — disse ela, me ajudando a passar para o banco do passageiro.

Desesperadamente, senti que precisava me inclinar para a frente, enrodilhado, meu rosto em minhas mãos, tão pequeno que eu não podia ser notado, meu rosto coberto, para que não fosse visto por ninguém.

Nas últimas horas, tinha tomado o oceano inteiro, e agora precisava me livrar dele.

De vez em quando, ela tirava uma mão do volante para colocá-la em meu ombro e, ocasionalmente, falava alguma para me confortar.

— Seu coração brilha, Odd estranho.

— Não. Você não sabe o que está nele.

E mais adiante:

— Você salvou a cidade.

— A matança. Os olhos dela. Eu os vejo.

— Várias cidades, Odd estranho. Várias cidades.

Ela não podia me consolar, e comecei a repetir, em determinado momento:

— Tudo é morte, morte, morte. — Como se através da cantilena eu pudesse fazer uma penitência.

Ficamos um tempo num silêncio mais pesado do que um trovão. A névoa ficava para trás. A leste, uma geografia perturbadora formada por uma serra negra. A oeste, um mar escuro e uma lua.

— A vida é dura — disse ela, e sua declaração não pedia mais nenhum esclarecimento.

Quilômetros depois, percebi que ela dissera, além dessas quatro palavras, mais algumas que eu ainda não estava preparado para ouvir:

— Mas não será sempre assim.

Bem antes do amanhecer, ela parou em um estacionamento vazio numa praia. Aproximou-se do carro e abriu a minha porta.

— As estrelas, Odd estranho. Elas são lindas. Você me ajudaria a encontrar a constelação Cassiopeia?

Ela não poderia saber. No entanto, sabia. Eu não perguntei como. Já era maravilhoso o suficiente ela saber.

Ficamos juntos no asfalto rachado, enquanto eu olhava para o céu.

Stormy Llewellyn era filha da Cassiopeia, que morrera quando minha doce menina ainda era pequena. Juntos, muitas vezes procurávamos os pontos da constelação, porque isso fazia Stormy se sentir mais perto de sua mãe.

— Ali — disse eu —, é ali, e ali. — E, estrela por estrela, desenhei a Cassiopeia da mitologia clássica e reconheci, nesse padrão familiar, a mãe da minha garota e, na mãe, vi a filha, lá em cima, bonita e brilhante, por toda a eternidade, sua luz eterna brilhando sobre mim até que um dia, finalmente, seja a hora de eu me juntar a ela.

Este livro foi composto na tipologia Adobe Caslon Pro,
em corpo 11,5/15,5, e impresso em papel off-white,
no Sistema Cameron da Divisão Gráfica
da Distribuidora Record.